화연 윤희수
장편소설

로담

야명주 下

초판 인쇄 | 2019년 03월 20일
초판 발행 | 2019년 03월 26일

지 은 이 | 화연 윤희수
펴 낸 이 | 박성면
펴 낸 곳 | 도서출판 로담

등록번호 | 제 396-2011-000014호
등록일자 | 2011년 1월 19일
주   소 | 경기도 파주시 문발로 115, 세종출판벤처타운 201-A호
전   화 | (031) 8071−5201
팩   스 | (031) 8071−5204
E - mail | bear6370@hanmail.net

ISBN 979−11−5641−139−0 [04810]
     979−11−5641−137−6 [Set]

값 9,000원

야명주 下

화연 윤희수
장편소설

로담

8. 너무 거슬려서

처음인 것처럼. 낯설음과 두려움과 어떤 알 수 없는 설렘으로 복잡하게 얽힌 심기를 고스란히 얼굴에 드러내며 무야가 수를 올려다보고 있었다. 발그레하게 물든 볼이 수줍음을 담아냈다. 그가 입술과 이로 지분거리며 목덜미에 남겨 놓은 흔적이 열기와 타액으로 인한 촉촉함을 동시에 품었다. 그 이질감이 무야의 얼굴은 물론 가슴까지 화끈거리게 만들었다.

그를 바라보던 눈동자가 흔들리며 눈꺼풀이 살짝 아래로

향했다. 그 끝에 매달린 속눈썹이 파르르 떨리는 것을 보며 수가 그녀의 이마 위에 지그시 입술을 눌렀다. 그에 또 무야가 놀라 흠칫거렸다.

그의 입술이 그녀의 콧대를 따라 자분자분 내려와 입술 위로 내려앉으려던 찰나였다. 바람에 나부끼는 잎사귀처럼 잘게 떨리던 그녀의 속눈썹이 위로 올라가는가 싶더니 말간 눈동자가 수의 두 눈을 응시했다.

'후우.'

소리 없는 낮은 숨이 그녀의 입술 밖으로 흘러나와 그의 입술 위에 닿아 흩어졌다. 그에 수가 닿을 듯 말 듯한 거리에 머물러 있던 입술을 멈췄다. 뭔가 할 말이 있는 듯 머뭇거리다 마른침을 삼키는 무야를 그가 진중한 시선으로 바라보았다.

할 말이 있으면 해 보라는 듯 그가 기다려 주자 사뭇 긴장이 되었던지 무야가 제 입술을 혀로 쓸었다. 다시 한 번 호흡을 가다듬고는 어렵사리 입을 열었다.

"왜 이렇게까지 하시는 것인지 소녀는 도무지 이해가 되질 않습니다."

망설이던 것과는 달리 한번 말문이 트이니 거침없이 뱉어 냈다. 하나, 당찬 말과 달리 그와 마주했던 눈은 슬쩍슬쩍 회피를 하듯 다른 곳을 향했다. 좌불안석인 듯 이리저리 굴러다니는 무야의 눈동자를 물끄러미 내려다보다 수가 단조롭게 물었다.

"무엇이 말이냐?"

"그, 그것이. 낙인도 그렇고. 흠. 에서 바, 밤을 보내겠다고 하시는 것도 그렇고……."

발그레하게 물든 무야의 볼이 더 붉게 타올랐다. 그 불길이 귓불까지 번졌다. 곧 목 언저리까지 뻗어 나가리라. 그가 뱉어 낼 거침없는 말에.

"그 낙인을 네 몸 곳곳에 남길 것이다. 보이지 않는 곳은 물론, 겉으로 드러나는 곳까지 모두. 그러기 위해선 제법 긴 시간이 필요하지 않겠느냐. 지금부터 해가 저물고 다시 해가 뜰 때까지가 적당할 듯싶어 그리 말한 것이다."

지극히 당연한 일이라는 듯한 그의 말투에 무야의 눈이 동그랗게 커졌다. 그가 뱉어 낸 말의 뜻을 되새김질하고 있는 듯 홍조가 기어이 목덜미까지 넘실거렸다. 무야가 듣고자 했던 답은 아니었다.

개화와 연의 주술이 겹쳐 곤란한 상황에 처한 저를 위해 그가 자신을 내어 준 것만은 무척 감읍할 일이었다. 그때는 측은지심이 발동하여 그런 것이라 생각을 갈무리했었다. 고택에서 지낸 세월도 있고, 정원을 가꾸어 놓은 것도 있고 하여 도운 것이라 여겼다.

그런데 지금은 아니었다.

단순히 사내를 홀리고 다닌다는 이유로 낙인을 더 찍고 그 때문에 밤을 함께 보내야 한다는 것은 뭔가 이상했다. 다른 것들이 넘보지 못하게 낙인을 남기겠다는 것 또한 무야로서는 도저히 이해가 안 가는 말이었다.

그것이 대체 수와 무슨 상관이란 말인지. 굳이 그가 낙인을 새기겠다는 이유 자체가 납득이 가지 않았다. 몸에 새겨진 열꽃을 본다고 탐욕스러운 시선을 보내던 사내들이 관심을 주지 않을 거란 생각은 들지 않았다. 오히려 더 적나라한 시선이 날아들지 않을까 싶었다. 그럼 더 위험해질 터인데.

게다가, 보이지 않는 부위까지 낙인을 곳곳에 만들어 놓겠다는 건…….

거기까지 생각하다 무야가 낯 뜨거움에 잘근 아랫입술을 깨물었다. 벗겨 놓지 않으면 새기지 못할 것이 자명하고 같은 이유로 벗기지 않는 한 볼 수 없는 낙인이었다. 겉으로 드러난 곳에 새기는 것도 의아한데. 왜, 굳이 왜.

의문이 꼬리에 꼬리를 물었다. 더 이상 붉어질 수 없을 정도로 달아오른 무야의 볼로 수가 길고 고운 손가락을 나붓이 내려놓았다. 손이 닿자 무야가 화들짝 놀라 흠칫하며 그를 응시했다. 그의 손은 몹시 차가웠다. 나갔던 정신이 번쩍 돌아올 만큼.

"고택의 시간을 멈추어 놓았다."

그가 무야를 지그시 바라보면서 입을 열었다. 무야의 눈이 깜빡거렸다. 갑작스러운 화제의 전환에 어리둥절한 눈치였다.

"정원이 망가지는 것을 볼 수 없어 그리하였다."

"……아."

깨달음이 담긴 단음이 그녀의 입술 사이를 비집고 흘러나왔다. 수가 정원을, 그곳에 피어난 것들을 얼마나 귀히 여기는지 잘 알아 그런 것이다. 그것이 서서히 죽어 가는 것을 볼 수 없어 그리한 것임을 알 수 있었다.

"돌아올 때까지 그리 둘 것이다."

대상이 빠진 말에 무야의 동공이 커졌다. 꿀꺽 절로 마른 침이 삼켜졌다. 수는 무야가 다시 고택으로 돌아와 정원을 가꾸어 주길 바라고 있었다. 하여, 그녀가 무탈하게 일을 마칠 수 있도록 돕는 것이다.

무야가 작게 고개를 끄덕였다. 어느 정도 그의 행동이 수긍이 되어 그런 것이다. 반드시 살아 돌아와 정원을 돌봐야 하는 것이 그녀에게 주어진 임무였다. 무야가 영산을 벗어나 인간 세상에 갈 수 있게 묵인했던 이유 또한 거기에 기인한 것임도 이제야 깨달았다.

그런 이유라면 더 안전하고 쉬운 방법도 있을 터였다. 예를 들면 그녀에게 그녀의 어미가 있는 곳을 알려 주고 만날 수 있게 해 준다거나, 어미가 위험에서 벗어날 수 있게 돕고 무야에게 대신 그에 대한 대가를 치르게 한다거나 하는 일 말이다.

그리하면 정말 무야는 일평생을 그의 정원을 가꾸며 살 수도 있을 것이다. 어미만 무사하다면 그 정도는 아무것도 아니었다. 자신을 살리기 위해 스스로 인간의 손에 잡힌 어미였다. 그때의 일이 사무쳐 자신이 위험에 처하는 일이 있 더라도 꼭 어미를 돕고 싶었다. 살리고 싶었다.

보다 손쉬운 방법을 두고 왜 수가 이런 의아하기 그지없 는 방법을 선택한 것인지 무야는 도무지 이해가 되지 않았 다. 사내만 접근을 하지 않으면 그만인 것인가? 그런 거라면 낙인보다 더 나은 방도도 있을 터인데.

"걱정하지 않으셔도 됩니다. 수 님."

생각을 정리한 무야가 차분한 목소리로 말했다. 그에 이번 에는 수의 미간이 의문을 담아 살짝 찌푸려졌다.

"무엇을 말이냐?"

정원을 걱정하지 말라는 것인지, 사내들이 꼬여드는 것을 이름인지 모호하여 물었다. 어쩐지 후자일 것 같은 예감이 들었다.

"홀리지 않을 것입니다."

역시 후자였다. 그의 미간에 잡힌 골이 더 깊어졌다.

"그것이 어디 너의 마음대로 되는 것이더냐. 나비가 꽃을 찾는 것은 당연한 이치이거늘."

"예?"

무심히 흘려 낸 뒷말에 무야가 고개를 갸웃이 기울였다. 홀리지 말라 할 때는 언제고 나비와 꽃을 운운하니 이상할 만도 했다.

"네 의지와는 상관이 없다는 말이다. 수컷들은 본능에 따라 행동하는 것들이라 자제력이 그다지 많지 않으니. 상대가 없다 싶은 암컷에게 수작질을 하려 달려드는 것은 그것들의 본능이다."

"하오나."

"주인이 있어야 함부로 덤벼들지 않는다."

"주인이라 하심은……."

"몸주(身主) 말이다."

"아, 아."

느릿하게 무야가 두 번 멍한 말을 토해 냈다. 수의 말을 풀어 보면 사내들의 욕정 가득한 시선을 받지 않으려면 몸주가 있어야 한다는 것이다. 주인이 있는 여인에게는 함부로 그런 사특한 마음을 품지 않을 것이라는 게 수의 말이었다.

하여, 그가 무야의 몸주를 자처하겠다는 뜻이기도 했다.

"아, 아닙니다."

무야가 양손을 그와 자신의 얼굴 옆으로 올려 분주하게 흔들어 댔다. 아니긴 뭐가 아니란 말인가. 극구 부인하는 무야의 손을 무심한 눈길로 바라보던 수가 얼굴을 조금 더 뒤로 물렸다. 쓸데없이 굳은 의지를 담아낸 그녀의 말간 눈동자가 수의 시야에 더 명확히 들어왔다. 그의 미간이 꿈틀거렸다.

"그러지 않으셔도 됩니다. 얼굴을 더 꼭꼭 가리고 다니겠습니다. 아, 그보다는 사내 복색을 하고 다니는 것이 훨씬 나을 듯합니다."

저 조그만 머리로 나름 열심히 방도를 고심하여 찾아낸 모양이다. 여인이라 그런 욕정을 품는 것이라면 사내로 변복하여 다니면 되지 않느냐는 것이다. 그러니 수가 무야의 몸주를 자처하며 힘들게 낙인을 찍을 필요가 없다는 말을 돌려 하는 것이기도 했다.

"체향은 어찌할 것이냐?"

"예?"

그것은 또 무어란 말인가. 생전 처음 듣는 말인 것처럼 무야가 두 눈을 크게 뜨고 껌뻑거렸다. 아무래도 그녀는 개화 이후 더 짙어진 자신의 체향을 맡지 못하는 모양이었다. 그 달콤하고 청량한 향취가 지금도 방 안을 가득 메우고 있었다. 그런데도 인지를 못 하는 것은 본인은 맡을 수 없는 것이다.

당장에 그로 인해 무야의 입술과 몸을 맛보고 싶은 충동에 수의 속이 이다지도 들끓고 있는데 말이다. 다른 것들도 별반 다르지 않을 터. 아니, 수보다 더 미칠 듯한 충동에 휩싸일 것이다. 그녀를 덮치고 싶어 안달이 난 것들을 이미 여럿 보았다. 참다못하여 직접 온 것이다. 그냥 두었다가는 겁탈을 당하고도 남음이 있기에 한달음에 달려왔다.

"개화로 향이 짙어진 체향을 사방팔방 흘리고 다니면서 흘리지 않겠다는 말을 잘도 하는구나."

수의 말이 떨어지기 무섭게 그녀가 믿을 수 없다는 듯 제 손을 코로 가져가 킁킁거렸다. 손등과 손바닥을 번갈아 가며 맡다가 고개를 갸웃하곤 손목에까지 코를 대어 보았다. 아무 냄새도 나지 않았다. 의아한 표정으로 무야가 수를 보았다.

의심의 눈초리는 아니었다. 그저 곤란을 담아내고 있었다. 저는 모르겠는 그 체향이 어찌해서 사내를 홀린다는 것인지 알 길이 없어 당혹스러운 눈치였다. 체향은 어찌 없애야 하는 것인지 그에게 묻고 싶은 듯했다.

수의 말에는 한 치의 의심도 없었다. 그에 대한 믿음은 언제나 굳건했다.

"사내만 맡을 수 있는 것이다."

"아아."

"그것을 완전히 봉인할 방도는 없다."

아니다. 그가 하지 못할 일은 없었다. 그녀의 체향을 다른 것들이 맡지 못하게 하는 일은 숨을 쉬는 것보다 간단한 일이었다. 그럼에도 불구하고 수는 지금 거짓말을 하고 있었다.

그것이 제 몸에 낙인을 찍겠다는 수를 거부하고 있는 무야가 괘씸하여 그런 것인지, 다른 감정이 뒤섞여 그런 것인지는 지금 그도 알 수 없었다. 그냥 불쾌함이 이끌어 낸 말이 입 밖으로 나온 것이다.

혹시나 했던 것이 역시나가 되어 무야의 표정이 더 침울해졌다. 미간이 좁혀지며 울상이 된 눈으로 무야가 수를 올려다보았다. 사내로 변복하는 것도 체향 때문에 아무 소용이 없다고 하니 홀리지 않겠노라 자신만만하게 말했던 것이 무색하게 되어 버렸다. 이를 어찌한단 말인가.

자신이 남겨 놓은 흔적 위로 수가 길고 긴 손가락의 끝을 내렸다. 손끝의 뭉뚝한 부위로 낙인을 누르자 무야가 움찔하며 몸을 떨었다. 마치 그의 손길이 방도는 이것밖에 없노라고 말하고 있는 것 같았다.

"내가 몸주가 되어 준다는 것이 싫은 것이냐?"

조금 차가워진 목소리로 그가 물었다. 무야의 눈이 동그랗게 커졌다. 질문 어디에 초점을 맞춰야 할지 선뜻 가늠이 되지 않았다. 몸주인지. 싫음인지. 죽음의 신이 친히 몸주가 되어 준다는데 싫다 거부의 뜻을 밝힐 수 있는 자가 있을까? 무야 또한 그럴 수 있는 존재는 못 되었다. 연이라면 모를까. 그 외의 존재가 수의 말을 거역하기는 어려웠다.

"그런 것이 아니오라……."

이런저런 이유를 불문하고서라도 먼저 몸주라는 말이 주는 어감이 무야를 당혹스럽게 했다. 다른 의미에서 수는 그녀의 몸주가 맞았다. 굳이 몸에 낙인을 찍을 필요도 없이. 그녀는 고택에 머무르는 순간부터 그에게 종속되어 있었다. 주인으로 모시고 고택을 가꾸는 일을 하였으니 무야의 소유주는 예전부터 수였다.

인간 세상에서 돌아가게 된다면 남은 평생을 또 그리 살 것이니 변하는 것은 없을 터였다. 그러니 싫고 말고 할 것이 없었다. 단지, 지금 수가 하는 질문의 내용이 그에게 종속된 종을 의미하는 것이 아닌 듯하여 대답이 선뜻 나오지 않는 것이다.

그가 말하는 몸주는 부리는 노비의 개념이 아니었다. 말 그대로 그녀의 몸을 온통 소유하는 것이었다. 머리부터 발끝까지 전부 다.

화끈. 화끈. 볼이 불타오르는 것이 느껴졌다. 그의 손끝이 지그시 낙인을 문지르며 목과 어깨로 이어지는 몸의 선을 따라 움직이고 있었다. 동그란 어깨의 끝자락에 이르러서는 안쪽으로 미끄러지기 시작했다.

"아…… 그……."

옷의 바깥이 아닌 안쪽의 살결을 어루만지는 손길에 무야가 눈동자를 굴리며 입술을 벙긋거렸다. 쉬이 말이 나오지 않고 있었다. 놀라 올라간 손은 차마 그의 손목을 잡아 저지시키지 못하고 소매 끝자락만 겨우 검지와 엄지로 잡아 만지작거릴 뿐이었다.

도드라진 쇄골을 매끄럽게 타고 흐른 손이 움푹 파인 골에 잠시 머물다가 아래로 내려갔다. 지그시 내려다보는 그의 시선을 차마 마주하지 못하고 무야가 눈을 질끈 감았다. 크게 부풀어 오른 가슴이 천천히 내려갔다. 느릿하게 호흡을 이어 가는 입술 사이로 떨리는 숨결이 흘러나왔다.

수의 손가락이 툭 툭 그녀의 옷고름을 두드렸다. 마치 이것을 풀까 말까 그녀에게 묻는 것 같았다.

꿀꺽. 무야의 목으로 마른침이 넘어갔다. 잘근 깨문 아랫입술이 긴장으로 바짝 타들어 가는 듯했다. 곧 풀려난 입술을 혀가 빠르게 쓸며 지나갔다. 허락이 필요치 않은 일임에도 그는 무야의 대답을 기다리고 있었다. 그것을 무야는 단순한 손끝의 두드림으로 알 수 있었다. 그가 여전히 톡톡거릴 뿐 옷고름을 풀지 않는 것을 보면 그녀의 생각이 맞을 것이다.

하잘것없는 존재였다. 누굴 어떻게 하든 그것은 수의 마음이었다. 한데 수는 어떤 일이든 꼭 마지막 선택은 무야가 하게 했다. 그게 수와 연관된 일일 때는 더욱더 그러했다. 거기에는 네가 선택한 일이니 후회를 해선 안 된다는 무언의 뜻이 담겨 있었다.

개화 때처럼 수는 그저 그녀를 도울 뿐이었다. 자신을 희생하여. 하면 또 무야는 그에게 죄스러움과 미안함을 느끼며 은혜를 갚아야 한다는 마음을 더 깊게 가지게 되는 것이다.

평소의 그라면 절대 하지 않을 일이었기에 고마움만 가득할 뿐.

"내가 들어오기 전 문밖에서 어떤 일이 벌어지고 있었는지 모를 것이다."

옷고름의 자락을 손가락으로 만지작거리며 그가 말했다. 감은 눈 속에서 어지러이 움직이던 무야의 눈동자가 슬그머니 실눈 사이로 그를 쳐다보았다. 그 시선을 붙들고 그가 말을 이었다.

"발정 난 수컷 하나가 이 방으로 들어오려 하였다."

"예?"

놀란 무야의 눈이 번쩍 뜨였다. 문을 닫고 들어올 때 복도에 있던 이는 그녀를 이곳으로 안내한 점소이밖에 없었다. 그럼 그자가 흑심을 품었다는 말인가? 전혀 그리 보이지 않았는데…….

뭔가를 생각하며 고개를 갸웃하는 무야의 머릿속에 무슨 생각이 든 것인지 수는 훤히 알 수 있었다.

"네가 이곳에 들어설 때 아래층에 있던 놈이다. 점소이를 따라가는 너를 쫓아 올라온 것이고."

"왜……."

질문이 잘못되었다. 이미 발정 난 수컷이라 수가 칭하였기에 놈이 무야를 어찌할 생각이었는지는 충분히 유추할 수 있었다. 하여 놀라 물으려던 말을 얼버무린 것이다. 수가 오지 않았다면 어떻게 되었을지 생각하니 절로 소름이 돋았다.

수의 소맷자락을 잡고 있던 무야의 손이 스르르 아래로 떨어져 내렸다. 그가 자신의 온몸에 남겨 놓겠다고 한 낙인이 어떤 효과를 가져올지 무야는 제대로 알지 못했다. 하나, 그것이 그를 몸주로 받아들이는 것이고, 그로 인해 다른 사내들의 시선을 피할 수 있게 된다면 못 할 것도 없겠다는 생각이 들었다.

그와 처음도 아니었고 다른 놈들에게 애먼 일을 당하느니 수의 뜻에 따르는 것이 나을 것 같았다. 설득에 다소 시간이 걸렸으나 결국 수는 자신이 원하는 것을 이끌어 냈다. 무야가 작게 고개를 끄덕이며 그에게 자신의 옷고름을 풀어도 된다는 허락의 뜻을 내비친 것이다.

그의 입술에 보일 듯 말 듯 미소가 자리했다가 순식간에 지워졌다.

"원하지 않는다면 나도 굳이 너를 취할 생각은 없다."

무심한 투로 말하며 수가 옷고름을 놓았다. 순간 무야의 눈동자가 흔들렸다. 그가 상체를 일으켜 세워 그녀에게서 멀어지려 했다. 덥석. 무야가 다급하게 그의 팔을 붙잡았다. 수가 무미건조한 얼굴로 그녀를 내려다보았다.

"무슨 뜻이냐?"

잡기는 하였으나 선뜻 입이 떨어지지 않아 뭐라 말을 하지 못하고 머뭇거리는 무야에게 그가 물었다. 그녀의 눈이 짧은 순간 수차례 깜빡거렸다. 말을 하여야 하는데 입을 열기가 쉽지 않았다. 몇 번인가 망설이며 입을 벙긋거리던 그녀가 제 손을 떨쳐 내려는 수의 움직임에 황급히 입을 열었다.

"해 주셔요."

그녀가 뱉어 낸 말에 수의 입꼬리가 희미하게 올라갔고 무야의 볼이 붉게 물들었다. 하고 나니 여간 부끄러운 게 아니었다. 그 대상이 그러했다. 해 달라는 것이 입으로 말하기 민망한 것이라 더욱 그랬다.

"무엇을."

"……하아."

기어이 무야의 입으로 듣고야 말겠다는 듯 그가 물었다. 한쪽 눈썹이 비스듬히 치켜 올라가는 것을 보며 무야가 크게 들이켠 숨을 토해 냈다.

"나, 낙인. 새겨…… 주시어요."

수가 또 이대로 가 버리는 것은 아닐까 하는 불안감에 무야가 내내 목구멍을 들락거리던 말을 급하게 뱉어 버렸다. 자신이 어쩌다가 이런 불안을 느끼게 된 것인지 제대로 인지도 되지 못한 상태였다. 왜 이렇게 되어 버린 것인지 모르겠으나 처음과 달리 지금은 무야가 그를 간절히 붙잡고 있었다. 게다가, 제 입으로 직접 제 몸에 낙인을 새겨 달라 부탁까지 하고 있었다.

자신이 무슨 말을 한 것인지 깨닫고는 곧 화르륵 얼굴을 붉히는 무야를 그가 지그시 몸으로 눌렀다. 그의 입술이 멍하니 벌어진 무야의 입술을 덮쳤다. 그리고 일말의 망설임도 없이 단숨에 그녀의 옷고름을 풀었다.

제 입으로 한 말이니 거부는 물론 저지하는 것 따위는 일절 엄두도 내지 못할 것이다. 꽤 긴 과정을 거쳐야 했지만 어쨌든 편하게 그녀의 몸에 열꽃을 피워 올릴 수 있게 되었다. 맞물린 수의 입술 끝이 야릇한 곡선을 그리며 올라갔다. 그의 입술이 흡족함을 담아내고 있었다.

옷 속에 감춰져 있던 그녀의 뽀얀 속살이 그의 손길에 밖으로 드러났다. 둥근 어깨를 벗어나 등 아래로 밀려난 저고리가 침상 아래로 떨어졌다.

"……후우."

바짝 긴장하여 들이켠 숨을 그녀가 느릿한 떨림과 함께 흘려 냈다. 잠깐 입술이 떨어진 틈을 타 바쁘게 호흡을 한 무야의 입술이 또다시 수에게 먹혀 버렸다. 그가 고개를 반대로 틀어 타액으로 번들거리는 무야의 도톰한 입술을 삼켰다. 보드랍고 말캉하며 따스한 촉감이 몹시 좋았다.

도드라진 쇄골을 손바닥으로 쓸어 올려 여린 어깨를 가볍게 어루만졌다가 뒷덜미를 감쌌다. 손에 은근히 힘을 주어 끌어당기자 으음 하며 무야가 옅은 신음 같은 소리를 그의 입 안에 흘려 냈다. 입 안이 온통 달짝지근해졌다. 여전히 질리지 않는 달콤함이었다.

치마의 매듭을 풀고 가슴을 가리고 있던 것까지 완벽하게 거둬 내자 무야가 흠칫거렸다. 그의 손이 가슴으로 이어지는 봉긋한 살을 부드럽게 쓸며 곡선의 위쪽을 향해 움직였다. 처음이 아님에도 처음인 것처럼 그의 손길이 낯설었고 가슴은 터질 듯 벅차게 설렜다.

두근두근. 두근두근.

거침없는 수의 손놀림에 무야는 순식간에 실오라기 하나

걸치지 않은 완벽한 알몸이 되었다. 민망하고 부끄러워 자꾸만 몸이 움츠려들려 했다. 그러나 그와는 또 반대로 수의 입술에 함락당한 무야의 입술은 뜨겁게 달아올라 있었다. 제 입술을 빨고 핥으며 입 안 곳곳을 탐하는 수의 농익은 입맞춤에 무야의 정신이 반쯤은 혼미해졌다.

"······으음. 하아."

곧 숨이 넘어갈 것만 같은 벅차오름에 무야가 수의 팔을 꾹꾹 눌러 댔다. 숨을 쉴 수 없으니 입술을 놓아 달라는 부탁이었다. 그가 내어 준 틈에 무야가 달뜬 숨을 토해 냈다. 발그레 물든 얼굴과 몽환적인 눈빛이 무척 매혹적이었다.

그윽한 시선으로 그녀를 내려다보던 수가 상체를 일으켜 앉아 자신의 옷을 하나씩 벗어 냈다. 그의 몸 아래 알몸으로 누워 있던 무야가 부끄러운 듯 시선을 피하며 고개를 모로 돌렸다. 그녀의 귓불과 그와 이어진 목덜미가 농익어 갔다.

두근거리는 심장의 떨림과 앞으로 일어날 일에 대한 긴장감으로 무야의 가녀린 목덜미가 쌔근거렸다. 아직 열꽃을 피우지 못한 여린 피부 위로 그가 입술을 내렸다. 입술이 닿은 살결을 강하게 빨아들여 혀끝으로 살살 자극했다.

"으응."

제 몸을 짓눌러 오는 수의 무게감과 목으로 전해지는 야릇한 압력에 무야의 입술을 비집고 신음이 새어 나왔다. 지그시 닿은 살과 살의 접점이 불에 덴 듯 화끈거렸다. 처음 그와 몸을 섞었을 때와는 사뭇 달랐다. 죽음의 나락을 넘나들던 고통 속에서 치러진 개화에는 전혀 느낄 수 없었던 감촉들이 지금은 섬세하고 예민하게 발동하고 있었다.

매끄럽고 보드라운 무야의 속살과 단단하고 강인한 수의 살이 맞닿아 비비적거렸다. 맨살에 전해지는 생생한 감촉에 무야의 숨이 가빠지고 몸이 한껏 달아올랐다. 목덜미를 지분거리던 수의 입술이 쇄골을 따라 움직이며 지그시 눌러 오자 발가락 끝이 찌릿했다.

"……하아아."

옅은 숨이 그녀의 입술을 빠져나와 허공으로 흩어졌다. 자신이 내뱉는 신음 같은 숨결이 낯설고 민망하여 무야는 어찌할 바를 몰라 했다. 낯 뜨거움에 아랫입술을 깨물어 보지만 그의 입술과 혀가, 손길이 주는 자극에 여지없이 신음이 흘러나오고 만다.

그녀의 발가락이 안으로 곱아졌다. 감히 그의 몸을 만질 수 없어 보료 위를 헤매던 손이 주름을 만들며 꽉 움켜쥐어졌다. 그녀의 손에 잡힌 보료가 한껏 구겨졌다.

수의 입술이 나붓이 그녀의 가슴 위로 내려앉았을 때 무야의 등이 들썩거렸다. 가슴 언저리로부터 열꽃이 피어올랐다. 수가 만들어 낸 열꽃이었다.

아무래도 수는 그가 말한 대로 무야의 몸에 수백의 열꽃을 피워 놓을 모양인 듯했다. 뜨거운 숨결이 무야의 입 안에서 소용돌이쳤다. 입술 밖으로 나가고 싶어 아우성치는 신음을 그녀가 억지로 집어삼켰다.

아직 해는 저물지 않았다. 밤이 올 때까지 많은 시간이 남았고, 그 밤을 보내고 아침이 밝을 때까지는 더 많은 시간이 기다리고 있었다. 그사이 무야의 몸에 얼마나 많은 열꽃이 피어날지, 또 다른 무언가가 또 생겨날지 알 수 없었다.

아니, 수의 입맞춤이 이어질 동안 그녀가 온전히 깨어 있을지도 미지수였다. 지그시 제 살을 누르며 닿아 오는 혀의 감촉에 무야의 정신이 벌써 몽롱해지고 있었다.

정녕 이 하나로 인간 사내의 욕정 가득한 시선을 피할 수 있을지. 그것 또한 이 밤이 지나야 알 수 있을 것이다. 지금 당장은 수에게서 쏟아져 내리는 열락을 받아 내기도 버거웠다.

두 번의 까무러침 뒤에 무야는 깊은 잠에 빠져들었다. 손가락 하나 까닥거릴 힘도 없이 지쳐 잠이 든 무야를 수가 모로 누운 채로 비스듬히 상체를 세워 바라보았다. 얼굴을 제외한 곳곳에 그가 만들어 낸 열꽃이 새겨져 있었다.

그의 입술 끝이 흡족함을 담아 말려 올라갔다. 살짝 들춰

본 이불 안의 몸 곳곳에도 그의 흔적들이 남겨져 있었다. 이불을 끌어 올리자 살결에 닿는 부위가 쓰라렸던지 무야가 미간을 찌푸리며 앓는 소리를 냈다. 수가 저도 모르게 움찔하며 손을 멈췄다.

"후우."

수가 이불 안으로 입바람을 불자 무야의 몸 위로 눈에 보이지 않는 보호막 같은 것이 생겼다. 그에게 혹사당한 여린 살결이 다른 것으로 인해 아픔을 느끼는 것을 막기 위함이었다. 짧은 잠이라도 편히 자야지.

이제 곧 동이 터 올 것이다. 창으로 어슴푸레한 빛이 스며드는 것을 보면 그리 멀지 않았다. 무야가 단잠을 자고 깨어날 동안 문은 굳게 잠겨 있을 것이다. 그 누구도 방해할 수 없도록. 무야를 괴롭힐 수 있는 것 또한 수 혼자여야만 했다.

조금 더 일어나 앉은 수가 곤한 잠에 빠져 있는 무야의 얼굴을 지그시 내려다보다 그녀의 헝클어진 머리를 손끝으로 쓸어 넘겨 주었다. 한참을 시달린 터라 흔들어 깨워도 일어나지 못할 듯싶었다.

반듯한 이마에서 올곧게 뻗은 콧대로 이어지던 수의 시선이 새근새근 숨소리를 흘려 내는 그녀의 입술에 머물렀다. 원래도 도톰하여 존재감을 드러내던 그녀의 입술이 부어올라 더 도드라졌다.

살포시 무야의 입술 위에 겹쳐졌다 물러난 수의 입술이 귀로 안착했다. 그가 그녀의 귀에 다정하게 속삭였다.

"조심히 다녀오너라."

무야가 깨어 있었다면 제 귀로 듣고도 믿지 못하였을 것이다. 이것이 정녕 수의 입에서 나온 목소리가 맞는지 의심부터 했을 터였다. 그와 지내는 동안 단 한 번도 겪어 보지 못했던 다정함이었다.

그가 조심히 침상에서 벗어났다. 허공에서 손을 휘젓자 그의 몸에 옷이 갖춰 입혀졌다. 성큼성큼 망설임 없이 문을 향해 걸음을 옮기던 그가 다시 한 번 손을 움직였다. 그러자 이번엔 잠든 무야의 몸에 속적삼이 입혀졌다.

닫힌 문 앞에 이르기 전 걸음을 옮기던 그대로 수의 모습이 사라졌다. 그의 모습이 나타난 것은 고택의 정자였다. 마치 처음부터 그곳에 계속 있었던 것처럼 수는 의자에 앉아 탁자 위 희미한 연기가 피어오르고 있는 찻잔으로 손을 뻗었다.

입술에 닿은 찻잔이 기울었다. 달짝지근함이 먼저 그의 입 안을 물들였다. 목 너머로 차를 넘기자 청량한 여운이 입 안을 맴돌았다. 그의 입술이 호선을 그리며 보일 듯 말 듯 미소를 머금었다. 차 맛이 오늘따라 만족스러웠다.

'다녀오실 동안 식지 않게 하였습니다.'

식신의 전음이었다. 수가 차를 조금 더 머금으며 고개를 끄덕였다.

차를 올리라 명했던 수가 잠깐 사이에 정자에서 종적을 감추었었다. 수가 말도 없이 갑작스럽게 사라지는 일이 요즘 들어 잦았다. 일전에는 한참을 돌아오지 않아 혹여 큰일이 벌어진 것은 아닌가 몹시 걱정이 되기도 했었다. 수가 고택을 비우는 일은 드물었다.

인간 세상에 큰 환란이 일어나지 않는 이상 그가 영산을 떠나는 일은 거의 없었다. 하늘의 기운이 심상치 않았던 것 또한 식신의 근심을 깊게 만들었다. 천지가 요동을 친다는 것은 그를 다스리는 신 중 하나의 신변에 변고가 생겼음을 암시했다. 바다가 격동한 것으로 보아 연에게 무슨 일이 생긴 듯하였다. 그렇다면 원인은 하나였다. 연에게 해를 가할 수 있는 것은 수뿐이니 그와 다툼이 있었던 것이 분명했다.

요 며칠 바다와 인접한 인간 세상에는 해일이 들이쳐 배가 뒤집히고 폭풍이 휘몰아쳐 인명 피해가 발생했다. 그로 인해 영산에는 수백의 영혼들이 찾아들었다. 당분간 인간 세상에는 새로운 생명이 태어나는 일이 드물 것이다. 연이 그의 영역을 지키지 못하고 있을 터이니.

그 일이 있고 얼마 지나지 않은 때였다. 다른 때와 변함없이 거울을 통해 인간 세상을 내려다보던 수가 갑자기 자취를 감췄다가 한 시진이 지난 후에야 다시 모습을 드러낸 것이다. 인간 세상의 시간과 고택의 시간은 다르게 흘러간다. 아마 인간 세상에서는 반나절이 훌쩍 넘는 시간을 보내고 왔을 터였다.

식신은 그에게 어디에서 시간을 보내고 온 것인지 묻지 않았다. 물을 수도 없었지만 그러지 않아도 알 수 있었기에 입을 다문 것이다. 수에게서 진한 향기가 묻어났다. 그 향기가 이내 정자 안을 그윽하게 맴돌았다. 수가 흘려 내 그리 만든 것이었다. 향기는 앞으로 오래도록 흩어지지 않고 공기 속에 존재할 터였다.

익숙히 맡아 본 적이 있는 향기였다. 무야가 떠나기 전 그녀에게서 흘러나오던 체향이었다. 수는 그녀에게 다녀온 것이 틀림없었다.

내내 찌푸려져 있던 수의 미간이 반듯하게 펴진 것도, 입가에 머문 엷은 미소도 모두 무야의 영향을 받아 그리된 것이라 식신은 생각했다.

그가 찻잔을 탁자 위로 내려놓자 식신이 잔을 채웠다.

쪼르르. 차가 찻잔으로 떨어지는 소리가 듣기 좋았다.

수의 시선이 정원으로 향하였다. 얼마 전 싹을 틔운 새싹이 시간이 멈춘 것과 별개로 무럭무럭 자라나고 있었다. 신이한 일이었다. 그의 주술로 고택의 모든 것이 움직임을 멈추었는데 그것만 그에 영향을 받지 않고 있었다.

마치 돌아올 주인을 대견하게 맞이하려 스스로 자라며 준비하는 것처럼 보였다. 의지를 가진 새싹이라. 연이 가져다준 것이라 하더니 그래서인지 말을 참 지독하게 듣지 않고 있었다. 대체 뭘 준 것인지. 다 피어나 봐야 알 수 있을 터였다.

충동적이었다. 그가 무야를 찾아간 것은.

무야를 탐욕의 시선으로 바라보며 입맛을 다시는 사내 것들이 마음에 들지 않아 함부로 덤비지 못하게 고귀한 존재로 만들어 놓았다. 그랬더니, 이번에는 인간 것들 중에 높은 위치를 차지하고 있다는 귀족이란 것이 눈독을 들이는 것이 아닌가.

점소이의 만류에도 아랑곳하지 않고 무야의 방으로 들어가려는 놈의 목을 당장에 비틀어 버리고 싶었다. 그 충동이 수를 곧장 그곳으로 이끌었다. 수는 놈을 죽여 객잔을 아수라장으로 만드는 것보다 좀 더 효과적인 다른 방도를 택했다.

무야의 몸에 제 흔적을 남겨 그 어떤 것들도 함부로 넘보지 못하게 하는 것이었다. 그가 새겨 놓은 열꽃은 다른 수컷으로 하여금 본능적인 두려움을 느끼게 하여 가까이 다가서지 못하게 만드는 효과를 지니고 있었다.

그녀의 미모에 혹하여 흑심을 품고 다가서려 했던 것들이 이제는 일정 거리 이상 다가오면 두려움을 느끼고 절로 멈추게 될 것이고, 종내 저도 모르게 뒷걸음질을 치고 있을 것이다.

'미친 것인가.'

처음 그런 충동이 일었을 때 수는 스스로에게 그렇게 자문했다. 정신이 온전치 못하여 허튼 생각을 하고 있는 것은 아닌가 하는.

연을 그리한 것은 자신의 경고를 무시하고 무야를 해하여서였다. 손대지 말라는 의미로 제 것이라 칭하였거늘. 연은 기어이 그의 말을 귓등으로 넘기고 무야에게 손을 뻗고 말았다. 그리하여 수의 화를 돋우었으니 당연한 대가를 치른 것이다.

굳이 다시 찾아가 무야의 몸을 취한 것도 엄밀히 따지자면 같은 맥락이었다.

"거슬려서……."

그의 입술을 비집고 머릿속에 담고 있던 말이 흘러나왔다. 거슬렸다. 그녀와 그녀를 둘러싼 모든 것들이. 가는 곳마다 꼬여 드는 사내놈들이 그의 심기를 불편하게 만들었다. 영산을 떠난 것은 본인의 선택이니 어떤 일을 겪든 저와는 상관없는 일이라 여겼다.

그런데 아니었다. 무관심으로 일관하려 하였으나 그의 신경은 어느새 그녀를 향해 흘러가고 있었다. 개화를 빌미 삼

아. 그녀가 원하여 선심을 쓰는 것이라는 명분을 붙여 몸을 섞었다.

이상했다. 왜 자꾸 신경이 쓰이는 것인가.

그 오랜 세월 동안 연이 수에게 무슨 짓을 해도 그저 무시로 일관하며 넘겼었다. 이번처럼 분노한 적은 없었다. 그 모든 것이 무야 때문이었다.

가당치 않다. 보잘것없는 것을 마음에 두었을 리 없다. 수없이 외면하였으나 결론은 하나였다. 오늘처럼 또다시 이런 일이 벌어진다면 그는 일말의 망설임도 없이 무야에게 달려갈 것이다.

이번에는 그녀를 품는 것으로 끝이 났으나 다음엔 어찌될지 알 수 없었다. 그녀를 욕보이려 한 것들을 죽이지 않으리란 보장은 못 한다. 하여 그런 일이 발생하지 않도록 미리 그녀에게 손을 써 둔 것이다.

"몹시 거슬린단 말이지."

그가 혼잣말을 중얼거리며 차를 머금었다. 그 거슬림의 대상이 모호했다. 사내를 홀리는 그녀의 미모와 체향인지, 아니면 겁도 없이 함부로 그녀를 탐하는 몹쓸 것들인지. 아마도 후자일 가능성이 농후했다. 수의 가늘게 내리뜨진 눈에 서린 한기가 그리 말하고 있었다.

찻주전자의 차를 다 비우기도 전에 그의 손엔 거울이 들려 있을 것이다. 그쯤이면 무야가 잠에서 깨어날 터였다. 과연 열꽃의 효과가 얼마나 될지 그것도 확인할 겸, 그녀를 통해 인간 세상도 함께 관찰하려는 의도로 거울을 드는 것이다.

별다른 이유는 없었다. 평소와 다름없이 그저 인간 세상을 지켜보려는 것일 뿐.

그리 아무도 묻지도 않은 이유를 굳이 덧붙이며 수가 찻잔을 기울였다. 무야가 온 이후로 이것저것 거슬리는 것투성이였던 수의 일상이 또 시작되고 있었다.

자신의 심경에 일어난 변화가 무엇인지 알지만 수는 그것을 입 밖으로 내뱉지도, 그렇다고 속으로 인정하지도 않고 있었다.

세 번째 찻잔이 채워졌다. 그것을 들어 입으로 가져가는 수의 입술 끝이 묘하게 치켜 올라가 있었다.

온몸이 무언가에 두드려 맞은 것처럼 욱신거렸다. 무겁게 짓누르는 눈꺼풀을 겨우 떠 올렸다. 가물거리는 시선 안으로 방 안의 풍경이 서서히 들어왔다. 그리고 머릿속으로 방 안에서 있었던, 정확히는 제가 누워 있는 침상에서 벌어졌던 일들이 하나씩 새록새록 떠올랐다.

"으으."

몸을 뒤척이다 미간을 찌푸렸다. 몸살이 난 것처럼 몸이 무겁고 아렸다. 절로 새어 나온 신음에 무야의 볼이 조금 붉어졌다. 손을 움직여 이불을 걷어 내려다 무야가 멈칫했다. 손목 부위에 그가 낙인이라며 찍어 놓은 열꽃이 그녀의 시야에 들어왔다.

부위가 손목이라 그런지 색이 조금 옅었다. 그럼에도 불구하고 그것을 바라보는 무야의 얼굴은 그보다 더 짙은 빛으로 물들었다. 부끄럽기도 하고 민망하기도 하여 차마 대놓고 볼 수가 없었다.

후다닥 손을 이불 속에 감추다가 뭔가 이상함을 느끼고 다시 이불을 들췄다.

"아."

그녀의 입에서 좀 전과는 다른 작은 소리가 새어 나왔다. 멍하니 눈을 깜빡이며 이불 속에 감춰진 제 몸을 훑었다. 원래 입고 있었던 것과 다른 새 속적삼이 입혀져 있었다. 이것을 대체 언제 입었던 것일까?

곰곰이 머릿속 기억을 더듬던 무야의 귓불이 화끈거렸다. 제가 입은 것이 아니었다. 아무리 머릿속을 헤집어 보아도 떠오르는 것은 그에게 맡겼던 몸이 열락의 늪을 들락거렸던 것밖에 없었다.

"그만."

무야가 화르륵 타오르는 볼을 두 손으로 감싸며 머리를

내저었다. 머리로 비비적거리자 베고 있던 것이 바스락 소리를 냈다. 몸이 아프기는 하나 영 못 움직일 정도는 아니었다. 이대로 마냥 누워만 있을 수도 없는지라 무야가 천천히 몸을 일으켰다.

꼬르륵.

침상에서 채 벗어나기도 전에 그녀의 배가 허기짐을 알렸다. 그러고 보니 어제부터 제대로 먹은 것이 없어 내내 빈속이었다. 어제는 돈도 없을뿐더러 바짝 긴장한 탓에 밥을 먹어야겠다는 생각은 아예 하지도 못했었다.

"힘이 없을 만도 하지."

달래듯 배를 슬슬 문지르며 탁자 앞으로 다가갔다. 탁자 위에는 그녀의 옷가지가 얌전히 올려져 있었다. 그것을 걸쳐 입으며 무야가 한숨을 푹 내쉬었다. 인간 세상에서 통용되는 돈을 그녀는 가지고 있지 못했다. 어쩌다 객잔으로 들어와 밤을 보내게 되었으나 비용을 지불할 방법이 없었다.

그녀의 시선이 닫힌 창으로 향했다. 어제 밤이 되면 빠져나가려 했던 그 창이었다. 날이 밝았으니 지금은 창으로 도주하기가 어려울 것이다. 걱정과 달리 그녀의 걸음이 창으로 옮겨졌다. 달리 방도가 없으니 확인이라도 해 보고 사람이 없으면 뛰어내릴 생각에서였다.

창문 앞에 닿아 막 손잡이로 손을 뻗으려 할 때였다.

"손님, 일어나셨습니까?"

문밖에서 조심스러운 점소이의 목소리가 들렸다. 그녀의 손이 멈칫거렸다. 예기치 않은 상황에 당황하여 어찌해야 좋을지 몰랐다. 무야가 망설이는 사이 점소이의 목소리가 다시 들려왔다.

"아침을 준비하였습니다. 여기로 올려 드릴까요?"

아침이라는 말에 무야의 목으로 마른침이 꿀꺽 삼켜졌다. 그녀의 고개가 문 쪽으로 돌아갔다. 먹고 튀는 것도 나쁘지 않을 것 같다는 생각이 들었다. 지금 먹지 않으면 또 언제 밥을 먹을 수 있을지 알 수 없었다.

"바, 방으로 가져다주세요."

문 쪽으로 한 발 내딛으며 그녀가 말했다. 행여 목소리가 다급하게 들리진 않았을까 뒤늦게 걱정이 되었다.

"예. 바로 가져오겠습니다."

그녀의 걱정과 달리 점소이가 곧장 답하며 복도를 빠르게 걸어가는 소리가 들렸다. 밥을 먹을 수 있다는 생각에 무야가 저도 모르게 혀로 입술을 축였다. 터덜터덜 다시 걸음을 옮긴 그녀가 탁자 앞 의자에 주저앉았다. 객주에겐 미안한 일이나 어쩔 수 없었다. 처한 상황이 이러하니 신세를 지는 수밖에.

"아래가 왜 이리 아프지?"

다리 사이 은밀한 부위를 비롯해 하체가 뻐근하면서 아릿했다. 골반이 어긋난 것 같은 기분이 들면서 걷는 것도 조금 불편했다. 허벅지와 허리를 통통 두드리던 무야가 손길을 멈추고 멍하니 눈을 깜빡거렸다. 원인이 무엇인지 알 것 같았다.

"아아, 참 그랬지."

뭔가를 떠올린 무야의 얼굴로 열기가 밀려들었다.

"후우."

길게 숨을 내쉬며 손으로 열심히 부채질을 했다. 누가 지켜보는 것도 아닌데 괜스레 주변을 두리번거렸다. 목덜미로 손을 올려 문질렀다. 어젯밤 일을 생각하니 이상하게 몸이 달아올랐다.

다리를 한껏 모으고 심호흡으로 긴장을 풀던 무야가 갑작스러운 인기척에 화들짝 놀랐다. 누군가 문을 두드렸다.

"아침 가져왔습니다."

놀라 커진 눈으로 문을 쳐다보던 무야가 점소이의 목소리에 안도의 한숨을 내쉬었다. 벌떡 자리에서 일어나려던 무야가 다시 주저앉으며 미간을 찌푸렸다. 다리 사이가 쓰라렸다. 몸살 기운이 있는 몸도 아우성을 쳐 댔다.

"잠시만 기다려 주세요."

문을 향해 양해의 말을 하고 무야가 천천히 몸을 일으켰다. 아파 죽을 지경은 아닌데 평소처럼 움직이기 어려워 퍽이나 난감했다. 찌푸렸던 미간을 펴고 무야가 자세를 고쳐잡았다. 아무 일도 없는 것처럼 평온한 얼굴을 하고 무야가잠긴 문고리로 손을 뻗었다.

"내가 이걸 언제 잠갔지?"

고개를 갸웃거리며 걸쇠를 풀고 문을 열자 점소이가 그녀를 반기며 사람 좋은 미소를 만면에 띠웠다. 하지만 무야의시선은 점소이의 미소가 아닌 그가 들고 있는 제법 큰 쟁반에 닿아 있었다. 아침으로 혼자 먹기에 과하다 싶을 정도의음식이 쟁반 위에 가득 차려져 있었다. 무야는 입 안에 고인침이 목으로 넘어가려는 것을 가까스로 참았다. 아무래도 행색을 보고 돈이 많을 듯하여 이리 차린 것 같은데, 굶은 티를 내면 안 될 것 같아서였다.

"다른 손님은 어디 가셨습니까?"

점소이가 무야 뒤로 보이는 방 안을 기웃거리며 물었다.

"네?"

선뜻 말을 알아듣지 못한 무야가 시선을 옮겨 점소이를보았다. 그가 수를 알 리 없었다. 점소이의 안내를 받아 방안으로 들어섰을 때는 분명 무야 혼자였다. 얼마 안 가 수가그녀의 방으로 들어오긴 하였으나 점소이와 마주쳤을 리 없었다.

굳이 인간의 눈에 모습을 보일 이유가 없었다. 수는 언제 어디서든 원하는 곳으로 공간의 제약을 받지 않고 드나들 수 있었다. 그런 그가 객잔의 정문으로 들어와 무야가 있는 이층으로 점소이와 함께 올라왔을 리 만무했다.

의아해하는 무야의 귀에 점소이의 혼잣말이 들려왔다.

"이상하다. 나가는 걸 못 봤는데."

"······새벽에 나가신 것 같은데."

설마 하며 무야가 조심히 내뱉은 말에 점소이가 '아, 그러셨구나.' 하며 고개를 주억거렸다. 점소이의 시선이 쟁반으로 내려갔다. 따라 무야의 시선도 그리 움직였다.

"그것도 모르고 너무 많이 가져왔습니다. 아까 여쭤볼 것을 잘못했네요."

"괜찮으니 그냥 두고 가세요."

혹여 다시 가져갈까 하여 점소이의 말이 끝나기도 전에 무야가 탁자를 가리키며 말했다. 다급히 한 말이 높아 역정을 내는 것으로 들렸던 모양이다. 점소이가 움찔하며 급히 고개를 숙였다.

"아, 예."

재빠르게 무야를 스쳐 방 안으로 들어선 점소이가 탁자 위에 쟁반을 내려놓았다. 의도치 않았으나 그녀의 말투가 어쨌든 점소이가 눈치를 보며 빠르게 움직이게 만들었으니 다행스러운 일이었다.

다시 복도로 나선 점소이가 무야에게 인사를 하고 돌아서려다 잊은 것이 있는 듯 입을 열었다.

"세안을 하시려면 방 안쪽에 공간이 마련되어 있으니 그곳을 쓰시면 됩니다. 참. 셈은 어제 그분이 다 치르셨습니다. 편히 드시고 머무르고 싶으신 대로 있다가 가셔도 됩니다요."

"……네."

다행이었다. 점소이가 몸을 돌리자마자 무야는 문을 닫고 긴장을 풀며 안도의 한숨을 내쉬었다. 전혀 예상치 못한 일이었기에 당황스러웠다. 하마터면 점소이에게 정말이냐 되물을 뻔하였다. 무야가 탁자 위로 시선을 옮겼다. 갓 지은 쌀밥과 고깃국을 비롯한 여러 찬이 맛깔스럽게 보였다. 그야말로 진수성찬이었다.

밥을 먹기 전에 무야는 점소이가 말한 곳으로 가서 물동이의 물을 떠 간단히 씻었다. 씻고 나니 정신이 맑아지는 듯했다. 얼굴에 묻은 물기를 천으로 닦고 나온 그녀의 시선이 탁자에 머물렀다.

셈을 어찌 치렀기에 아침상이 저리도 과한 것인지 몰라도 그녀로서는 그저 감사할 따름이었다. 그가 인간들에게 모습을 보인 것도 모자라 방값은 물론 식사비까지 지불했다는 것이 놀라웠다. 수가 아니었으면 조마조마한 마음으로 밥이 어디로 들어가는지도 모르게 급히 먹어 치웠을 것이다. 그러면서 도주할 방도를 모색했겠지.

"하아."

되짚어 생각하니 참 어이가 없는 발상이었다. 그냥도 아니고 먹고 튈 생각을 다 하다니. 절레절레 고개를 젓던 무야가 탁자로 한 발을 내딛었다. 몸의 불편함은 허기보다 견디기 쉬웠다. 맛난 냄새를 맡으니 더 허기가 밀려왔다.

탁자 앞에 앉은 무야가 숟가락을 들어 국을 떠 올렸다. 입에 넣으니 배가 요동을 쳤다. 꼬르륵 소리가 더 거세졌다. 어서 빨리 더 많이 넣어 달라는 요구였다.

"잘 먹겠습니다. 수 님."

밥으로 숟가락을 옮기던 무야가 아차 하며 두 손을 모으고 눈을 감았다. 이 모든 것이 수의 배려이니 그에게 감사를 해야 마땅했다. 자신의 작은 목소리를 그가 들을 수 있을지는 알 수 없었으나 무야는 진심 어린 고마움을 말 속에 담아 냈다.

"으음."

쌀밥이 입 안에 들어가자 녹아내릴 것 같은 미소가 절로 머금어졌다. 사르르 미소가 번진 입으로 반찬이 들어갔다.

"맛있어."

오물오물 맛나게 밥을 먹는 무야의 얼굴 가득 행복함이 들어찼다. 허기에 울부짖던 배가 고요해졌다. 많은 음식이 남았으나 더 먹는 것은 힘들었다. 배가 부르니 솔솔 잠이 몰려왔다. 침상을 돌아보던 무야가 고개를 저었다.

"안 돼. 더 머무르는 건 위험해."

있고 싶은 만큼 있다가 가도 된다고 점소이가 말해 주었지만, 무야는 몸만큼이나 마음이 불편했다. 어서 이곳을 벗어나고 싶다는 마음이 불쑥 들었다. 그래서 무야는 침상이 아닌 문으로 걸음을 옮겼다.

문고리를 만지작거리다 결심을 굳히고 힘차게 문을 열었다. 복도는 고요했다. 복도를 걸어 일층과 연결된 계단에 멈춰 섰다. 아래층도 어제와 같은 번잡스러움은 느껴지지 않았다. 간단히 요기를 하기 위해 식당을 찾은 사람들이 서넛 식사를 하고 있는 게 다였다.

계단을 조심히 밟아 내려가자 점소이가 그녀를 발견하곤 쪼르르 달려왔다. 그가 굽실거리며 입을 열었다.

"식사는 괜찮으셨습니까?"

무야가 대답 대신 고개를 끄덕였다. 점소이가 있는 일층으로 내려선 무야가 뭐라 말을 해야 할지 몰라 머뭇거렸다. 그러자 눈치 빠른 점소이가 먼저 입을 열었다.

"가시게요?"

이번에도 무야는 고개만 작게 끄덕여 보였다. 슬쩍 점소이의 눈치를 살폈다. 정말 이대로 그냥 가도 되는 것인지 은근히 신경이 쓰였다. 그녀가 가겠다는 의사를 밝히자 의외로 점소이의 표정이 밝아졌다. 무야는 영문을 알 수 없었으나 점소이는 이제 수가 준 돈이 완전히 제 것이 되었다는 것에 기뻐하는 중이었다. 내심 불안했었다. 원래 지불해야 하는 것보다 너무 많은 돈을 받아서. 주인에게는 하루만 묵을 거라며 받은 돈의 일부를 건넸다. 그 돈도 적은 것은 아니었기에 오늘 아침 밥상이 거했던 것이다. 수는 아침이 오기 전에 떠났고 무야도 마저 가고 나면 따로 챙긴 돈은 온전히 자신의 것이 된다. 그러니 기쁘지 않을 리가 없었다.

어서 가라 등을 떠밀지 못하니 점소이도 나름 초조해하고 있던 중이었다. 그럴 리는 없겠지만 주인에게 혹여 어제 지불한 돈에 대해 말을 할까 내심 불안했던 차였다. 이리 빨리 떠나 주니 절로 웃음이 났다. 출입문으로 걸어가는 무야의 뒤를 따르는 점소이는 좋아 씰룩거리는 입꼬리를 단속했다.

"언제든 다시 찾아 주십시오."

정중한 인사를 하며 허리를 깊이 숙인 점소이를 뒤로하고 무야가 발걸음을 서둘렀다. 잠시 자신이 해야 할 일을 잊고 있었다. 긴장의 끈을 놓지 못한 무야가 주변을 휘둘러 살폈다. 저잣거리로 보이는 곳이 멀지 않은 곳에 있었다.

장사 준비로 분주한 거리로 사람들이 모여들고 있었다. 객잔에서는 정작 물어야 할 것은 제대로 묻지 못했다.

"저기 있는 사람들한테 물어보자. 장사치들은 아는 것이 많을 테니까. 아, 이런."

발을 움직이려다 말고 무야가 제 얼굴을 더듬었다. 경황이 없어 얼굴을 가렸던 천을 미처 챙겨 나오지 못했다. 그녀의 시선이 바지런히 움직이고 있는 사람들을 훑었다.

꿀꺽. 마른침이 삼켜졌다. 무야가 아래로 뻗은 손을 꽉 움켜쥐고 숨을 깊게 들이켰다.

"괜찮을 거야."

아직 인간들 속에 섞이는 것이 자연스럽지 못했으나 무야는 용기를 냈다. 수가 수고를 마다 않고 온몸에 새겨 준 열꽃이 자신을 보호해 줄 것이라 무야는 믿어 의심치 않았다. 그 때문에 내딛는 발걸음이 조금은 수월했다.

좌판에 물건을 깔고 주변을 청소하는 상인들의 모습을 이리저리 살피며 무야가 저잣거리로 스며들었다. 갖가지 신기한 물건들이 가게의 진열대와 좌판에 즐비했다. 다른 때였으면 그것들에 정신을 온통 빼앗겼을 것이다. 하지만 지금 무야에게는 그 어느 것도 들어오지 않았다.

사내들을 보면 절로 몸이 움찔거렸다. 뭐라 말을 붙여 볼 엄두도 내지 못하고 그들 사이를 지나치기 바빴다. 아직 자신을 범하려던 사냥꾼으로부터 받은 충격에서 완전히 벗어나지 못한 듯했다.

골목길로 접어든 무야가 가쁜 숨을 몰아쉬었다. 어느 정도 안정이 되자 뒤를 돌아보았다. 사람들은 여전히 각자의 일에 바빴다. 그녀에겐 아무도 신경을 쓰지 않는 눈치였다. 무야 혼자 긴장하고 있었던 모양이다.

"정말 효과가 있나 보다."

마을에 들어섰을 때부터 쫓아오던 불쾌한 시선이 이번에는 없었다. 사내들이 그녀를 힐끔거리며 쳐다보긴 하였으나, 그것은 단지 물건을 살까 싶어 살핀 것이었다. 그녀가 너무 예민하게 반응하며 빠르게 지나치는 통에 그마저도 심드렁하게 시선을 거뒀다.

이 모두가 수의 은덕 때문이었다. 무야가 소맷자락을 슬쩍 끌어당겨 손목을 드러냈다. 가녀린 손목에 분홍빛의 열꽃이 피어나 있었다. 그 뒤로 또 하나가 보였다. 마치 온몸에 결계가 쳐진 것 같았다. 사내를 홀린다는 그 체향을 이 열꽃이 가둬 두는 것은 아닌가 하는 생각이 불현듯 들었다.

"감사합니다."

수 님. 그의 이름을 조용히 입 안에서 되새겨 보았다. 두근두근. 열꽃에서 번진 설렘이 그녀의 심장을 들썩이게 만들었다. 묘했다. 입 안에 마치 달콤한 꿀이라도 머금고 있는 것 같았다. 그의 이름이 다디달았다.

잘근. 무야가 아랫입술을 깨물었다. 두근거림이 잦아들지 않는 심장 위를 손으로 지그시 눌렀다. 무야는 제 가슴에서 이상한 기운을 감지했다. 수를 떠올리고 그의 이름을 부를 때마다 가슴이 들썩거리며 빠르게 뛰어 댔다.

'이러면 안 되는데.'

수의 호의를 다른 의도로 받아들이면 곤란했다. 저같이 보 잘것없고 하찮은 것을 위해 벌써 두 번이나 몸을 희생한 그 였다. 이유는 명백했다. 정원 때문이었다. 달리 오해를 하면 아니 된다.

"후우. 고작 두 번에 이럼 곤란하다고."

일부러 엄한 말투로 말하며 그녀가 제 가슴을 톡톡 두드 렸다. 지금 그녀의 가슴이 두근거리는 것은 수에 대한 두려 움이나 경이로움에서 비롯된 감정이 아니었다.

그가 사내로 느껴졌다. 여타 인간의 사내가 아닌, 특별한 사내 말이다. 저와 긴밀한 사이인 사내. 몸을 섞어도 전혀 이상하지 않은 그런.

거기까지 생각하던 무야가 미쳤다며 고개를 세차게 흔들 었다. 그와 자신은 단순히 남녀로 구분 지을 수 없는 사이였 다. 주인과 노비라면 또 모를까.

감히, 그런 불손한 생각을 품다니. 질끈 눈까지 감은 무야가 가만히 두근거림이 잦아들기를 기다렸다.

'이러지 마. 제발.'

안 된다고 수없이 자신을 세뇌시키던 무야가 한참이 지난 후에야 겨우 눈을 떠 올렸다.

"주인님."

무야는 수의 이름 대신 그를 주인님이라 부르기로 결심했다. 그래야 더는 헛된 생각을 품지 않을 것 같았다. 감히, 언감생심. 그분이 어떤 분이신데 함부로 샷된 마음을 품는단 말인가.

"얼른 돌아가야지. 돌아가서 정원이랑 고택도 손보고 찻잎도 새로 따서 만들어 놓고……."

자신이 해야 할 일들을 입으로 나열하며 무야는 고택에서의 제 위치를 다시 한 번 되새겼다. 그녀가 몸을 돌려 골목을 빠져나왔다. 이젠 어느 것이 더 중요한 것인지 헷갈릴 지경이었다. 어미를 만나고 구하는 것인지. 아니면, 그것을 끝내고 수에게로 돌아가는 것인지. 알 수가 없었다.

바삐 움직인 발걸음이 선해 보이는 장사치의 가게 앞에서 멈췄다. 가죽 신발을 만들어 파는 갖바치였다.

"이보시오."

조심스럽게 부르는 소리에 갖바치가 가죽 만지던 것을 멈추고 고개를 들었다. 고운 자태의 여인이 엷은 미소를 띠며 바라보고 있었다. 귀족의 여식인 듯하여 바로 머리를 조아렸다.

"예, 아가씨. 찾으시는 것이 있으십니까?"

"그것이 아니라. 물어볼 것이 있어서……."

신발을 사려는 것이 아니라는 말에 갓바치의 만면에 머물러 있던 상업적 웃음이 말끔히 지워졌다. 조금 불퉁한 목소리와 무뚝뚝한 표정으로 그가 물었다.

"뭘 말입니까?"

"혹시 야묘족이 있는 귀족의 집이 어디인지 아시오?"

"예?"

돌려 말하는 것보다 직설적으로 묻는 것이 나을 듯하여 야묘족을 거론하자 단박에 갓바치의 미간이 좁혀졌다. 가죽을 더듬는 얼굴이 신중하고 서글서글하여 말을 붙였는데, 보이는 반응은 무야의 예상과 달리 투박하고 거칠었다.

"야묘족을 둔 귀족 말이오."

제 얼굴을 요모조모 뜯어보는 갓바치의 시선을 아무렇지 않은 듯 받아 내며 무야가 말했다. 행색이며 얼굴 생김이 예사롭지 않다 여긴 갓바치가 유순해진 말투로 답했다.

"찾으시는 댁에 야묘족이 있는 모양입니다."

무야가 고개를 끄덕이자 갓바치가 슬쩍 자신이 만지던 가죽을 내려다봤다. 그러곤 혼잣말을 중얼거렸다.

"정은 대감 댁 것은 그제 잡았고. 서가 대감 댁 것은 어제 잡았으니 없을 테고."

그의 시선이 닿은 가죽으로 무야의 시선이 내려앉았다. 은빛 털이 생생한 가죽이었다. 다가올 겨울을 대비해 털신을 만들고 있는 모양이었다. 그런데 손에 쥔 가죽의 털이 낯설지 않았다.

야묘족의 털빛은 보통 세 가지로 나뉜다. 금빛, 은빛, 그리고 잿빛. 그중에 무야는 은빛의 털을 가지고 있었다. 제 마을 사람과 똑같은 은빛의 털이 눈앞에 있었다. 벗겨진 가죽의 형태로. 잡았다는 갖바치의 말이 그녀의 머릿속에 잔혹한 장면을 떠올리게 했다. 산 채로 눈알이 뽑히고 죽어 야묘족의 모습으로 돌아간 상태로 가죽이 벗겨지는 것까지 생각하다 무야가 질끈 눈을 감았다. 자신이 알던 누군가의 가죽일 수도 있었다.

구역질이 났다. 잘근 아랫입술을 깨물고 간신히 참고 있는 무야의 귀에 갖바치의 심드렁한 목소리가 들렸다.

"한두 집이 아닌데 어찌 찾으려고 그것만 알고 왔대."

무야의 눈이 천천히 떠졌다. 그녀의 시야에 가죽을 잘라내는 갖바치의 모습이 들어왔다. 잘 벼린 칼에 가죽이 잘려 나갔다. 조각조각 떨어져 나간 가죽이 바닥으로 일부 떨어졌다. 이미 갖바치의 발아래엔 다른 가죽들까지 합해져 어지러이 널려 있었다. 밟히고 더럽혀진 그것들을 보고 있자니 현기증마저 일었다.

"야묘족이 제일 많은 댁은 대찬진 영감 댁이니 거기로 가보십시오."

"대찬진?"

되묻는 무야의 말에 귀찮은 듯 갖바치가 턱짓으로 반대편 길을 가리켰다. 그쪽 길로 가면 나올 거라는 말을 그리 대신하는 듯했다. 더는 말을 걸지 말라는 뜻으로 갖바치가 고개를 숙이고 다시 일에 열중했다. 무야도 더는 그의 손에 잘려나가는 가죽을 보고 싶지 않아 시선을 돌렸다.

고맙다는 인사도 하지 않고 그대로 발걸음을 옮겼다. 사람을 보는 눈이 없는 모양이다. 저런 인간을 순한 자라 생각하고 말을 걸었으니.

"하아."

역한 속이 불편하고 갑갑하여 무야는 일부러 크게 심호흡을 했다. 그래도 전혀 나아질 기미가 보이지 않았다. 한시라도 빨리 저잣거리를 벗어나는 것이 좋을 듯하여 무야가 걸음을 재촉했다.

말로만 들었지 가죽을 벗겨 물건을 만드는 것은 처음 보았다. 충격적이었다. 같은 마을에 살던 자였을 수도 있다는 생각에 공포심마저 들었다. 자신의 어미가 저런 꼴을 당할 수도 있다 생각하니 진저리가 쳐졌다. 절대 그렇게 두지 않을 것이다.

"대찬진 영감의 집이 어디요."

지나는 여인의 팔을 붙잡아 세워 물었다.

"저쪽 저 솟을대문 높은 집입니다."

심각한 무야의 낯빛에 여인이 서둘러 말하며 팔을 뺐다. 그러곤 황급히 자리를 떴다. 평소와 달리 웃지 않아 무야의 표정이 매서워 보일 수도 있었으나, 그보다는 대찬진이라는 이름이 주는 공포심 때문에 도망치듯 자리를 벗어난 것이 아닌가 싶을 정도로 여인의 얼굴과 행동엔 당혹한 기색이 역력했다.

멀어지는 여인에게는 신경이 쓰이지 않았다. 그녀의 시선은 오로지 여인이 알려 준 높은 솟을대문에 집중되어 있었다.

터벅터벅 무야의 발걸음이 절로 그곳으로 향했다. 귀족들이 사는 곳답게 주변엔 제법 큰 집들이 즐비했다. 그 가운데 가장 크고 웅장한 솟을대문을 가지고 있는 곳이 바로 대찬진의 집이었다.

단번에 찾을 거라는 생각은 하지 않았다. 이곳에 제 어미가 없을 수도 있었다. 하지만 저곳에 제법 많은 야묘족이 잡혀 있을 거라는 예감은 틀리지 않을 것이다. 하늘에 닿을 듯

높이 솟아오른 웅장한 대문을 바라보는 무야의 마음은 침잠했다.

"다른 건 생각하지 말자. 엄마만 구해 내자. 그것만 생각해야 해."

다짐하고 또 다짐했다. 야묘족의 가죽을 직접 눈으로 본 이상 얼굴만 보고 돌아간다거나 안전만 확인하는 것 따위로 만족할 수가 없었다. 그곳에 있다간 언제 끔찍한 일을 당할지 알 수 없었다. 중년의 야묘족에게 얼마만큼의 시간이 주어질지는 알 수 없었다.

무야와 이별한 것이 벌써 십 년이 넘었다. 그 세월 동안 어미가 한곳에 머물러 있었을지 다른 곳을 전전했을지는 알 수 없었다. 살아 있다는 것만으로도 다행한 일이었다.

무야가 초조한 시선으로 집의 외관을 살폈다. 에둘러 싼 담은 솟을대문만큼은 아니었으나 다른 집들보다 높았다. 그렇다고 무야가 넘지 못할 정도는 아니었다. 그녀는 야묘족이었다. 나무와 나무 사이를 자유자재로 오르내릴 수 있고 산타기에 능한. 저 정도의 담장은 문제 될 것이 없었다.

해가 있는 낮에 담장을 넘는 것은 위험할 수도 있었다. 그렇다고 해가 지고 난 후에 움직이자니 그것 또한 곤란하기는 마찬가지였다. 밤에 인간 세상을 돌아다니는 것은 '나 야묘족이야.'라고 말하고 다니는 것과 다름없었다.

"어차피 위험하긴 마찬가지야."

결심을 굳힌 듯 무야가 주먹을 꽉 움켜쥐고 결의 찬 표정으로 걸음을 내딛었다. 사람들의 시선이 닿지 않는 곳을 찾아 담장을 넘을 생각이었다.

대찬진의 집은 고택만큼이나 넓었다. 걷고 걸어도 끝이 보이지 않을 것 같은 담장의 외곽을 따라 무야가 조심조심 발걸음을 옮겼다. 주변을 경계하는 것도 게을리하지 않았다. 귀족들의 집이 즐비한 곳인 만큼 집 안에도 거리에도 사람들이 많았다. 거의가 귀족의 집안에서 부리는 사람들인 것 같았다.

그나마 집들이 일정한 거리를 두고 떨어져 있어 다행이었다. 집의 뒤쪽으로 돌아가자 대나무 숲이 나타났다. 담장과 가까운 거리에 장대처럼 높이 자란 대나무가 빼곡한 숲을 이루고 있었다. 사람 하나가 겨우 지나갈 정도의 공간이 그 사이에 있었다.

대낮임에도 습하고 어두컴컴하여 을씨년스러운 기운이 넘실거렸다. 그래서인지 오가는 사람은 전혀 없었다. 문제는 담장 안쪽이었다. 담을 넘다 누군가에게 발각이 되면 안 되니 신중에 신중을 기해야 했다.

담장에 바짝 붙어선 무야가 가만히 안쪽의 기척에 귀를 기울였다. 인간보다 예민하게 발달한 청각이 작은 소리까지 잡아내었다. 멀리서 오가는 발소리와 사람의 목소리가 들리는가 싶더니 이내 잠잠해졌다.

'이쪽엔 아무도 없는 것 같은데.'

바짝 긴장한 채로 무야가 담장 위에 손을 올리고 발을 돋웠다. 고개를 살짝 내밀어 안쪽을 살폈다. 그녀의 예상대로 담장 가까이에는 아무도 없었다. 텅 빈 마당 한가운데 별채 같은 것이 있었다. 사당이었다.

특별한 경우가 아니면 사람이 오는 일은 드문 장소였다. 사당에 대해 자세히 알지 못하는 무야는 안에서 흘러나오는 향냄새로 그곳이 사람이 오래 머물며 기거하는 장소는 아니라는 사실만 알아냈다.

급하게 피신해야 할 일이 있으면 저곳에 숨으면 되겠다는 생각을 하고 훌쩍 담을 뛰어넘었다. 나비처럼 우아하고 가벼운 몸놀림이었다. 소리도 없이 바닥에 가뿐히 내려앉은 무야가 바짝 몸을 낮췄다.

'휴우. 성공했다.'

속으로 쾌재를 부르다 아직 아무것도 한 게 없다는 사실을 떠올렸다. 가장 먼저 해야 할 건 집 안에 야묘족이 있느냐, 그들이 어디에 머무느냐 하는 것을 알아내는 일이었다. 무야는 귀를 쫑긋하며 사람들의 말소리를 찾았다. 멀리 떨어진 곳에서 사람들의 기척이 느껴졌다.

절로 발이 그쪽으로 향했다. 그들의 소리를 좀 더 자세히 엿듣기 위해서였다. 들키지 않을 정도의 거리를 유지하고 벽에 붙어 섰다. 왁자지껄하게 떠드는 여인네들의 소리와 다듬이질 소리가 뒤섞여 제대로 대화를 들을 수가 없었다.

"그래서 어제…… 그랬잖아."

"……소리가 나더라니."

중간중간 소리가 끊기고 그 사이로 탁탁거리는 요란한 소리가 들렸다. 아무래도 빨래를 손질하고 있는 여인들에게서는 듣고 싶은 말을 들을 수 없을 것 같았다. 다른 이들을 찾아보려 무야가 막 몸을 돌렸을 때였다.

"죽지 않은 것이 다행이지. 그래서 그 요상한 것은 지금 어찌 되었다던가?"

무야의 발걸음을 붙잡은 것은 다른 말이 아닌 요상한 것이란 말 한마디였다. 어쩐지 그것이 자신이 찾던 야묘족을 일컫는 말이라는 확신이 강하게 왔다.

"그래서 그건 지금 어디 있다는데?"

이어진 말에 무야의 몸이 다시 그들이 있는 곳을 향해 돌아섰다. 한 발 한 발 최대한 가까이 다가갈 수 있는 만큼을 움직여 집중하여 귀를 기울였다. 마른침이 꿀꺽 삼켜졌다.

어쩌면. 어쩌면…….

다음 말은 무야의 머릿속에서 다 이어지지 못했다. 덧붙이면 꼭 현실이 되지 못하고 영영 꿈속에 머무르게 될까 봐 더럭 겁이 났다.

"지하에 감금됐대."

목소리를 낮춰 은밀하게 상대에게 말하는 소리가 무야의 귀에 명확히 들려왔다. 두근두근 무야의 심장이 격한 움직임을 시작했다. 그녀의 시선이 분주하게 움직였다. 이 집 안 어딘가에 지하가 있고 거기에 문제의 야묘족이 갇혀 있을지도 몰랐다.

수의 거울에서 보았던 어미의 모습이 떠올랐다. 제아를 감싸 안고 대신 채찍을 맞던 모습이 선명하게 그녀의 머릿속에 떠올랐다. 무야는 그곳에 갇힌 야묘족이 제 어미라고 확신했다. 그 일로 귀족의 눈 밖에 났든지, 아니면 야묘족을 관리하는 자의 심기를 건드린 죄로 지하에 갇힌 것이 분명했다.

그날로부터 얼마나 시일이 지난 것인지 모르나 지금 당장 떠오르는 것은 그 이유밖에 없었다. 그리 생각하니 마음이 조급해졌다. 어서 빨리 지하를 찾아 제 어미를 구해 내야 했다. 더 늦기 전에.

아직은 살아 있으나 언제 죽임을 당할지 알 수 없는 노릇이었다. 갖바치의 손에 동족의 가죽이 잘려 나가던 끔찍한 장면이 머릿속에 생생하게 떠올랐다. 무야의 어미도 언젠가는 그리될 것이다. 인간들이 야묘족을 소유하는 이유는 명백했다. 야명주와 가죽.

살아 있는 야묘족을 죽이는 이유도 그와 같았다. 필요할 때 그것들을 얻기 위해서.

우선은 사람들의 기척이 느껴지지 않는 곳을 위주로 움직였다. 지하로 향하는 통로가 있을 만한 곳을 재빨리 살피고 숨기를 반복했다. 집이 워낙 넓은 데다가 구조도 모르니 지하를 찾을 때까지 얼마가 걸릴지 알 수 없었다.

'저기다!'

해가 길게 그림자를 만들어 내고 있었다. 어둠이 찾아올 때까지 시간이 얼마 남지 않았다. 무야는 광으로 보이는 문 앞을 지키고 선 두 사내를 발견하고 그곳이 자신이 찾던 곳이라는 걸 직감했다.

자신이 둘러본 곳 그 어디에서도 무기를 들고 뭔가를 지키기 위해 서 있는 자들을 보지 못했다. 이 집 안에서 가장 값나가는 것이 그 안에 있을 것이다.

꿀꺽. 무야의 목으로 마른침이 넘어갔다. 입 안이 바짝 타들어 갔다. 한시라도 빨리 저 안으로 들어가 지하로 이어진 통로를 확인하고 싶었다. 그녀의 두 눈이 분주하게 사내들이 지키고 선 광을 살폈다.

그녀가 있는 곳에선 시야의 제한이 있었다. 자리를 옮겨 다른 쪽을 확인해야 했다. 안으로 들어갈 수 있는 창문이라도 있으면 좋겠지만, 장담할 순 없었다. 아니, 있을 것 같지 않았다. 누가 훔쳐 갈까, 아니면 안에 있는 것이 달아날까 채찍과 도를 찬 자들까지 세워 두었는데 허술하게 그런 것을 두었을 리가 없었다.

그럼에도 무야는 조심조심 광을 향해 걸음을 옮겼다. 자세를 낮춰 기척을 숨기고 사내들이 서 있는 곳을 피해 움직였다.

"왜 이리 늦었어?"

갑작스러운 말소리에 무야가 흠칫 놀라 동작을 멈췄다. 또르르 그녀의 눈동자가 굴러 소리가 들린 곳을 확인했다. 사내들이 서 있던 곳으로 누군가 다가오고 있었다. 커다란 바구니를 들고 있는 여인을 향해 사내가 투덜거리고 있었다.

"늦긴 뭘 늦어요. 딱 맞춰 왔구면."

"해가 다 지고 있는데 무슨."

"아직 안 넘어갔거든요?"

여인이 사내들 앞에 바구니를 내려놓으며 삐죽거렸다. 바구니에서 음식 냄새가 나는 것으로 보아 저녁을 가져온 듯했다. 다행히 아직 아무도 그녀를 알아채지 못했다.

그녀의 눈이 주변을 빠르게 훑었다. 가까이 나무가 있었다. 잽싸게 그곳으로 가 몸을 숨겼다. 오래된 나무인 듯 둘레가 제법 굵어 그녀의 몸을 숨기기에 적당했다. 원래 입는 허름한 것보다 넓게 퍼지는 비단 치마가 약간 신경이 쓰였다.

"먹고 또 옆에 그냥 두지 말고 부엌으로 가져와요."

"다시 와서 가져가. 여기 비웠다가 무슨 불호령이 떨어질 줄 알고."

"어차피 도망도 못 가는데 뭘."

"어디 주인 나리께도 그리 말해 보거라."

"어휴. 무슨. 그러다 큰일 나게요. 알았으니까. 먹고 잘 덮어 두기나 해요."

"큭큭. 알았어."

그들이 주고받는 말소리를 들으며 무야가 광의 뒤쪽으로 소리를 죽여 움직였다. 진저리를 치며 몸을 돌린 여인은 뒤도 돌아보지 않고 바삐 샛문으로 향했다. 사내들은 배가 많이 고팠던지 이내 땅에 주저앉아 음식을 먹기 시작했다. 밥을 먹는 와중에도 문 앞을 비우지 못하는 모양이었다.

"하아."

광의 외부를 휘둘러 살피던 무야가 깊은 한숨을 내쉬었다. 예상대로 창문 같은 것은 없었다. 문이 있는 곳의 오른쪽과 뒷면을 보았다. 남은 것은 왼쪽 벽면이었다. 힘없는 걸음이 그곳으로 향했다.

발보다 먼저 그녀의 고개가 벽을 확인했다. 실망에 젖어 있던 무야의 눈이 커졌다. 있었다. 창문이. 그녀의 걸음이 빨라졌다. 벽에 바짝 붙어 창문 아래로 다가간 그녀가 사내들의 기척을 다시 한 번 살폈다.

달그락거리며 밥 먹는 소리가 들렸다. 아직 식사에 열중하고 있는 중이었다. 안도의 한숨을 내쉰 무야가 발을 돋워 창문을 자세히 확인했다. 그녀의 몸이 겨우 들어갈 정도의 창문에 창살이 세 개나 박혀 있었다.

잘근. 무야가 아랫입술을 깨물었다. 창살을 제거하지 않는이상은 안으로 들어갈 수가 없었다. 맨손으로 창살을 빼낼수는 없었다. 그렇다고 도구를 쓰기도 어려웠다. 쉬울 거란생각은 하지 않았으나 막상 창문이 있음에도 들어갈 수 없단 사실에 직면하자 눈앞이 깜깜해졌다.

"거기 들어가시게?"

느닷없이 들려온 목소리에 무야의 몸이 얼어붙었다. 등 뒤에 누군가가 있었다. 아무런 기척도 느끼지 못했었다. 창문으로 들어갈 수 있는 방법만 골몰히 생각하느라 잠시 방심했었다. 그녀의 눈동자가 두려움을 담아 어지럽게 흔들렸다.

"내가 도와 드릴까?"

그녀의 등 뒤로 바짝 다가선 낯선 남자가 귓가에 나직하게 속삭였다. 등줄기를 타고 올라온 소름이 무야의 목덜미까지 서늘하게 만들었다.

톡. 톡. 차가운 것이 그녀의 얼굴과 머리 위에 떨어졌다. 섬뜩한 예감에 무야가 진저리를 치며 손바닥을 펼쳤다. 파르르 떨리는 손바닥 위로 차가운 감촉이 느껴졌다. 하늘로부터 떨어져 내리는 빗방울의 감촉이었다.

비가 오기 시작했다. 그리 큰 비는 아니나 몸을 적시기에는 충분한 양의 비가 쏟아졌다. 바람도 없이 곧게 내리는 비가 그녀의 몸 위로 떨어져 내렸다. 후다닥 처마 밑으로 들어간 무야의 치맛자락 위로 빗방울이 떨어졌다.

와락 치맛자락을 끌어당기며 비에 젖지 않으려 안간힘을 쓰는 무야의 귀로 낮은 웃음소리가 들려왔다.

"훗."

남자가 재미있다는 듯 웃었다.

9. 속고 또 속고

갈기갈기 찢긴 채로 무한의 공간을 떠돌던 연의 몸이 하나하나 모여들어 덩어리지기 시작했다. 응어리진 핏덩이처럼 새빨갛던 것이 점점 커지며 형체를 잡아 가기 시작했다. 물이 일렁이듯 이리저리 흔들리던 것이 서서히 연의 모습으로 변모했다.

온전하게 돌아온 연의 눈빛이 사나웠다. 그의 입술 한쪽이 비릿하게 치켜 올라갔다. 사박사박 연이 허공을 밟아 앞으로 걸어 나갔다. 그가 지나간 자리로 서늘한 한기가 서렸다. 그가 손을 휘젓자 시공간에 균열이 일며 서서히 틈이 벌어졌다.

"날 여기 보낸 걸 후회하게 만들어 주지."

섬뜩한 기운이 넘실거리는 말을 흘려 내며 연이 공간을 뛰어넘었다. 연못의 물이 출렁거리며 요동쳤다.

촤악! 수면 위로 연이 모습을 드러냈다. 연못을 벗어난 그의 몸에선 물 한 방울 흘러내리지 않았다. 운산은 연이 떠났을 때의 참담하고 끔찍한 폐허의 형태 그대로 남아 있었다. 시간이 멈춘 듯 죽어 있던 운산에 다시 생명의 기운이 깃들었다.

박살이 난 벽장 앞에서 그가 걸음을 멈췄다. 그가 양손을 가슴 앞에 모았다가 활짝 펼치며 주문을 외웠다. 그러자 무너지기 전의 벽장으로 순식간에 복원되었다. 연이 눈에 보이는 술병을 집어 들어 뚜껑을 따고 입으로 가져갔다.

꿀꺽꿀꺽. 잔에 따르지도 않고 병을 입으로 가져가 머금었다. 새로운 생명이 땅을 뚫고 용솟음쳤다. 그가 몸을 돌려 연못으로 향했다. 걸음을 옮기는 와중에 술병을 들고 있던 손을 펼쳤다.

병은 바닥으로 떨어지지 않고 원래 있던 곳으로 이동했다. 연의 손에는 곧 다른 술병이 쥐어졌다. 그는 보지도 않고 뚜껑을 따 똑같이 병째로 입에 대고 기울였다. 연못 앞에 선 연이 수면 위를 손으로 쓸자 인간 세상이 투영되었다.

"미친."

욕지거리가 터져 나왔다. 연이 무한의 공간을 떠돌던 사이 인간 세상에는 원인을 알 수 없는 돌림병이 창궐하였다. 하여 그 짧은 시간 동안 벌써 수백이 죽어 나갔다. 이를 빠득 갈며 그가 거칠게 몸을 돌렸다.

벽장 옆으로 걸어간 연이 자세를 낮춰 앉아 항아리가 있던 자리의 바닥을 짚었다. 그의 손에서 뻗어 나온 기운이 땅으로 스며들었다. 땅속에서 항아리가 솟아올랐다. 급히 항아리에 손을 넣은 연이 뭔가를 한 움큼 잡아 꺼냈다.

새하얀 모래가 그의 손안에 들어찼다. 연못으로 돌아간 연이 수면 위로 그 모래를 흩뿌렸다. 그것이 수면 아래로 떨어지자 돌림병이 창궐한 인간 세상에 비가 내렸다. 모든 것을 다 씻어 내릴 듯 어마어마한 양의 장대비가 쏟아졌다.

우기도 아닌데 갑작스럽게 내리는 큰비에 인간들이 당혹스러워하며 우왕좌왕거렸다. 곧 돌림병이 잦아들 터였다. 연의 부재는 인간 세상의 재앙으로 이어진다. 그것이 어떤 식으로 나타날지는 알 수 없다. 수백 수천의 생명이 죽어 나가는 것은 물론이고, 혼란한 와중에 새로운 생명은 태어날 기미를 보이지 않는다.

일순간 세상의 균형이 무너지는 것이다.

물론, 돌림병이나 전쟁이 연의 부재로 인해서만 일어나는 것은 아니었다. 하지만 이번은 경우가 달랐다. 이전에는 적당히 수를 조절하며 죽음과 삶의 조화로운 균형을 이어 왔다면, 지금은 죽음만 만연했다.

그것이 연에게 의미하는 것은 단 하나였다. 자신이 수에게 졌다는 것.

파삭. 그가 들고 있던 술병을 바닥에 내동댕이쳤다. 술병이 산산조각 나며 사방으로 파편이 튀었으나 연은 아랑곳하지 않았다. 주먹이 불끈 쥐어졌다. 부들부들 분노로 그의 손이 떨렸다.

참을 수가 없었다. 늘 우위에 있던 것은 자신이라 여겼다. 그리 생각한 것은 아마도 수의 성정 때문이었을 것이다.

죽음의 신 주제에 작은 생명이라도 꼭 제 손으로 키워 내고 싶어 했다. 하지만 고택에서는 그 어떤 것도 살아남을 수가 없었다. 적어도 연이 제 기운을 불어넣은 무야를 던져 놓기 전까지는 그랬다.

매번 실망하고 좌절하는 수의 모습이 꽤 재밌었다. 이번에도 여지없이 그러리라 생각했다. 그런데 일이 꼬인 것도 모자라 연을 이 꼴로 만들어 버렸다.

"제 것이라니. 허."

절로 헛웃음이 터져 나왔다. 그가 수면을 세차게 손으로 휘저었다. 그러자 여태 보이던 장면에서 다른 장면으로 바뀌었다. 어느 귀족의 집이었다. 수면을 들여다보던 연의 미간이 찌푸려졌다.

"왜 저것이 저기 있는 거지?"

수의 그 귀한 무야가 어떤 꼴로 지내고 있는지 확인하고자 한 것인데, 전혀 예상치 못한 곳에 무야가 있었다.

"뭘 하고 있는 것이야."

뭔가를 찾는 듯 인간들을 피해 집의 이곳저곳을 몰래 살피는 것이 예사롭지 않았다. 한참 무야가 하는 양을 지켜보던 연의 입술이 비릿하게 말려 올라갔다. 어떤 생각이 그의 머릿속을 스쳐 지나간 탓이었다.

"찾고 있는 것이더냐?"

예상 밖이었다. 설마하니 무야가 아직도 자신이 한 말을 철석같이 믿고 있으리라 생각지 못했다. 자신을 범하고 죽일 뻔한 연이 한 말을 곧이곧대로 믿다니. 생각했던 것보다 무야는 미련하고 우둔한 구석이 있었다.

"그놈 밑에서 컸으니 그리된 것이지."

그의 만면에 사악한 미소가 번졌다. 함부로 탐하지 말라 경고하며 저를 찢어발겨 무한의 공간으로 보내더니, 정작 무야는 아무것도 모르는 상태로 인간 세상에서 제 어미를 찾겠다고 혈안이 되어 있었다.

위험은 도처에 널려 있었다. 그녀의 체향이 사내들을 홀려 끌어들일 것이고, 그것들은 무야를 잡아먹으려 혈안이 되어 있을 것이다. 밤이 찾아오면 언제 들킬지 몰라 노심초사해야 했다. 야묘족의 특성상 밤이 되면 눈이 세상 그 어떤 것보다 아름다운 빛깔로 눈부시게 빛나게 되어 있었다.

"아 참. 저기도 비를 내려야지. 깨끗하게 정화되게."

갑자기 까무룩 잊고 있던 것이 떠올랐다는 듯 말하며 그가 탁탁 검지로 연못의 외벽을 두드렸다. 비릿하게 말려 올라간 입술에 음험한 기류가 흘렀다. 더불어 아주 재미난 일을 발견한 것처럼 그의 눈빛이 빛났다.

묘하게도 무야가 있는 곳에는 돌림병이 돌지 않았다. 평화롭기 그지없는 마을의 풍경이 연의 심기를 뒤틀리게 만들었다. 교묘히 그곳에만 결계를 치고 막아 놓은 것이 틀림없었다. 애먼 기운이 찾아들지 못하게. 죽음의 신은 생명을 피워 내진 못해도 죽음을 막을 수는 있었다. 이 모두가 수의 수작질에서 비롯된 것임을 연은 단번에 알아챌 수 있었다.

"그리 중하더냐. 저 보잘것없는 것이."

연의 미소가 짙어졌다. 차갑게 식은 연의 눈동자가 연못에 비친 무야의 모습을 좇았다. 그가 손끝으로 장난치듯 물을 찰박찰박 두드렸다. 물이 가볍게 튀며 수면 아래로 물방울이 스며들었다. 그 물방울이 비가 되어 무야가 있는 곳으로 추적추적 떨어지기 시작했다.

병마를 씻어 내릴 것이 아니니 다른 것은 필요치 않았다.
무야를 적셔 놓기엔 단순한 소나기 정도로도 충분했다.

"이런, 벌써 들키면 재미없는데."

느닷없이 나타난 방해꾼에 연의 미간이 살짝 찌푸려졌다.
그러나 비틀려 올라간 입술은 여전했다. 이건 또 이것대로
재미있는 일이었다. 겁도 없이 인간의 집 안에서 어슬렁거리
며 돌아다녔으니 저리되는 것이다.

"인간을 너무 낮잡아 본 것이지."

무야의 앞으로 성큼성큼 다가서는 사내를 보며 연이 수면
을 조금 더 세게 두드렸다. 빗줄기가 거세어졌다.

사내가 손을 뻗어 무야의 어깨를 우악스럽게 잡더니 처마
밖으로 끌어냈다. 굵어진 빗방울이 무야의 몸 위로 거침없이
쏟아져 내렸다. 그녀의 몸이 젖어 들고 있었다. 사내의 손에
서 벗어나려 무야가 버둥거렸다. 하나, 부질없는 짓이었다.
사내의 손에 더 힘이 들어갔다. 잡힌 어깨에 통증이 느껴졌
던지 무야가 미간을 한껏 찌푸리며 낮은 신음을 흘렸다.

그를 보는 연의 입가에 더 짙은 미소가 자리했다. 연이 무
야를 중심으로 양손을 펼쳐 그 집 안 전체를 감싼 채 무언가
를 중얼거렸다. 그가 친 결계가 귀족의 집을 에워쌌다. 아무
리 수라고 하여도 그곳으로 직접 달려가 결계를 부수지 않

는 한 손을 쓸 수 없을 것이다.

"잠깐이면 돼. 아주 잠깐만 수의 눈과 귀를 가려 놓으면."

흡족하게 말려 올라간 입술이 달싹거렸다. 인간에게 정체를 발각당한 무야의 뒤가 어찌 될지는 눈에 보듯 뻔했다. 참혹한 끝을 보기 전에 그보다 더한 꼴을 당하게 될 것이다. 무야는 인간 사내의 욕정을 들끓게 하기에 충분한 미모를 가지고 있었다.

다른 야묘족 여인들이 그러했듯이 무야도 무참히 능욕을 당한 뒤에 눈알이 뽑히고 가죽이 벗겨질 것이다. 어쩌면 그들보다 더한 꼴을 당할 수도 있겠다. 개화를 함께한 수가 미처 날뛸 정도인 것을 보면 제법 맛이 좋을 듯하니.

"반나절, 그만큼만 수의 눈을 가려 놓으면 될 것이야."

수도 이렇게 빨리 연이 돌아오리라는 걸 예측하지 못했을 것이다. 오자마자 무야를 해하려는 그의 계략도 전혀 눈치채지 못했으리라. 다음엔 쉬이 넘어가지 않을 것이라 경고를 했으니 알아듣고 자숙하고 있으리라 그리 가당치도 않은 생각을 하고 있을 것이다.

"그러게 기회가 왔을 때 한 번에 잘 했어야지. 뒤탈이 나지 않게."

죽음은 그 자체로 단순하고 순수했다. 그러나 삶은 복잡했으며 힘들기에 간악했고 비열했다.

연의 기준에선 수는 절대 자신을 이길 수 없었다. 삶이 더 치열하고 고단하므로. 무수한 변수를 가지고 있어 즐거움이 언제 잔인함으로 돌변할지 모르는 것이다.

수는 연에게 그렇게 해서는 안 되었다.

"원래 없던 것보다 가졌다가 잃는 것이 더 고통스러운 법."

연못에 비친 무야의 모습이 변하고 있었다. 야묘족 특유의 꼬리가 나타나고 뾰족한 귀가 튀어나왔다. 사내의 입가에 야비한 미소가 자리한 것을 보며 연이 피식 웃었다.

"저런 모자란 것을 인간 세상을 활보하도록 그대로 둔 것부터가 잘못이다."

소란스러운 소리에 광 앞을 지키던 자들이 사내와 무야가 있는 곳으로 달려갔다. 제 발로 기어들어 온 야묘족 계집에게 놀란 듯하였으나, 곧 사내에게 다가가 무야를 잡으려고 했다. 그러나 사내가 제지하며 직접 무야를 끌고 갔다. 어디로 무엇을 위해 끌고 가는 것인지 아는 듯 지켜보는 자들이 쩝 하고 입맛을 다셨다. 잠깐 보았으나 얼굴이 여타의 야묘족보다 월등히 뛰어났다. 어쩌다 저런 것이 이리 들어왔는지 희한하다 말하는 놈들의 눈에 다른 것이 자리 잡았다.

주인이 먹고 버리면 자신들이 먹을 수 있을 거라는 기대감이었다.

"아주 재미있는 구경거리가 생기겠구나."

얇은 입술을 달싹이던 연이 입맛을 다시듯 혀로 입술을 축였다. 그가 손끝을 비비자 그 안에서 둥근 구슬 같은 것이 만들어졌다. 그것을 연못 속으로 톡 떨어트렸다. 구슬은 무야를 거칠게 끌고 가는 사내의 뒤를 따랐다. 앞으로 벌어질 일들이 구슬 속에 고스란히 담겨질 것이다.

다음에 수를 자극할 때 요긴하게 쓸 요량이었다.

손아귀에서 벗어나려 발버둥 치는 무야의 뺨을 사내가 사정없이 후려쳤다. 한 번 두 번. 입가에 피가 흘러내리고 볼이 부어올랐다. 사내가 무야의 머리채를 잡아끌었다. 그럼에도 무야의 발악은 멈추지 않았다. 그런 무야를 사내가 사방이 막힌 방 안으로 거칠게 내동댕이쳤다.

그를 무심하게 내려다보며 연이 나른하게 턱을 괴었다. 재미난 구경거리이니 제대로 보아 줄 생각이다. 그가 다른 손을 뻗자 벽장에서 술병 하나가 날아와 손안에 들어왔다. 연이 뚜껑을 열고 느긋하게 술병을 기울였다.

이제 남은 것은 수가 언제 알아차리느냐 하는 것이었다.

"아악!"

무야의 몸이 여기저기 부딪히며 바닥을 굴렀다. 머리가 다 뽑힐 것만 같은 고통에 아직도 머리 밑이 욱신거렸다. 하지만 그것을 생각하고 어루만질 정신이 그녀에겐 없었다. 문을 닫고 돌아선 사내가 옷을 벗어 내고 있었다. 그것이 무엇을 의미하는지 알기에 무야의 눈이 두려움과 공포를 담아 부릅떠졌다.

자신의 몸에 아직 수가 남겨 놓은 열꽃이 피어 있었다. 그것이 사내들의 시선을 저지시킨다고 믿었었다. 하나, 체향을 맡지 못하면 자신에게 관심을 가지지 않을 거란 무야의 생각은 틀렸다. 그녀의 얼굴만으로도 눈앞의 사내들은 욕정을 느끼고 달려들려 했다. 무야가 야묘족이기에 그런 것이다. 인간이었다면 이리 쉽게 범하려는 생각은 하지 않았을 것이다.

제게 다가오는 사내를 피해 무야가 누운 채로 바르작거리며 뒤로 움직였다. 그녀의 시선이 분주하게 움직였다. 이대로 허무하게 당할 수는 없었다. 분명 도망갈 방도가 있을 것이다. 아까는 갑작스러운 사내의 등장과 비에 너무 당황하여 미처 제대로 방어를 하지 못했다.

야묘족이 인간보다 월등한 것이 있다면 재빠른 발이었다. 날듯이 빠르게 움직일 수 있는 발과 어둠 속에서도 선명하게 볼 수 있는 눈이 야묘족이 가진 최대의 무기였다. 하지만 그런 것을 가지고도 야묘족은 인간들에게 무참히 짓밟히고 말았다. 너무 무해하여 그런 것이다.

세상의 더러움을 몰랐기에 당하고 말았다. 그들이 사용하

는 암기와 화살, 사납게 몰아붙이는 사냥개의 맹렬함이 평
온하게만 살아오던 야묘족을 덮쳤다. 이제는 인간의 잔악성
을 모르는 야묘족이 없었다. 지금이라면 순순히 당하지 않
을 터인데, 그러기엔 살아남은 야묘족의 수가 얼마 되지 않
았다.

그리고 막상 인간들에게 정체를 들킬 상황에 처하면 먼저
몸이 굳는다. 미처 달아날 생각을 할 수도 없이. 반항은 무
의미했다. 자연을 벗 삼아 살던 야묘족에겐 누군가와 대적해
싸울 힘이라는 것이 존재하지 않았기에.

그런 의미에서 환의 결단과 실행은 매우 특별한 것이었다.
그는 두려움에 맞서 필사적으로 그들의 손에서 벗어났다. 물
론, 무야로 인해 다시 인간 세상에 들어오게 되었지만. 본인
스스로 그렇게 결정을 내린 것도 대단한 것이었다.

'나도 환처럼 할 수 있을까?'

불현듯 무야의 머릿속에 환이 떠올랐다. 그는 어떻게 인간
들의 손아귀에서 벗어날 수 있었을까? 그 지옥을 어찌 견뎌
냈을까?

다가오는 사내의 얼굴이 흉측한 탐욕으로 번들거렸다. 원
래 야묘족을 잡으면 모두 필요할 때까지 광이나 우리 같은
곳에 가두어 둔다. 가끔은 야묘족을 노비처럼 부리기도 하고
그중 괜찮은 것들은 성욕을 푸는 용도로 쓰기도 했다.

야묘족의 몸을 한번 맛본 자들은 그것을 잊지 못하고 또다시 야묘족을 찾는다. 인간들에게 잡혀 온 야묘족 중 미모가 뛰어난 계집은 창기로 사창가에 팔려 가는 경우도 종종 있었다. 그들의 하룻밤은 비싼 값에 거래되었으며 주인이 따로 있었다. 야명주와 가죽을 취할 대부분의 주인은 귀족이나 돈 많은 거상들이었다.

"제 발로 굴러들어 온 것이 이리 맛깔나게 생겼다니. 어쩐지 오늘 운수가 아주 좋다 하였지."

음흉한 미소를 지으며 놈이 무야의 앞에 자세를 낮춰 앉았다. 그녀가 몸을 일으키려 시도하기도 전에 놈이 바짝 곁으로 다가와 있었다. 뒤를 더듬는 그녀의 손길에 딱딱한 벽면이 닿았다. 더 이상 물러날 곳이 없었다.

'수 님.'

제게로 손을 뻗어 오는 사내를 죽일 듯이 노려보며 무야가 속으로 수를 불렀다. 위급한 순간에 가장 먼저 떠오른 이가 수였다. 저도 모르게 그를 간절히 불렀다. 그러나 돌아오는 대답은 없었다.

"헉."

사내가 그녀의 옷깃을 잡아챘다. 잡아 뜯을 기세로 옷고름을 쥐어 흔들었다. 덩달아 그녀의 상체가 격하게 움직였다. 떼어 내려 했으나 불가항력이었다.

우두둑. 옷고름이 뜯어지는 소리가 들렸다. 그에 무야가 반사적으로 사내의 손을 깨물었다.

"악!"

비명을 지른 사내가 무야의 얼굴을 밀어내며 손을 빼냈다. 얼마나 꽉 물었으면 손등에 살갗이 까이며 난 잇자국으로 피가 맺혔다. 손을 파르르 떨며 내려다보던 사내가 뿌드득 이를 갈았다.

"이년이!"

고분고분하게 안기지 않고 거세게 저항하는 무야에 머리 끝까지 화가 치민 사내가 괴성을 내질렀다. 파다닥 일어나 사내의 옆으로 도망치려던 무야의 머리채가 또다시 사내의 손에 들어갔다. 사정을 두지 않은 손길에 무야의 몸이 이리 저리 흔들렸다.

쫙! 쫙!

눈앞으로 번개가 치는 듯했다. 여러 번 무자비한 손길이 그녀의 얼굴을 후려쳤다. 정신을 차릴 수가 없었다. 이미 터졌던 입 안의 상처가 늘어나고 입술이 찢어졌다. 볼은 붉게 부어올랐다. 머리카락은 산발이 되어 마구잡이로 헝클어졌고 옷은 난잡하게 찢기고 구겨졌다.

"미친 것이 어딜 감히 무는 것이야!"

감히 제 몸에 흠집을 내고 피까지 보게 한 것에 분기탱천한 사내가 무야의 배를 걷어찼다. 제대로 비명도 내지르지 못한 무야가 바닥으로 쿵 소리를 내며 무너졌다. 쓰러진 무야의 몸을 사내가 무작스럽게 짓밟았다. 몸을 한껏 말고 머리를 감싼 채 무야는 혼미해지는 정신을 간신히 붙잡았다. 이렇게 죽을 수는 없었다. 무야는 입술을 잘근 깨물고 신음을 삼켰다.

사내의 광기는 그녀가 여태 겪어 보지 못한 것이었다. 온몸이 부서진 것이 아닐까 싶을 정도의 무자비한 폭행이 이어졌다. 한참이 지난 후에야 사내가 거친 숨을 몰아쉬며 발길질을 멈췄다.

"후우. 후우."

바르르 떨고 있는 무야의 몸을 내려다보며 사내가 피식 입가를 끌어 올렸다. 무야가 물었던 손등을 다시 보곤 쯧 하고 혀를 차더니 이내 웃는다.

"고년. 거친 것이 길들이는 맛이 있겠구나."

사내가 혀로 제 입술을 핥았다. 가는 숨을 몰아쉬며 무야가 가려진 팔 사이로 저를 내려다보는 놈의 얼굴을 보았다. 무엇이 그리 흡족했던 건지 사내의 얼굴은 희열로 가득 차 있었다. 사내가 발을 들어 무야의 허리를 지그시 밟아 흔들었다.

"……으음."

억눌린 신음이 흘러나오자 사내의 입술이 비릿하게 끌려 올라갔다.

"맷집도 제법이고. 아주 마음에 들어."

처음엔 물린 것에 화가 나 광기에 들린 것처럼 무야를 팼다. 그러다 악으로 견디는 무야를 보곤 뭔가 다른 욕구가 끓어올랐다. 여타의 계집들은 그의 손찌검에도 까무러치며 살려 달라 벌벌 떨어 댔다. 몇 번 사고를 치다 보니 기방 출입도 마음껏 할 수 없었다. 집에 있는 야묘족은 건드리고 싶은 생각이 들지 않았다.

그런데 눈앞의 것은 달랐다. 처음 보았을 때부터 눈이 뒤집힐 만큼 아름다웠다. 뉘가 남의 집을, 그것도 야묘족을 가둬 놓은 광을 살피고 있나 싶어 다가섰을 때 얼핏 본 미모에도 침이 꿀꺽 삼켜졌다. 내리는 비에 까무러칠 듯 놀라며 몸을 숨기는 것이 이상하여 끌어냈더니, 아니나 다를까 야묘족이었다.

야묘족의 살맛이 아주 좋다는 말이 번뜩 떠올랐다. 눈이 돌아갈 만큼 황홀한 미모에 살결은 또 어떨지 궁금했다. 언뜻 보이는 살결이 뽀얗고 고왔다. 당장 맛을 보고 싶었다. 하여 제 방으로 다짜고짜 끌고 온 것이다. 한데, 반항이 극심했다. 이미 뺨을 맞고 내동댕이쳐졌음에도 기세를 꺾지 않았다. 그것이 그를 더 자극했다.

더군다나, 맞아 흘려 내는 고통스러워하는 신음조차도 야릇했다. 이런 것이 발밑을 기고 스스로 옷을 벗고 다리를 벌리면 어떨까 하는 상상이 그의 아랫도리를 불끈거리게 만들었다. 그가 몸을 돌려 문으로 걸어갔다. 방문을 활짝 열어젖힌 그가 밖을 향해 소리쳤다.

"게 누구 없느냐!"

그의 호령에 노비 하나가 얼른 달려왔다. 머리를 조아리는 노비에게 그가 방 안의 무야를 가리키며 명했다.

"이것을 가두어라. 손발을 묶어 두고 내 허락 없이는 물 한 모금도 주지 말아야 한다. 알겠느냐!"

흘끔 안을 들여다본 노비가 흠칫 놀라는 듯했으나 이내 답했다.

"예, 어르신."

노비가 뒤쪽을 향해 손짓하자 다른 노비들이 달려왔다. 사내가 옆으로 비켜나자 방 안으로 들어가 맞아 움직이지 못하는 무야를 데리고 나왔다. 축 늘어진 채로 노비들에게 물건처럼 끌려가는 무야를 보며 사내가 비열한 웃음을 머금었다.

"어디 언제까지 고집을 부리나 두고 보자."

무력이 아닌 스스로 제 발 아래 벗은 몸으로 기어들어 오게 만들 것이다. 안아 달라 비는 꼴을 꼭 보아야겠다. 야묘족의 계집이 어디에서 어떻게 굴러들어 온 것인지, 왜 광을 살펴보고 있었는지는 중요하지 않았다. 어찌 되었든 제 집에 들어온 것이니 소유권은 자신에게 있었다. 그 누구도 이 사실을 알아서는 아니 되었다. 혹여 다른 귀족이 사들인 것이 탈출하였다 해도 모른 척할 것이다. 야묘족 중에서도 보기 드문 귀한 것이었다. 저런 것을 다시 보기는 어려울 터였다. 그러니 꼭꼭 숨겨 두고 저만 보려는 것이다. 그러다 질리면 눈알을 빼 버리면 그만이다.

노비들이 무야를 데려간 곳은 야묘족들을 가두어 두는 광이었다. 아직 온전히 정신을 놓지 않은 그녀의 귀로 드문드문 노비들이 나누는 대화가 들렸다.

"뭐야, 그사이에 이 지경이 된 거야?"

광을 지키고 있던 사내 중 하나가 무야의 처참한 몰골을 보곤 인상을 찌푸렸다.

"묶어 두고 물 한 모금 먹이지 말라는 명이시다."

"맛은 안 본 모양이네. 쩝."

노비의 말에 다른 사내가 아쉬운 듯 입맛을 다셨다. 주인이 건드리기 전에는 절대 함부로 손을 대어서는 안 되었다. 적당히 취하고 광에 가두려니 했었는데 그게 뜻대로 되지 않은 모양이다.

"아서. 어르신께서 곧 찾으실 것 같으니까. 손끝 하나 건드리지 말어."

"작작 좀 대들지."

노비의 으름장에 광 문을 열던 사내가 투덜거렸다. 끌려갈 때도 고분고분하게 가지 않더라니 발악을 제대로 한 모양이라고 사내는 생각했다. 그냥 몸 한 번 내어 주면 대우가 달라질 수도 있었다. 어둡고 축축한 지하 감옥이 아닌 조금은 더 지내기 편한 곳에 갇힐 수도 있었다.

"그런데 어디서 갑자기 나타난 거래?"

광 안으로 들어온 노비가 무야를 아는 듯한 사내에게 물었다. 사내가 고개를 저었다.

"몰러 나도. 이 옆에서 어슬렁거리는 걸 어르신이 발견하고 곧장 데려가시더라고."

"뭣 하러 이런 델 기어들어 온데? 희한한 계집일세."

바닥에 문 하나가 더 있었다. 채워진 자물쇠를 풀고 문을 열자 쾌쾌한 냄새가 훅 하고 풍겨 왔다. 사내들은 익숙한지 살짝 미간만 찌푸리곤 서슴없이 아래로 향하는 계단을 밟아 내려갔다. 그 뒤로 무야를 양쪽에서 잡고 있던 노비들이 뒤따랐다.

바닥에 무야의 다리가 끌리고 부딪히는 것은 전혀 상관하지 않았다. 지하 감옥의 짙은 어둠 속에서 아름다운 빛이 일렁거렸다. 황홀한 빛을 은은히 흘려 내는 것은 분명 야묘족의 눈이었다.

하나, 둘, 셋, 넷……, 다섯. 선명히 빛나는 야명주는 다섯이었다. 왜 다섯이지?

무야가 흐릿한 시선 안에 들어온 빛을 다시 한 번 세어 나갔다. 여전히 다섯이다. 두 개의 눈동자가 한 쌍이었다. 다섯이라는 건 하나가 없다는 뜻이다. 순간 무야의 등골을 타고 섬뜩한 기운이 올라왔다.

산 채로 한쪽 눈알만 파낸 것이란 생각이 들자 등골이 서늘해졌다. 얼마나 고통스러웠을까? 제 몸도 가누지 못할 상황에서 무야는 혼자 빛나는 야명주를 걱정했다.

"여기다 넣어."

입구와 가까운 곳에 문을 열고 선 사내가 말했다. 노비들이 무야를 안에 던져 넣었다. 차가운 바닥에 몸이 부딪히자 무야의 입에서 낮은 신음이 흘러나왔다. 그를 들은 척도 하지 않으며 노비들이 바삐 움직였다. 사내들이 가져다준 천으로 무야의 손발을 묶었다.

"재갈도 물려야지. 혀 깨물고 죽으면 우리만 경을 친다고."

사내의 말에 노비가 고개를 끄덕이며 천을 두껍게 말아 무야의 입에 넣고 입을 다물지 못하게 끈을 둘러 머리 뒤에서 묶었다. 무야의 몸을 이리저리 살펴보곤 다 되었다 생각했던지 노비가 손을 털고 일어났다.

"내일 저녁에 살피러 오실지 모르니까 잘 관리해."

당부의 말을 남기며 계단으로 걸어가는 노비를 향해 사내가 투덜거렸다.

"살피고 뭐고 할 게 있나? 이대로 두면 되지. 물 한 모금 주지 말라 했다며."

"그야 그렇긴 하지."

별스럽지 않은 일상 대화를 나누듯 사내들과 노비가 계단을 밟아 올라갔다. 이내 문이 닫히는 소리와 자물쇠를 잠그는 소리가 들려왔다.

지하 감옥 안에 짙은 어둠이 찾아들었다. 사내들의 등장에도 찍소리 하나 내지 않은 채 숨을 죽이고 있던 야묘족들이 사부작사부작 조심스럽게 몸을 움직였다. 눈을 깜빡일 때마다 빛이 나타났다 사라지기를 반복했다.

"사들인 것이 아닌데."

누군가 속삭이듯 말했다. 무야를 두고 하는 말인 듯했다.

"낮부터 밖에서 희미하게 냄새가 나기에 이상하다 생각했는데."

걱정 가득한 목소리가 이어졌다.

"저 지경이 되도록 맞은 것을 보면 그놈이 발광을 한 것이 분명해. 반항을 적잖이 한 모양이야."

"말은 할 수 있나?"

"아까 입을 막은 것 같던데?"

"자결할까 봐 그런 것 같아."

"역시 사 온 게 아니지? 그럼 주술 목걸이를 했을 거 아
냐."

"그렇지. 주술 목걸이를 해 놓으면 자결은 꿈도 못 꾸니
까."

주고받는 말들이 희미하게 무야의 귀에 들렸다. 귀에 익은
목소리는 없었다. 몰골이 참담해서인지 아니면 그녀가 너무
커 버려서인지 그 누구도 무야를 알아보지는 못하는 듯했다.
빛나는 눈이 다섯이면 적어도 셋은 여기 있다는 말인데, 들
리는 목소리는 사내 둘에 여자 하나가 다였다.

중년의 여인 목소리가 어쩌면 제 어미의 것일지도 모른다
고 무야는 생각했다. 거울 속에서 들려오던 것과는 달리 걸
걸하였으나, 그사이 무슨 일이 있어 목소리가 변한 것일 수
도 있었다. 아니라고 생각하는 것 자체가 무야에게는 두려움
이었다.

이 집의 주인이 귀족 중 가장 많은 야묘족을 소유하고 있
다고 했다. 자신이 거울에서 본 야묘족만 해도 여럿이었다.
해서 당연히 이 집이라고 생각했다. 한 치의 의심도 없이 그
리 믿었다. 직접 움직이는 것밖에 달리 살펴볼 수 있는 방도
도 그녀에겐 없었다. 허술하기 그지없었으나 이것이 그녀가
할 수 있는 최선이었다.

사락. 사락.

어둠 속에서 무언가 움직이는 소리가 들렸다. 빛나던 야명주가 하나둘 사라졌다. 잠에 빠져든 듯 사방이 고요했다. 그 가운데 옷자락이 스치는 소리만 선명하게 들려왔다. 무야는 자꾸만 까무러치려는 정신을 간신히 붙잡고 있었다. 무야는 누군가 자신에게 다가오는 것을 느꼈다.

"미련한 것. 그냥 내어 주고 말 것이지. 어차피 버린 몸뚱이 무엇 하러 안간힘을 쓰며 버티나. 버티길."

시리게 차가운 목소리. 언제나 장난스럽게 말을 건네던 귀에 익은 목소리였다. 연이었다. 무야의 몸이 움찔거렸다. 그의 옷자락이 무야의 팔에 닿았다. 그에 그녀의 몸이 절로 굳어졌다.

"큭큭."

뭐가 그리 우스운지 연이 짧게 웃었다. 그러다 웃음이 뚝 끊겼다.

툭. 툭. 연이 무야의 팔을 발끝으로 건드렸다. 무야의 속눈썹이 파르르 떨렸다. 불안으로 흔들리는 무야의 눈동자를 지그시 내려다보던 연이 사뿐히 내려앉았다. 그가 무야의 턱을 쓸었다. 흠칫 몸을 떨며 간신히 눈을 떠 올려 자신을 마주하는 무야를 향해 그가 입꼬리를 끌어 올렸다.

"왜, 내 말이 틀렸느냐?"

그가 엄지로 무야의 상처 입은 입술 위를 쓸었다. 단박에 그녀의 미간이 좁아졌다. 꾹 눌러 피 떡이 진 입술의 상처를 벌리자 붉은 피가 새어 나왔다. 그 피를 연이 힘주어 쓸었다. 그의 엄지에 무야의 피가 묻어났다.

그것을 제 입으로 가져가 혀로 핥는 것을 본 무야의 눈이 경악으로 커졌다. 제가 알던 연이 아니었다. 자신에게 주술을 걸고 개화의 날 욕을 보이려던 연을 무야는 잊을 수가 없었다. 잘못 본 것이길 바랐다. 연이 아니었기를 마음속으로 빌었다.

연은 유쾌하고 다정한 신이었다. 적어도 인간 세상으로 내려오기 전 무야가 보아 온 연은 그러했다. 그래서 애써 부정하려 한 것인지도 몰랐다. 자신에게 주어진 죽음보다 더한 고통의 순간에도 뭔가가 잘못된 것이라고, 연이 이럴 리 없다고 생각했었다.

하지만 연을 다시 마주한 지금 이 순간 그 무엇보다도 먼저 그녀의 몸이 본능적으로 말해 주고 있었다. 연은 아주 위험한 존재라고. 너는 연에 대해 제대로 아는 것이 없었노라고.

연의 손이 자신을 향해 뻗어 오자 무야가 사력을 다해 몸을 움직였다. 하나 고작 움찔거리는 작은 몸부림 외에는 아무것도 할 수 없었다.

자신에게서 벗어나려는 그녀의 몸부림이 가소롭다는 듯 그가 비릿하게 입술 끝을 올려 비웃었다. 연이 무야의 입술에 씌워진 천을 건드렸다. 그러자 그것이 흔적도 없이 사라졌다.

　"컥."

　입 안으로 밀려든 차가운 공기에 무야가 밭은 숨을 토해 냈다. 입 안에 맺혀 있던 피가 함께 밖으로 새어 나왔다. 그녀의 입술 위로 붉은 피가 더해졌다. 행여 그의 손이 또 제 입술에 닿을까 무야가 상처 입은 아랫입술을 꼭 깨물었다. 비릿한 피 맛이 났다.

　그런 무야를 무미건조한 시선으로 내려다보며 연이 속삭이듯 말했다.

　"어차피 처음도 아닌 것을 주고 말지 그랬느냐? 잊었느냐? 중한 것은 이 몸뚱이가 아니질 않느냐. 네 어밀 찾아야지. 그러려고 위험을 감수하고 여기 들어온 것이 아니더냐."

　그가 하는 말들을 무야는 온전히 이해하기 어려웠다. 그러나 한 가지, 그가 자신의 몸을 천하게 여기는 것만은 확실하게 알 수 있었다. 함부로 굴린 것도 아니고 오로지 수에게만 내어 준 것뿐인데 어찌 저리 말을 하는 것인지. 그러다 신인 그에게는 자신은 물론이고 세상의 모든 것들이 하찮고 가치 없는 것일지도 모른다는 생각이 들었다. 그러니 그깟 몸뚱이라는 말을 서슴없이 하는 것이 아닐까.

"잘못 온 것인지 아닌지 확인은 하여야지."

그가 손을 올려 허공에서 손가락을 부딪쳐 딱 소리를 냈다. 그와 동시에 감옥 안이 훤하게 밝혀졌다. 굳이 그렇게 하지 않아도 되었다. 무야의 몸만 제대로 운신이 된다면 어둠 속에서도 사물을 뚜렷하게 볼 수 있으니.

"보아라. 네가 찾는 것이 있는지."

온몸이 으스러질 듯이 아팠다. 움직이는 것이 여의치 않았으나 무야는 이를 악물고 간신히 상체를 일으켰다. 그가 손으로 가리킨 곳으로 무야의 시선이 옮겨 갔다. 앉은 채로 고개를 축 늘이고 있는 이들은 그녀와 같은 야묘족이 틀림없었다. 모두 잠에 취한 듯 눈을 감고 있었다.

그녀의 예상대로 갇혀 있는 자들은 사내 둘에 여자 하나였다. 중년의 사내와 젊은 사내가 같은 곳에 갇혀 있었고, 중년의 여인은 혼자였다.

무야의 시선이 중년의 여인을 집중적으로 탐색했다. 머리부터 발끝까지 여러 번 상세히 훑어 내렸다. 그리고 절망했다. 무야가 찾던 어미가 아니었다.

"아니야?"

이미 알고 있었다는 듯 묻는 연의 목소리가 묘했다. 무야의 눈동자가 그를 향했다. 비스듬히 치켜 올라간 입매가 유독 그녀의 시선을 사로잡았다.

이상했다. 제 스스로 결정하고 들어온 것이었고, 실수로 잡혀 수모를 당한 것인데. 이 모두가 연과 관련이 있는 것처럼 느껴졌다.

아니야. 그럴 리 없어.

그녀의 생각을 담은 채로 무야의 고개가 천천히 내저어졌다. 그를 본 연이 피식 웃었다. 그 나직한 웃음소리에 무야의 심장이 덜컹거렸다. 제 머리 위로 다가오는 그의 손을 보며 무야가 몸을 움츠렸다.

나긋이 제 머리를 쓸어 넘기는 연의 손길이 무야는 무척 거북스러웠다. 어린아이를 달래듯 부드럽게 무야의 머리를 쓰다듬은 연이 여태와는 달리 예전처럼 다정한 목소리로 입을 열었다.

"아니면 벗어나야지. 여기 이대로 있으면 위험하지 않느냐."

힐끔. 의심을 떨쳐 내지 못한 시선으로 무야가 연을 보았다. 그 눈을 마주하고 연이 반듯하게 입가를 끌어 올렸다.

"안다. 네가 내게 가지고 있는 불신이 무엇인지."

그의 말에 무야의 눈동자가 흔들렸다. 그의 손길이 무야의 부어오른 뺨으로 내려앉았다. 화끈거리는 통증에 무야의 미간이 살짝 찌푸려졌다. 그가 큰 손을 펼쳐 그녀의 볼을 감쌌다. 따스하던 손바닥이 차갑게 변했다. 그에 볼의 통증과 열기가 조금 사그라지는 듯했다.

"미안하구나."

측은한 눈빛으로 그녀를 바라보며 하는 말에 무야의 마음이 심란해졌다. 그녀에게 천박한 몸뚱이라 말한 것이 조금 전이었다. 순식간에 돌변한 그의 태도를 무야는 이해할 수 없었다.

"알지 않느냐. 내 짓궂음이 얼마나 심한지."

여태 자신이 무야에게 했던 것들이 단순한 장난이었다고 그가 말하고 있었다. 목숨이 오가는 그 위급한 순간들을 어떻게 그렇게 치부할 수 있을까. 하지만 무야는 그의 말에 토를 달 수가 없었다. 그가 그렇다면 그런 것이다. 연이 누군가에게 사과를 하는 것은 있을 수 없는 일이었다. 그것이 진심 어린 사과가 아닐지 모르나 어쨌든 무야를 대상으로 미안함을 입에 담았다는 사실이 놀라웠다.

"도움을 주고 싶은데……."

그가 말끝을 흐렸다. 은근히 떠보는 것이 무야의 입에서 도와 달라는 말이 나오기를 바라는 듯했다. 무야의 입술이 움찔거렸다. 당장 그 말을 내뱉고 싶었다. 하지만 아직 온전히 그를 믿을 수가 없었다.

"놈이 언제 다시 올지 모르는데. 괜찮겠느냐."

묻는 말인 듯 아닌 듯 연이 끝을 모호하게 맺었다. 뺨을 감쌌던 손이 가벼이 그녀의 목을 쓸고 멀어졌다. 무야가 당황해 움츠릴 틈도 없었다. 그가 자리에서 일어서는 것을 무야가 말없이 지켜보았다.

당장이라도 떠날 것처럼 몸을 일으킨 그가 허공에서 작게 손을 휘저었다. 그러자 무야의 몸을 결박하고 있던 것들이 풀렸다. 그녀의 손과 발이 자유로워졌다.

"정 원치 않는다면 할 수 없지. 내가 할 수 있는 건 여기까지다. 남은 것은 네 스스로 해 보거라."

더는 미련이 없다는 듯 그가 몸을 돌렸다. 들어왔던 것과 다름없이 그가 나무 창살을 그대로 지나쳤다. 사락. 사락. 그의 옷자락이 스치는 소리가 들렸다. 조심조심 몸을 움직이던 그녀의 입에서 낮은 신음이 새어 나왔다.

"으윽."

그에 몇 걸음 내딛던 그가 걸음을 우뚝 멈췄다. 미간을 찌푸린 채 몸의 고통을 참아 내던 무야가 시선을 들어 그를 보았다. 그가 고개를 돌렸다.

"내일 시전에서 노예 시장이 열린다고 하더구나. 거기에 야묘족 몇도 있다 하던데."

정확하게 그곳에 무야의 어미가 있다는 말은 하지 않았다. 하지만 연이 무야와 아무 관련도 없는 말을 일부러 할 이유가 없었다. 이를 악물고 온몸이 내지르는 비명을 묵살하며 무야가 창살 가까이로 다가갔다.

"연 님."

다급하게 부르는 소리에 연이 보일 듯 말 듯 엷은 미소를 머금었다가 지워 냈다. 그가 온전히 몸을 돌려 무야에게로 다가갔다. 바짝 긴장한 기색을 숨기며 무야가 마른침을 삼키는 것이 연의 눈에 고스란히 비쳐졌다.

가까이 다가선 그가 지그시 무야를 내려다보았다. 하고 싶은 말이 있으면 해 보라는 의미인 것 같았다. 무야가 숨을 깊게 들이켰다 내쉬며 마음을 다잡았다. 그러곤 어렵게 입을 떼었다.

"도와주셔요."

"어찌?"

"여길 나가고 싶습니다."

"원하는 것이 그뿐이더냐?"

"예. 그것만 도와주시면 됩니다."

연을 바라보는 무야의 눈동자에 걷히지 않은 의심이 숨겨져 있었다. 행여나 그가 또 다른 수작을 부리는 것이면 어쩌나 하는 불안감이 도사리고 있었다. 그리 의심을 할 것이면 애초에 도와 달라 붙잡지를 말아야 했다.

연이 속으로 그녀를 비웃었다.

"어디로 가려느냐?"

그의 물음에 무야의 눈동자가 어지러이 움직였다. 빠르게 굴러가는 머릿속이 반영된 듯했다. 마침내 결심을 굳힌 듯 그녀가 말했다.

"시전이요. 거기까지만 보내 주셔요."

"알겠다. 내 그리하마."

흔쾌히 말하곤 연이 손을 위에서 아래로 내리그었다. 그 모습을 물끄러미 바라보고 있던 무야의 시야가 몽롱해졌다. 갑자기 현기증을 느끼며 머리를 손으로 짚던 그녀가 미간을 한껏 찡그린 채 그를 보았다. 그의 웃는 낯이 흐릿하게 시야에 담겼다가 사라졌다.

풀썩. 바닥으로 쓰러지는 무야를 연이 차가운 시선으로 내려다보았다. 죽은 듯 잠이 들어 있던 야묘족 중 한쪽 눈만 있던 여인이 스르륵 깨어났다. 가물거리는 눈을 깜빡이다 부릅 떠 올렸다. 감옥 안에 낯선 자가 들어와 있었다. 그에게서 심상치 않은 기운이 뿜어져 나오는 것을 느끼곤 놀란 숨을 헐떡였다. 연이 천천히 그녀를 돌아보았다. 서슬 퍼런 시선에 간담이 서늘해졌다.

"하나 남은 눈알마저 빠지고 싶은 것이냐?"

보지 말아야 할 것을 보았다는 투의 말에 여인이 질끈 눈을 감고 몸을 움츠려 얼굴을 다리 사이에 묻었다. 그러곤 숨을 죽여 아무것도 보지도 듣지도 못하였다는 시늉을 했다. 그에 연이 피식 싱거운 웃음을 흘렸다.

생명의 신을 두려워하는 것이 우스웠다. 어디서나 그는 환영받는 존재였다. 그를 숭배하는 인간들도 많았다. 그런데 지금 그의 모습에선 모두 본능적인 두려움을 느끼고 있었다. 저를 두려워하며 벌벌 떠는 것이 연은 싫지 않았다.

차라리 수와 자신의 위치가 바뀌었으면 좋았을 것을. 그러면 모두가 만족하며 즐거이 살아갈 수 있었을 터인데. 이 망할 운명은 그들이 원하는 것을 쥐여 주지 않았다.

그가 발걸음을 돌렸다. 자박자박 내딛는 걸음에 무야의 몸이 서서히 투명한 물빛으로 변했다. 그녀의 모습이 완전히 사라지고 난 후 감옥의 바닥으로부터 물이 차올랐다. 눈을 감고 있던 야묘족 여인이 차가운 물의 감촉에 화들짝 놀라 눈을 떴다.

순식간에 물이 발목까지 차오르고 있었다. 난데없이 물이 솟구쳐 오르는 것에 놀라 기겁하며 여인이 창살에 매달려 다급하게 소리쳤다.

"사, 살려 주십시오!"

계단을 오르던 연이 힐끔 그녀를 돌아봤다. 여인이 창살 밖으로 손을 뻗었다. 그를 향해 간절하게 팔을 내밀어 구원을 요청했으나 돌아오는 답변은 차갑기 그지없었다.

"차라리 이리 죽는 것이 좋지 않겠느냐. 살아 눈알이 뽑히고 가죽이 벗겨지는 고통을 당하고 죽는 것보다."

"살고 싶습니다."

"살 운명이면 살겠지. 난 아무것도 한 것이 없다. 많은 비가 내렸고, 유독 이곳으로 그 비가 다 모여들었다는 것이 이상할 뿐. 내가 직접적으로 너희를 죽인 것은 아니니 너희를 구해 줄 이유도 없다. 죽을힘을 다해 소리쳐 보거라. 혹시 아느냐. 저 밖에 있는 것들이 네 소리를 듣고 문을 열고 들어와 구해 줄지."

돌림병으로 죽어 가는 인간들을 보며 혀를 차던 연이었다. 당장에 비를 내려 죽음을 막아 내던 그가 산 생명이 있는 곳에 물을 들이붓고 있었다. 지하라 물이 빠질 구멍은 없었다. 물이 가득 차면 이곳에 있는 야묘족의 목숨은 부지하기 어려울 것이다.

얼마 남지 않은 종족 하나 말살된다고 하여 아쉬울 것은 없었다. 다른 생명으로 채우면 그뿐이니. 연이 돌림병으로 죽어 간 인간의 수에 화를 냈던 건 단순히 수에게 자신이 졌다는 것 때문에 열불이 터져서였다. 그 외에 다른 이유는 없었다. 생명의 소중함 따위 애초부터 연은 알지 못했다.

계단을 반쯤 올라가던 연의 모습이 사라졌다. 잠든 채로 물에 잠기는 다른 야묘족은 그녀의 가족이었다. 울부짖으며 소리를 쳐도 그들은 깨어날 기미를 보이지 않았다. 목에 핏대가 서고 목 안에서 피 맛이 날 때까지 여인은 소리를 쳤다. 제발 살려 달라고. 살아야 도망칠 기회라도 얻을 수 있을 테니까.

그녀의 눈 한쪽은 아들을 살리기 위해 직접 제 손으로 뽑아 주인에게 바친 것이다. 흉포한 주인의 심성을 알기에 그것 외엔 그를 만족시킬 다른 방도가 없다는 것을 알아 그리했다. 자신이 나서지 않았다면 아들은 그날 목숨이 끊기기 직전까지 매질을 당했을 것이다.

물이 빠른 속도로 차올랐다. 물속에 잠기는 아들과 남편의 모습을 제대로 볼 수도 없었다. 그녀는 일어나 조금 더 시간을 버는 것을 포기하고 물속으로 들어갔다. 연의 말이 옳았다. 언제 주인의 심기가 뒤틀려 산 채로 잔악한 짓을 당할지 알 수 없었다. 그냥 이렇게 죽는 것이 차라리 나을지도 몰랐다. 그리되면 주인이라는 그 인간은 결코 야명주를 얻을 수 없을 것이니.

살아 있을 때 눈알을 뽑지 않으면 몸주와 함께 야명주도 빛을 잃게 된다. 더 이상 어둠을 밝히지 못하니 야명주가 아니게 되는 것이다. 생명의 기운이 다한 채로 물에 젖어 질이 떨어진 가죽이나 건지면 다행이었다.

차라리 잘되었다. 숨이 막혀 오는 상황에서도 여인은 엷은 미소를 머금었다. 그나마 다행인 것은 자신의 아들과 남편이 죽는 줄도 모르고 잠이 든 채 생명을 잃게 된다는 사실이었다. 고통스럽게 죽는 것은 자신 하나로 족했다.

꼬륵. 꼬륵. 물속에서 숨넘어가는 소리가 연이어 들려왔다. 얼마 있지 않아 여인이 눈을 뒤집은 채로 숨을 거뒀다.

광 문을 지키던 자들은 내리는 비에 옷이 젖어 기분이 나쁘다 그저 짜증을 내며 투덜거릴 뿐, 안에서 벌어지는 일은 전혀 눈치채지 못했다. 그들이 지키고 있는 광 밖으로 형체 없는 것이 스르륵 지나쳐 갔다.

무야가 눈을 뜬 것은 햇살이 따갑게 눈을 자극하는 시간인 한낮이 다 되어서였다. 가물거리는 눈을 겨우 떠 초점을 맞췄다. 몸이 말을 듣지 않았다. 팔을 움직이는 것도 힘에 겨웠다.

"하아."

짙은 한숨을 내쉰 무야가 몸을 반듯이 하며 돌아누웠을 때였다. 시끄러운 소리가 지척에서 들려왔다. 잠시 멍해진 상태로 그녀가 주변을 휘둘러 살폈다. 자신이 어디에 있는 것인지 좀체 알 수 없어서였다.

소곤소곤 속삭이는 소리가 여기저기서 이어졌다. 자신과 가까운 곳에 누군가가 있었다. 조금 떨어진 곳에도 여럿이 모여 있었다. 대체 여기가 어디지?

올려다본 정면으로 쇠창살이 보였다. 그 너머에 푸른빛의 청명한 하늘이 있었다. 그녀의 눈이 깜빡거렸다. 뭔가가 잘못되었다. 그렇지 않고서야 눈앞에 창살이 있을 리 없었다.

더듬더듬 기억을 떠올렸다. 몸이 아픈 이유는 인간에게 맞아서였다. 그리고 지하 감옥이란 곳에 갇혔었고……. 연을 만났다.

"시전이요. 거기까지만 보내 주세요."

자신이 했던 말이 귓속에서 웅웅거렸다. 그리하겠다던 연의 목소리도 분명 들었다. 연이 약속을 지켰다면 이곳은 시전이어야 했다. 그녀가 고개를 돌렸다. 시야를 선명하게 만들려 그녀가 미간을 좁혔다.

"아아."

망연함에 절은 소리가 그녀의 입술을 비집고 새어 나왔다. 그녀를 둘러싼 무리는 그녀와 같은 야묘족이었다. 거대한 창살에 갇힌 채로 노예 시장에 팔려 나온. 그녀가 있는 곳은 시전이긴 하였으나, 그중 가장 위험한 곳이기도 했다.

"하아."

헛웃음이 터져 나왔다. 자신을 폭행한 귀족으로부터 구해 준다더니 이런 곳에 던져 놓았다. 연에게 또 속고 말았다. 그냥 말없이 하고 싶은 대로 할 것이지. 왜 무야의 입으로 부탁의 말을 하게 했을까. 그게 뭐라고.

눈물이 차올랐다. 맞으면서도 결코 흘리지 않았던 눈물이었다. 원통하고 분해서가 아니었다. 믿음에 대한 배신 때문에 가슴이 찢겨 그런 것이다. 그가 정녕 자신에게 바라는 것이 무엇인지 알고 싶었다. 죽는 것을 바란다면 그리해 줄 수도 있었다. 어차피 처음 그녀를 살려 준 것도 그였으니 그리 아까울 것도 없었다.

하지만 매번 그녀를 극한의 상황까지 몰아넣고는 사라져 버렸다. 그녀가 어떤 일을 당하든 상관없다는 듯이. 연이 그녀를 위험에 처하게 했을 때 구원의 손을 내민 것은 수였다. 수를 떠올리자 울컥 눈물이 치솟았다.

그를 불렀으나 아무런 대답을 듣지 못했다. 그는 그녀가 고통 속에 몸부림칠 때도 나타나지 않았다. 오지 못할 무슨 이유가 있었겠지. 그리 마음을 다독여 보지만 가슴이 찢어질 듯 아팠다. 제 부름에 응하지 않았다고 감히 죽음의 신에게 서운함을 느끼는 자신이 어이없었지만, 어쩔 수 없었다. 마음이 그리 움직이는 것을 어찌한단 말인가.

"흐윽."

참지 못한 울음이 그녀의 입 밖으로 튀어나왔다. 입술을 꽉 깨물어 보지만 소용없었다. 들썩임은 점점 더 심해졌다. 서러웠다. 누군가를 향한 원망의 마음보다는 자신에 대한 서러움이 더했다.

어쩜 이렇게 미련하고 바보 같은지. 그리 속고도 또 속아 넘어가 이런 지경에 이른 것이 너무 기막혔다.

"찾아보아라. 혹시 모르지 않느냐. 그 안에 네 어미가 있을지."

흐느껴 울던 무야의 머릿속으로 연의 목소리가 울렸다. 그녀의 울음이 뚝 그쳐졌다. 들썩이던 가슴도 차츰 잦아들었다. 가쁜 숨이 조금씩 안정을 찾아 갔다. 얼굴의 붓기는 어느 정도 빠졌으나 상처는 채 아물지 못했다. 눈물을 닦아 내는 그녀의 손길에 상처가 쓸렸다. 그러나 무야는 고통에 얼굴을 찡그리지 않았다.

물기 서린 그녀의 속눈썹이 파르르 떨렸다. 아직도 연은 무야를 농락하려 하고 있었다. 무야는 직감으로 알 수 있었다. 이곳에 그녀의 어미가 없다는 것을. 물을 끼얹은 듯 머릿속이 차가워졌다.

감정을 추스르고 한결 차분해진 무야의 곁으로 누군가 다가왔다.

"괜찮아요?"

조심스럽게 묻는 목소리가 앳되었다. 무야가 고개를 돌려 목소리의 주인을 찾았다. 예상대로 그녀와 또래이거나 조금 더 어려 보이는 얼굴의 여자가 걱정스럽게 무야를 내려다보고 있었다. 무야가 한숨을 내쉬며 몸을 일으켰다.

"음."

절로 신음이 터져 나왔다. 이를 악물고 참으며 앉아 제게 말을 걸어온 소녀를 마주했다. 그녀의 모습에 제아의 얼굴이 겹쳐졌다. 헤어질 즈음의 얼굴이었다.

"괜찮아요."

무야가 고개를 끄덕이자 소녀가 안도의 한숨을 내쉬었다.

"다행이에요. 한참을 정신을 못 차리기에 잘못되는 줄 알았어요."

소녀의 말에 무야는 자신이 이곳으로 옮겨진 후 제법 많은 시간이 흘렀다는 것을 알아챘다. 해가 중천인 것을 보면 낮일 테고 자신이 정신을 잃은 것은 깊은 밤이었다. 왜 그렇게 오래도록 정신을 차리지 못한 것일까? 또 연이 제 몸에 술수를 부린 것은 아닌가 하는 생각이 스쳤다.

"그런데 여긴 어떻게 들어온 거예요? 간밤에 누가 오는 걸 못 본 것 같은데?"

의아한 얼굴에 호기심이 서렸다. 그 말간 눈을 마주하고 있자니 무야는 별안간 웃음이 났다. 꼭 영산에 있을 때의 저를 보는 것 같았다. 그때는 천방지축처럼 영산을 마구 헤집고 다녔었는데. 수의 단속에도 불구하고 이런저런 이유를 붙이며 고택에서 멀리까지 내달리곤 했었다. 그것이 벌써 오래전 일처럼 아득하게 느껴졌다.

"저도 잘……. 정신을 차려 보니까 여기라……."

뭐라 설명을 하는 것이 어려워 무야가 말을 얼버무렸다. 그녀의 말이 어떻게 이해가 되었던지 소녀가 가만히 있다가 고개를 주억거렸다.

"하긴. 모두 잡혀 올 때 온전한 정신은 아니었으니까."

말끝에 시무룩한 얼굴이 되었다. 까무잡잡한 살결로 보아 소녀는 그녀와는 조금 다른 색을 지닌 것처럼 보였다. 은빛인 그녀의 털색과 달리 소녀는 어쩌면 잿빛에 가까운 털을 가지고 있을지도 몰랐다.

어디에서 잡혀 온 것일까?

지그시 소녀를 바라보고 있으니 소녀도 그녀의 얼굴을 들여다보았다. 그러다 품에서 뭔가를 꺼내 무작정 무야의 얼굴로 손을 뻗었다. 흠칫 놀란 무야에게 소녀가 안심하라는 듯 들고 있던 것을 보였다.

"연고예요. 맞은 데 효과가 좋은 연고."

"아, 고마워요."

"어쩌다 이렇게 맞은 거예요? 장사치들은 웬만하면 얼굴은 안 때리는데. 값어치 떨어진다고."

"그냥. 어쩌다 보니……."

말끝을 흐리며 고개를 숙이는 무야의 어깨를 소녀가 다독였다.

"여기 있으면 그래도 맞지는 않을 거예요. 잘 팔려 가면 그래도 오래 살 수도 있대요."

처한 상황이 어떠한지 잘 알 텐데도 소녀는 나름의 긍정적인 면을 끌어 올리려 애쓰고 있었다. 하긴, 다가올 시간들에 절망만 가득하다고 생각한다면 살고 싶지 않을 것이다. 무야의 눈에 소녀의 목에 걸려 있는 목걸이가 들어왔다. 환이 하고 있던 것과 비슷한 것이었다. 무야의 시선을 느낀 듯 소녀가 제 목걸이를 만졌다. 그러곤 아직 비어 있는 무야의 목을 보았다.

"곧 이것도 채워질 거예요. 도망치지 못하게 단속하는 거래요. 주술이 걸려 있어서 마음대로 죽지도 못한대요."

끌어 올린 입술 끝에 슬픔이 묻어났다. 이내 더 활짝 미소를 머금으며 소녀가 무야의 얼굴에 연고를 발랐다. 따가웠지만 견딜 만했다. 정성스레 연고를 바른 후 소녀가 빙긋이 웃었다.

"됐다. 이 정도면 눈에 덜 띌 거예요."

"네?"

"얼굴이요. 예쁘면 힘들어요. 여기선."

무야의 시선이 소녀의 손에 들린 연고에 닿았다. 검은빛이 감도는 것을 보니 그녀의 얼굴도 거뭇해져 있을 것 같았다. 무야가 가만히 고개를 끄덕이자 소녀가 히죽 웃으며 연고를 챙겨 넣었다. 무야도 소녀를 향해 엷은 미소를 지어 보였다.

어느 정도 정신을 차린 무야가 그제야 제대로 제가 갇혀 있는 곳을 둘러보았다. 딱딱하고 차가운 바닥은 나무로 만들어져 아무런 온기가 없었다. 바닥을 제외한 사방과 머리 위는 모두 철창으로 되어 있었다. 어디서든 누구든 안을 들여다볼 수 있도록 만들어졌다. 아마도 감시를 용이하게 하기 위해서인 듯했다.

그리 넓지 않은 철창 안에 있는 야묘족은 무야를 포함해 족히 열셋은 되는 듯했다. 모두 초췌한 몰골에 남루한 차림을 하고 있었다. 이곳에 올 때까지 얼마나 많은 일을 겪었을지 그들의 초라하고 암울한 표정만으로도 충분히 유추할 수 있었다.

무야의 행색 또한 그들과 별다를 것 없었다. 수가 입혀 준 비단 옷은 이미 찢기고 구겨지며 더럽혀져 엉망이 되어 있었다. 원래 어떤 옷이었는지 알아보기 힘들 정도였다. 무야가 거추장스럽게 치렁거리는 치마를 마저 찢어 버렸다. 겉치마 속에 겹쳐 입은 옷이 두 개였다. 속이 비치지 않으니 움직이기에도 편하고 이 정도면 될 듯싶었다.

연의 말을 다 믿지는 않으나 그래도 무야는 철창 안에 갇힌 야묘족의 면면을 일일이 살폈다. 하나, 하나 눈에 담을 때마다 실망감이 깊어졌다. 마지막 자신의 앞에 앉아 있는 소녀까지 모두를 확인했으나 역시 자신이 찾고 있는 어미의 모습은 그 어디에서도 볼 수 없었다.

대체 연은 자신에게 왜 이러는 것일까?

고통 속에 죽기를 바랐다면 차라리 그 귀족의 집에 그대로 두어도 되었을 것이다. 그녀의 입에서 시전으로 보내 달라는 말이 나오게끔 만들어 놓고 그중에서도 가장 위험한 곳에 던져 놓았다. 야묘족에게는 아귀나 다름없는 노예 장사꾼의 입 안에 들이민 것이나 다름없었다.

이래도 죽을 것이고, 저래도 죽을 것인데. 그중에서도 가장 고통스러운 것을 택하여 보낸 것일까? 그다지도 무야가 밉단 말인가. 왜, 무엇 때문에?

아무리 생각해도 그 이유를 알 길이 없었다.

무야는 무릎을 세워 다리를 끌어안았다. 무릎에 이마를 대고 눈을 감았다. 세상에서 제일 멍청한 것이 자신이 아닐까 싶었다. 연의 감언이설에 속아 넘어간 것이 한두 번이 아니었다. 설마, 아니겠지. 이번은 진짜일 거야. 연 님이 내게 그럴 리가 없어. 그런 말들이 무수하게 그녀의 정신을 흐릿하게 만들었다.

누구를 원망하랴. 늘 선택은 자신이 한 것인데. 모든 잘못은 자신의 무지함에 있었다.

'내게 많이 실망하셨을까? 그래서 이제는 안 오시는 것인가?'

그녀를 돕기 위해 직접 인간 세상까지 왔던 수였다. 두 번이나 무야에게 몸을 내어 주기도 했었다. 수가 자신을 품은 것에 대해 무야는 그의 헌신이라고 생각했다. 위험한 상황에 놓이니 절로 그가 떠올랐다. 그리고 그를 불렀다.

이번에는 그에게서 아무런 응답이 없었다.

'질리신 게지. 멍청하고 미련한 것이 또 사고를 쳤구나. 혀를 차셨을 게 분명해.'

감은 눈 안으로 눈물이 들어차는 것이 느껴졌다. 영산을 벗어나면서부터 제게 일어났던 일들이 주마등처럼 스쳐 지나갔다. 어쩌면 이곳에서 죽을지도 모른다는 생각이 불현듯 들었다.

주루룩 그녀의 눈에서 눈물이 흘러내렸다. 죽는 것은 그녀의 잘못된 선택으로 벌어진 일이니 어쩔 수 없었다.

그녀의 가슴이 무거운 돌로 내리찧는 듯이 아파 왔다. 죽음에 대한 두려움보다는 이제 더는 수를 볼 수 없을지도 모른다는 생각 때문에 가슴이 미어졌다.

"흑흑. 수 님."

삼키지 못한 울음과 함께 수의 이름이 새어 나왔다. 이제는 부르지 말아야 한다 생각을 하면서도 어쩔 수 없이 그의 이름을 부르게 된다. 무야가 유일하게 마음을 기댈 수 있는 이는 이 세상에서 수가 유일했다.

촤르륵. 촤륵.

무거운 쇠사슬이 땅을 끄는 소리가 들렸다. 그 소리에 이내 철창 안이 고요해졌다. 소녀 역시 몸을 한껏 움츠리며 고개를 숙였다. 소녀가 다급하게 무야에게 속삭였다.

"저자의 눈 밖에 나면 큰일 나요."

그러니 조심하라는 경고의 말을 빠르게 하곤 입을 다물었다. 모두가 숨을 죽인 채 다가오는 쇠사슬 소리에 귀를 세우며 바짝 긴장하고 있었다. 무야도 분위기에 압도되어 울음소리를 삼키며 몸을 더 움츠렸다. 그녀가 이곳에 들어온 것을 저자들은 알지 못했다. 자신들이 넣지 않은 것이 안에 들어가 있는 것을 알게 된다면 어떻게 할지 알 수 없었다.

촤륵. 철컹.

철창에 걸려 있던 자물쇠가 풀리는 소리가 들렸다. 털썩. 바닥으로 무언가가 던져졌다. 소녀가 제 발 가까이 떨어진 바구니에 놀라 흠칫거렸다. 바구니에서 굴러 나온 주먹밥이 바닥을 굴렀다.

"먹어 둬. 조금 이따가 장사 시작할 거니까."

투박한 말을 내뱉은 장사꾼이 다시 자물쇠를 채우는 소리가 들렸다. 그가 무야가 있는 곳에서 조금 떨어진 철창으로 걸어가는 소리가 들렸다. 놈이 끌고 다니던 쇠사슬을 철창을 향해 거칠게 내려쳤다.

"썩을 것이 아직도 정신을 못 차렸지. 오늘도 나댔단 봐라 단상 위에서 바로 그 눈을 뽑아 버릴 테니까."

놈이 철창 안에 있는 누군가에게 으름장을 놓곤 씩씩거리며 멀어졌다. 장사꾼의 기척이 희미해지자 하나둘 몸을 펴고 주섬주섬 바구니 안의 것을 꺼내 들었다. 소녀가 바닥에 떨어진 것들 중 두 개를 집어 제가 하나 갖고 다른 하나를 무야에게 내밀었다.

"먹어 둬요. 지금 아니면 또 언제 먹을 수 있을지 몰라요."

그나마 여기가 낫다던 소녀의 말과 달리 철창 안의 사람들은 주먹밥을 허겁지겁 먹기 시작했다. 며칠은 굶은 것 같았다. 무야가 소녀가 들고 있는 주먹밥을 보다 고개를 내저었다. 입술을 벌려 뭔가를 먹고 싶지 않았다. 그랬다간 피 맛이 날 것 같았다. 그냥 눕고 싶었다.

"그거 내 거야."

무야가 고개를 내젓기 무섭게 여인 중 하나가 소녀의 손에 들려 있던 주먹밥을 뺏어 갔다. 소녀가 돌아보며 눈에 한껏 힘을 줬지만 무야는 전혀 신경 쓰지 않았다. 여인의 말이 맞았다. 그것은 철창 안에 갇혀 있는 자들의 것이었다. 그녀의 존재를 모르는 장사꾼들이 그녀의 몫까지 준비했을 리 없으니.

"난 괜찮아요."

제 것을 내려다보며 망설이는 소녀에게 재차 거절의 말을 하며 무야가 바닥에 누우려 몸을 틀었다. 몸을 움직일 때마다 신음이 터져 나오려 했으나 이를 악물고 참았다. 무심히 장사꾼이 쇠사슬을 휘둘렀던 곳으로 시선을 두었던 무야의 몸이 그대로 굳었다.

무언가를 발견한 그녀의 미간이 좁아졌다. 무야의 눈동자가 흔들렸다. 절레절레 고개를 흔들며 자신이 본 것을 부정하던 무야가 홀린 듯 몸을 움직여 철창 가까이 다가갔다. 그녀의 눈이 부릅떠졌다. 떨리는 무야의 입술이 겨우 한 마디를 흘려 냈다.

"환."

파르르 떨리는 손으로 무야가 차가운 철창을 붙잡았다. 철창에 기대 고개를 젖힌 채로 힘없이 앉아 있는 건 분명 환이었다. 고택으로 돌아갔을 거라 믿었다. 한데, 그 환이 지금 제 눈앞에 있었다. 무야처럼 철창에 갇힌 상태로.

그녀의 목소리를 들은 것인지 무기력한 표정으로 환이 고개를 들었다. 초점을 잃은 듯한 그의 시선이 무야가 있는 곳을 향했다. 환이 눈을 몇 번인가 깜빡거렸다. 아직 무야를 알아보지 못한 듯했다. 본능적으로 귀에 익은 목소리를 따라 시선을 옮겼을 뿐 그의 표정은 여전히 무미건조했다.

"환, 나야. 무야."

울컥하고 감정이 앞서 그녀의 목소리가 떨려 나왔다. 당장이라도 환에게 달려가 그의 상태를 살피고 싶었다. 환의 모습이 예전 같지 않아 보여 심장이 아려 왔다. 어쩌다 저리되었을까? 마음이 앞서 무야가 저도 모르게 철창을 흔들었다.

"뭐 하는 거예요."

놀란 소녀가 다가와 그녀를 만류했다. 소녀의 눈이 분주하게 바깥을 살폈다. 등 뒤로도 따가운 시선이 느껴졌다. 갑작스러운 그녀의 행동에 다른 야묘족들이 바짝 긴장하며 날을 세웠다. 혹여 무야의 돌발 행동으로 인해 장사꾼이 쇠사슬을 들고 다시 오지 않을까 걱정되어서였다.

"……미안해요."

사과의 말을 내뱉는 무야의 눈시울이 붉어져 있었다. 소녀가 무야의 시선이 향한 곳을 돌아봤다.

"아는 이예요?"

무야가 말없이 고개를 끄덕였다. 눈물이 그녀의 볼을 타고 흘러내렸다. 자꾸만 우는 통에 애써 발라 줬던 연고가 씻겨 나가고 있었다.

"여기 온 지 사흘 정도 됐어요. 하도 반항을 해서 매질도 많이 당했는데. 어제 노예 시장에서 난동을 부리는 통에 약까지 먹였거든요. 아마 저녁까지 정신 못 차릴 거예요."

"약이라뇨?"

"정신도 혼미해지고 몸도 무기력해지는 약이요. 다루기 힘든 노예한테 주로 써요."

소녀가 짙은 한숨을 내쉬었다.

"보통은 매질 몇 번에 고분고분해지는데 저자는 달랐어요. 몸이 만신창이가 되고도 계속 도망치려고 해서 결국……."

며칠 동안 있었던 끔찍했던 일들이 떠올랐던지 소녀가 눈을 질끈 감고는 고개를 내저었다. 생각을 떨쳐 내려는 것이다. 대체 얼마나 참혹했기에 저러는 것일까. 무야의 심장이 덜컥 내려앉았다.

"약을 자꾸 먹게 되면 머릿속이 엉망이 된대요. 그럼 팔려 가기도 전에 죽임을 당하고 말아요."

그 죽임이란 것에 어떤 것들이 포함되어 있는지 말하지 않아도 알 수 있었다. 죽이기 전에 취할 수 있는 것들은 다 뽑아낼 것이다. 비싼 값을 받아 낼 수 있도록 최상의 상품을

얻기 위해 가장 고통스러운 상태에서 야명주와 가죽을 벗겨
낼 터였다.

"안 돼."

그렇게 둘 수는 없었다. 자신은 어찌 되어도 상관없으나
환은 그런 일을 겪어서는 안 되었다. 그가 왜 이곳에 있는지
그 이유를 무야는 어렴풋이 알 것 같았다. 무야가 남기고 간
글을 믿지 않은 것이다. 무야가 어떤 생각으로 고택을 빠져
나온 것인지 잘 알고 있는 환이었다. 그런 무야가 쉽게 모든
것을 포기하고 돌아갔을 리 없다고 생각했을 것이다.

그래서 찾아 나선 거겠지. 그러다 저런 꼴을 당한 것이고.

충분히 예측 가능한 일이었다. 무야의 가슴이 미어졌다.
어쩜 이렇게도 미련할 수가 있을까. 그냥 잊고 제 살길 찾아
가면 될 것을. 어디로 가면 살 수 있는지 뻔히 알면서도 인
간 세상을 헤매고 다닌 것을 보면 무야를 찾겠다는 생각이
었음이 분명했다.

"저렇게 둘 수 없어."

무야의 혼잣말에 소녀가 덥석 그녀의 팔을 붙잡았다. 무야
가 돌아보자 소녀가 단호한 눈빛으로 빠르게 고개를 저었다.
그러면 안 된다고 무야를 만류하려는 것이다. 무야가 가만히
제 팔을 굳게 잡은 손과 소녀의 얼굴을 바라보았다.

처음 본 자신을 왜 이렇게 챙기는 것인지 이해가 가지 않

왔다. 소녀의 손은 부르터 있었다. 험한 일을 했었던 건지 잡히지 않으려 도망을 치느라 고생을 해서 그런 것인지는 알 수 없었다. 다만, 지내 온 시간이 결코 순탄치 않았음은 알겠다.

"가족은?"

그리 물은 것은 어떤 예감 때문이었다. 소녀의 곁에도 그녀를 보살필 가족이 아무도 없는 것이 아닐까 하는. 어쩌면 무야 또래의 언니가 있었을지도 몰랐다. 그래서 무야를 스스럼없이 살갑게 대하는 것이 아닐까. 잘못되었을지 모를 언니가 떠올라서.

"……없어요."

한참 뜸을 들이다 소녀가 힘없이 말했다. 예상했던 그대로였다. 짙은 한숨이 슬픔처럼 무야의 입에서 흘러나왔다. 무야가 소녀의 머리로 손을 뻗어 조심조심 쓰다듬었다. 그러곤 조곤조곤 다독이듯이 말했다.

"저 야묘족은 내 가족이나 마찬가지야."

그녀의 말에 소녀가 큰 눈망울을 말똥거리며 무야와 환을 번갈아 보았다. 무야가 왜 그렇게 놀라며 철창을 흔들었는지 이해할 수 있을 것 같았다. 하지만 그래도 무야의 위험한 행동을 그대로 두고 볼 수는 없었다.

"기회를 봐서 만나 볼 수는 있을 거예요. 그러니까 지금은 참아요. 그자가 화를 내면 여기 모두가 다쳐요."

이번에는 소녀가 무야를 설득했다. 모두가 다친다는 말에 무야가 뒤를 돌아봤다. 무야를 향한 철창 안 야묘족들의 시선이 곱지 않았다. 장사꾼의 등장에 모두 죽은 듯 숨을 죽이며 한껏 움츠리던 모습이 떠올랐다. 아마도 그동안 철창 안에서 누군가 난동을 부리면 그 안에 있던 자들까지 모두 사정을 두지 않고 매질을 당했던 모양이다.

"상품이라더니."

팔 물건이라면 가치가 떨어지지 않게 잘 관리해야지 매질이라니. 이해가 가지 않는다는 투로 무야가 중얼거리자 소녀가 덧붙였다.

"사고만 일으키지 않으면 괜찮아요."

그러니 제발 가만히 있으라는 당부의 말이다. 무야가 소녀를 돌아보았다. 소녀의 눈에 간절함이 담겼다. 제 팔을 붙잡고 있는 소녀의 손을 잡았다. 거친 감촉이 고스란히 느껴졌다. 저로 인해 다른 이들이 또다시 고통을 당하게 할 수는 없었다.

"그렇게 할게."

작게 고개를 끄덕이는 무야를 향해 그제야 소녀가 안도의 웃음을 지어 보였다.

"해 질 무렵에 노예 경매가 있을 거예요. 그때는 다 철창 밖으로 나가니까. 잠시라도 말을 걸 수 있을 거예요."

왜 저녁에 경매를 하느냐 물으려던 무야가 입을 다물었다. 그때가 되면 야묘족의 본성이 살아나 어둠을 밝히며 아름답게 두 눈이 빛나게 될 터였다. 어떤 야명주가 가장 값어치가 나갈지 가늠하며 고르기 위해 그 시간을 선택한 것이다. 노예가 아니라, 물건을 파는 것이다. 산 것이 지닌 야명주라는 최상의 보석을.

환을 만나면 어떤 말을 해야 할까? 정말 자신을 속인 것이라는 걸 알면 그는 무슨 생각을 하게 될까?

여러 생각들이 그녀의 머릿속을 복잡하게 만들었다. 소녀의 손을 놓고 철창으로 고개를 돌린 무야가 얌전히 환이 있는 곳을 응시했다. 말할 수 없는 죄책감이 그녀의 가슴을 짓이겼다. 숨이 제대로 쉬어지지 않아 그녀가 크게 공기를 빨아들였다. 내뱉는 숨이 꺽꺽거렸다.

무야가 체한 것처럼 답답한 가슴을 두드렸다. 참으려고 안간힘을 써 댔지만 붉어진 눈시울로 흘러내리는 눈물을 막을 수는 없었다.

'제발 날 알아봐 줘. 환아.'

그녀가 있는 곳을 바라보곤 있었으나 여전히 환의 시선은 흐릿했다. 그를 위해서 뭐든 할 것이다. 보이지 않는 제 어미를 찾는 것보다 지금 당장 그녀에게 시급한 건 환을 구하는 일이었다. 자신은 어찌 되어도 좋으니 제발 그만은 여기서 벗어날 수 있게 해 달라 무야는 속으로 간절히 빌었다.

'수 님. 제발.'

무야의 기도는 또다시 수를 향하고 있었다. 깨닫지 못하는 사이, 어느새 그녀의 무의식 속엔 수가 깊게 자리하고 있었다.

10. 참혹한 현실

　무언가가 잘못되었다. 거울에 비친 무야의 모습이 이상하
게 느껴졌다. 수는 귀족의 집 담을 넘어선 맹랑한 무야의 행
동에 혀를 찼다. 늘 겁도 없이 무턱대고 움직이는 무야가 마
뜩잖았다. 조심성이 없어도 너무 없었다. 영산 안에서는 수
의 영역이라 위험에 처할 일이 없어 내버려 두었더니 버릇
이 고약하게 들었다.

　저러다 잡히면 어쩌려고.

　수는 무야의 목숨이 경각에 달한 위급한 상황이 아니면

될 수 있으면 자신이 직접 관여치 않으려 했다. 본인이 자초한 일에 대한 책임은 져야지. 그래야 두 번 다시 무모하게 행동부터 앞서는 버릇을 고칠 것이 아닌가.

하여 무야가 위험이 도사리고 있는 귀족의 집구석으로 들어갈 때도 가만히 지켜만 보고 있었다. 무야에게 인간은 천적과 다름없었다. 저도 무서웠던지 움직임이 긴밀하고 조심스러웠다. 인기척에 귀를 기울이며 사람이 없는 곳으로만 숨어드는 것을 보며 수가 피식 옅은 웃음을 흘려 냈다.

"저곳만 확인하고 돌아오게 해야겠군."

쓸데없이 이곳저곳을 돌아다니게 두었다간 크게 사고를 치지 싶었다. 적당히 풀어놓아 야묘족이 처한 상황을 인지시킨 뒤에 다시 데려올 생각이었다. 제 눈으로 보고 나면 다시는 고택을 벗어나겠다는 생각은 하지 않을 터이니.

그랬는데, 어느 순간부터 뭔가가 틀어지고 있다는 기분이 강하게 들기 시작했다.

거울 속 무야는 귀족의 집 광을 살피고 있었다. 그러다 무슨 생각에서인지 갑자기 빗속을 뛰어 처음 들어선 곳으로 되돌아갔다. 그곳엔 사당이 있었다. 그 안으로 숨어들어 문을 닫았다. 그러곤 가장 구석진 곳으로 가 몸을 움츠린 채 가만히 있었다. 한참의 시간이 흐른 후에도 무야에게선 아무런 움직임이 없었다.

처음에 수는 그저 무야가 무언가에 놀라 지레 겁을 먹고 두려운 나머지 급히 몸을 숨겼나 보다 생각했었다. 한데, 그 생각이 점점 의아함으로 변했다. 아무리 무섭기로서니 저렇게 죽은 듯 꼼짝 않고 있을 수는 없었다.

그가 허공에 뜬 거울을 잡아 무야의 모습이 비쳐지는 곳을 손바닥으로 쓸었다. 거울의 표면이 일렁거렸다. 무야와 수 사이에 알 수 없는 장막이 쳐져 있는 듯했다. 그의 미간이 와락 구겨졌다. 거울 앞에 머문 수의 손바닥에서 기가 흘러나왔다. 그것이 거울 속으로 스며들자 표면에 쩍쩍 금이 가기 시작했다.

빠드득. 수의 입에서 이 가는 소리가 들렸다.

균열이 일기 시작한 거울은 이내 가는 금들로 가득 찼다. 마치 거미줄이라도 쳐진 듯 무야를 비치던 것이 수백 수천 조각으로 나뉘어졌다. 무야에게 결계가 쳐진 것이 분명했다. 의도 또한 명백했다. 수가 그녀의 모습을 볼 수 없게 하려는 것이다. 지금 그녀에게 벌어지고 있는 모든 일들로부터 그의 시야를 가려 놓았다.

"연."

잇새로 내뱉은 연의 이름이 시리도록 차가웠다. 이런 짓을 할 수 있는 건 연밖에 없었다. 연이 이리 빨리 돌아올 줄은 몰랐다. 돌아오자마자 수작질을 하리라고도 생각지 못했다.

수의 경고를 연이 무시한 것이다.

"행여나 애먼 짓거리라도 했다간 가만두지 않을 것이다."

벌떡 자리에서 일어난 수가 거울을 거칠게 내동댕이쳤다. 정자의 바닥에 부딪힌 거울이 산산조각 나 부서지는 대신 자취를 감췄다. 그대로 무한의 공간으로 들어가 버린 것이다. 연의 연못은 물론 수의 거울도 영물이었다. 하여 스스로 위험에 대처할 수 있었다.

연못의 물은 영원히 마르지 않고 거울은 절대 깨어지는 일이 없다. 다시 수가 거울을 찾을 때 그것은 원래의 모습으로 나타날 것이다.

'어디…… 가십니까?'

단 한 번도 수에게 물은 적이 없던 말을 식신이 꺼냈다. 정자를 내려오는 수의 기세가 심상치 않아서였다. 하나, 돌아오는 대답은 없었다. 식신 또한 어떤 기대를 하고 물은 것은 아니었다. 그저 수의 발걸음을 조금이라도 늦출 수 있을까 하여. 그리해서 그에게서 뿜어져 나오는 살기를 누그러트릴 수 있을까 싶어 그런 것이다.

세상을 다 멸하고도 남을 만큼 그의 살기가 드셌다. 여태껏 수가 이리 화를 내는 것을 식신은 본 적이 없었다. 언제나 수가 있는 고택은 평온했다. 죽음의 기운이 짙게 드리운 곳이나 그곳은 고결했다.

정자를 채 내려서기도 전에 수의 모습이 완전히 사라져 버렸다. 식신은 두려움을 느꼈다. 이는 수의 곁에 머무는 동안 단 한 번도 느껴 보지 못한 감정이었다. 곧 엄청난 일이 벌어질 것만 같았다.

시간은 더디게 흘러갔다.

꿈쩍도 않고 멍한 눈을 한 채로 허물어져 있던 환의 정신도 느리게 돌아오고 있었다. 그의 시선은 줄곧 무야가 갇힌 철창에 고정되어 있었다. 정신이 혼미한 와중에도 자신이 찾고 있던 무야의 목소리만은 기억하고 있었던 듯 목소리를 쫓아 고개를 돌린 후론 그녀가 있는 곳만을 바라보고 있었다.

무야 또한 그에게서 시선을 거두지 못하고 있었다. 하염없이 흐르던 눈물이 작은 흐느낌으로 변해 가고 있었다. 붉게 충혈된 눈동자 가득 환이 담겨졌다.

해가 뉘엿뉘엿 저물기 시작했다. 고요하던 철창 주변이 조금씩 소란스러워졌다. 장사꾼들이 경매 준비를 위해 분주하게 움직이고 있었다. 쇠사슬을 끌고 다니던 사내와 함께 노예 상단의 주인이 철창이 있는 곳으로 다가왔다.

그를 알아챈 야묘족들이 슬금슬금 뒤쪽으로 움직이며 최대한 몸을 숨기려 했다. 소녀가 무야의 팔을 잡아끌었다. 돌아보자 뒤쪽을 손으로 가리켰다.

"눈에 띄지 말아요."

어차피 이곳에 있는 모든 야묘족이 경매에 나가게 될 것이다. 그러면 들키는 건 시간문제였다. 이런 상황에서 굳이 숨을 이유가 있을까 싶었다. 갇힌 상태로 눈앞에 있는 환에게 제대로 말을 걸 수도 없는 자신의 처지가 한탄스러웠다. 그 때문일까. 마음이 약해지고 있었다.

되도록 눈에 띄는 행동을 삼가라는 의미를 담아 소녀가 무야의 팔을 잡아 꾹 힘을 주었다. 소녀가 보기에 무야는 아직 상황 판단을 제대로 못 하고 있는 것 같았다. 이곳을 벗어난다는 것은 사육당하던 동물이 도살장으로 끌려가는 것과 다름없었다.

팔려 가면 언제 죽을지 알 수 없었다. 당장 야명주를 손에 쥐길 원하는 귀족들도 있을 것이고, 집에 두어 자랑거리로 삼을 자들도 있을 터였다. 죽음의 시기는 알 수 없었다. 하지만 결국엔 목숨을 내놓아야 한다. 그러니 최대한 여기서 버티는 것이 좋았다. 여기 있는 동안은 그래도 죽을 일은 없을 테니까.

움직이지 않는 무야를 소녀가 무작정 잡아끌었다. 무야가 무리들의 앞쪽으로 갔을 때 노예 상단의 주인이 철창 앞에 멈춰 섰다.

아직 해가 남아 있었으나 야묘족의 면면을 살피기에는 다소 무리가 있었다. 얼굴 생김이야 이미 알고 있는 터라 재차 확인할 필요는 없었다. 그들에게 중요한 것은 오늘 밤 어떤 야묘족의 눈이 가장 아름답게 빛날까 하는 것이었다.

"준비는 잘 돼 가고 있겠지?"

"예. 염려 붙들어 매십시오."

"그제처럼 난장판이 되면 네놈부터 손을 볼 것이야."

"아유, 여부가 있겠습니까. 이번엔 그런 일 절대 없을 것입니다."

장사꾼에게선 야묘족들을 향해 퍼붓던 살기를 전혀 느낄 수 없었다. 대신 아부 근성이 가득했다. 주인에게 잘 보여야 이 일도 계속할 수 있었다. 야묘족들만 제대로 간수하면 되는 일이라 어려울 것도 없었고, 녹봉도 제법 두둑했다. 장사꾼은 이 일을 놓치고 싶지 않았다.

"손님들은?"

"시간에 맞춰 오실 겁니다요."

"돈 있는 작자들이 많이 와야 하는데."

"아 참. 대찬진 나리도 참석하신다고 연통을 하셨습니다."

"그분이 어인 일로? 더는 야묘족이 필요치 않다 하더니."

"그러게 말입니다. 무슨 바람이 불었는지. 오늘 경매를 꼭 봐야겠다지 뭡니까."

"뭐 온다면야 나는 좋지. 값어치 떨어지는 것들부터 팔아 치워야 하니 앞에 선보이고, 눈빛 좋은 것들은 뒤로 빼놓아야 한다."

"예. 그리 준비하겠습니다."

소녀와 함께 고개를 숙인 채 그들의 대화를 듣고 있던 무야의 몸이 흠칫 떨렸다. 대찬진이라는 말에 절로 나온 반응이었다. 벗어나게 해 주겠다던 연의 말은 대찬진의 집에 국한되어 있었던 듯하다. 무야는 대찬진이란 자가 불현듯 경매 현장에 오겠다 나선 것이 결코 우연이 아닐 것이라 생각했다. 그 배경에 연이 있지 않을까 의심스러웠다.

이젠 그녀의 마음속에 연에 대한 믿음 대신 불신이 자리했다. 연은 더 이상 무야에게 좋은 신이 아니었다.

대화를 나누던 둘이 걸음을 옮겼다. 그들이 향한 곳은 환이 갇혀 있는 철창이었다. 무야의 시선이 자연스레 그쪽으로 향했다. 노예 상단의 주인이 철창을 발로 툭 걸어찼다. 제법 큰 소리가 났음에도 환은 아무런 미동도 하지 않았다.

"너무 맛이 간 거 아니야?"

"조금 있으면 약 기운이 가실 겁니다."

"또 날뛰지 못하게 감시 잘 해."

"예."

문제를 일으키는 골치 아픈 물건은 하루라도 빨리 팔아

치우는 게 이득이었다. 노예 상단 주인은 오늘 경매에 꼭 환을 팔아 버릴 작정이었다. 재수 좋게 주인 없는 물건을 주웠다 했더니 여간 손이 많이 가는 게 아니었다. 틈만 나면 도주를 시도하질 않나, 단상에 올라가서는 손님들이 있는 곳으로 뛰어내려 손에 잡히는 대로 주먹질을 해 대는 통에 한바탕 난리가 났었다. 다행히 목에 씌워 둔 주술 목걸이 덕분에 쉽게 제압할 수 있었지만 경매를 이어 갈 수는 없었다. 놈으로 인해 손해를 본 것이 이만저만이 아니었다.

형형하게 빛나는 눈빛이 좋아서 비싼 값에 팔 수 있겠다 좋아했던 것이 무색하게 환은 밤이 되면 두 눈을 질끈 감은 채 절대 뜨지 않았다.

"정 안 되면 그냥 눈알을 뽑아 버려!"

노예 상단 주인이 환에게 들리도록 크게 소리쳤다.

"예. 그렇게 준비하겠습니다."

답하는 자의 목소리도 만만치 않았다. 단상 위에서 눈알이 뽑히기 싫으면 고분고분하게 말을 들으라는 경고나 다름없었다. 그들의 으름장에도 환의 표정은 전혀 달라지지 않았다. 파르르 떨리는 눈동자는 여전히 무야를 향해 있었다.

그의 손끝이 움찔거렸다. 무기력했던 몸이 점점 원래의 상태로 돌아오고 있다는 증거였다.

"조금 있으면 다른 사람들이 우릴 데리고 나갈 거예요. 절대로 눈 마주치면 안 돼요. 고개 숙이고 제 뒤에 딱 붙어 있어야 해요."

마치 자신이 무야의 보호자라도 되는 듯 소녀가 당부했다. 무야가 팔려 갈까 걱정이 되는 모양이었다. 정신이 번쩍 들었다. 그들이 환에게 무슨 짓을 할지 들었을 때 온몸에 소름이 돋고 치가 떨렸다. 그런 일을 환이 겪게 해서는 안 된다. 소녀의 말이 아니라도 무야는 되도록 얼굴을 드러내지 않을 생각이었다. 환을 이곳에서 탈출시키기 전까지는 떠날 수가 없었다.

"그럴게요."

무야가 고개를 끄덕이자 소녀가 안도의 한숨을 내쉬었다. 무야의 시선이 소녀의 작은 등에 닿았다. 소녀의 초라한 등이 애처로웠다. 어쩌면 여태껏 여기 있는 그 누구와도 살갑게 지내지 못했던 게 아닌가 싶었다. 다들 제 몸 하나 운신하기도 힘든 지경에 남을 걱정할 여유가 없었을 것이다. 혼자가 된 소녀는 외롭고 무서워 의지할 대상이 필요했을지 모른다. 그러다 간밤 느닷없이 나타난 무야가 반가웠던 게 아닐까.

또다시 홀로 남겨지는 게 소녀에겐 가장 두려운 일일 것이다. 하지만 무야에겐 소녀의 마음까지 챙길 여유가 없었다. 그녀에겐 환이 먼저였다.

"일어나. 나와!"

낯선 사내들이 몰려와 철창을 두드리며 야묘족들을 재촉했다. 자물쇠가 풀리고 움츠리고 있던 야묘족들이 하나둘 몸을 일으켰다. 그들의 심기를 건드렸다간 당장에 손에 든 몽둥이가 제 몸을 내려칠 것을 알기에 고개를 숙이고 고분고분하게 그들이 하는 말을 따랐다.

소녀가 무야의 손목을 잡고 제 뒤에 서게 했다. 둘은 무리의 뒤쪽에 자리를 잡고 철창을 나섰다. 앞선 야묘족들을 따라 움직이며 무야가 환이 있는 곳을 살폈다. 그곳에도 다른 자가 자물쇠를 풀고 있었다.

바닥으로 내려쳐지는 채찍질에 환이 굼뜨게 움직이는 것이 보였다. 조금씩 정신이 돌아오고 있는 것이 분명했다. 지켜보던 무야의 입에서 안도의 한숨이 흘러나왔다.

"빨리빨리 움직여."

인간들은 야묘족의 여인과 사내를 짐승처럼 암컷 수컷이라 칭했다. 그들이 철창 속에서 꺼낸 암컷과 수컷을 한 줄씩 세웠다. 수컷의 줄 마지막에 환이 섰다. 무야가 소녀에게 잡힌 팔을 살짝 빼냈다. 소녀가 돌아보자 무야가 환을 가리켰다.

"조심해요."

말리고 싶은지 소녀가 무야의 손을 다시 덥석 붙잡으며

걱정스럽게 말했다. 염려하지 말라는 것처럼 무야가 제 손을 잡고 있는 소녀의 손등을 다독였다. 마음이 놓이지 않는 듯 소녀가 뒤쪽으로 처지는 무야를 연신 힐끔거렸다. 그러다 앞에서 들려오는 장사꾼의 사나운 목소리에 얼른 고개를 숙였다.

뒷걸음으로 조금씩 물러나는 무야를 다른 야묘족들이 신경 쓸 겨를은 없었다. 덕분에 무야는 수월하게 뒤쪽 끝으로 갈 수 있었다. 걸음이 느린 건 장사꾼들의 눈치를 보며 움직이느라 그런 것도 있었지만, 아직 어제 맞은 부위가 원상태로 돌아오지 않은 탓도 있었다.

"환."

환의 옆으로 다가간 무야가 그의 이름을 나직하게 불렀다. 철창에서 나왔을 때부터 줄곧 무야를 보고 있던 환이었기에 그의 고개는 무야가 있는 쪽으로 고정되어 있었다. 환이 느릿하게 눈을 깜빡거렸다. 그런 환을 향해 무야가 옅은 미소를 지어 보였다. 그녀의 눈가에 그렁그렁 눈물이 맺혔다. 환의 두 손은 앞으로 모아진 채 묶여 있었고, 양쪽 다리에는 족쇄가 채워져 있었다.

"미안……."

울컥하는 바람에 말을 제대로 끝맺을 수가 없었다. 눈물로 시야가 흐릿해졌다. 손등으로 눈을 쓸어 내고 그녀가 다시 환을 담아냈다. 하지만 곧 다시 눈물이 차올랐고 무야는 연신 그것을 닦아 냈다.

멍하던 환의 눈이 점점 생기를 찾아 가고 있었다. 꿈인지 생시인지 구별이 모호하던 무야의 존재도 점차 뚜렷해지기 시작했다. 정신이 없는 와중에도 본능적으로 무야를 바라보고 있던 환이었다. 명확하게 무야를 알아볼 수 있게 되자 그의 눈동자가 심하게 흔들렸다.

"……무야. 너……. 왜……."

띄엄띄엄 뱉어 내는 말에 혼란이 담겼다. 눈앞에 있는 존재가 무야가 맞다는 것을 확인하자 환이 우뚝 걸음을 멈췄다. 부릅떠진 눈으로 그가 무야의 전신을 훑었다. 눈으로 보고도 믿을 수 없다는 표정이었다.

"구해 줄게."

무야가 빠르게 말하며 턱으로 앞을 가리켰다. 장사꾼이 인상을 구기며 걸어오고 있었다. 걸음을 멈춘 환을 발견하고 다가오는 듯했다.

"움직여. 앞에 보고."

퍽! 장사꾼의 무자비한 손이 환의 머리를 후려쳤다. 그의 몸이 휘청거리며 옆으로 쏠렸다. 넘어질 것 같은 환의 멱살을 장사꾼이 붙잡아 바로 세웠다. 익숙한 듯 아무 반응을 보이지 않는 환 대신 무야가 아프게 잘근 아랫입술을 깨물었다. 하마터면 비명을 내지를 뻔했다.

자세한 이야기를 나누고 싶었지만 상황이 좋지 못했다. 아직 이곳의 장사꾼들이 무야의 존재를 알지 못한다는 걸 설명해야 했지만 그럴 여유가 없었다. 무야가 장사꾼에게 얼굴을 보이지 않으려 고개를 모로 돌리며 푹 숙였다.

"나중에 설명할게."

환만 들을 수 있는 가장 작은 목소리로 그녀가 말했다.

"이 새끼가 또 뭐 하는 거야!"

버럭 고함을 내지르며 장사꾼이 채찍을 휘둘렀다. 바닥을 내려친 채찍은 경고였다. 계속 움직이지 않고 버티면 다음번에는 네 몸이 표적이 될 거라는. 환이 장사꾼을 죽일 듯이 노려보며 걸음을 옮겼다.

촤르륵. 촤르륵. 족쇄와 이어진 쇠사슬이 바닥에 쓸리는 소리가 들렸다. 위로 채찍을 들어 올리던 장사꾼의 눈썹이 꿈틀거렸다. 환이 고집을 부리며 버틸 거라 예상했던 것이 엇나가서였다. 채찍을 든 손이 허공에서 멈췄다. 그 옆을 환이 어슬렁어슬렁 지나갔다. 아직 몸의 감각이 다 돌아오지 않아 행동에 제약이 있었다. 내딛는 걸음이 느렸으나 경매의 중반쯤에는 이것도 정상으로 돌아올 것이다.

"뭐야."

헛웃음을 터트리며 장사꾼이 인상을 꽉 찌푸렸다. 채찍을 든 손을 내리며 신경질적으로 환의 어깨를 툭 치고 지나갔다. 괜한 발걸음을 하게 한 것에 대한 보복인 셈이었다. 경매가 있는 날은 될 수 있으면 몸에 상처를 내지 말라는 명령만 아니었다면 벌써 몇 번이나 채찍을 환의 몸에 내려쳤을 것이다.

"경매만 끝나 봐라."

팔려 나가게 되면 할 수 없지만, 그렇지 못할 확률이 더 높았다. 당장 죽일 생각이 아니면 이런 독기와 증오로 가득 찬 눈을 가진 야묘족을 살 사람은 없었다. 손님들이 수컷을 사는 이유는 노비처럼 부려 먹다가 필요할 때 야명주를 취하기 위해서였다. 그런데 반항이 극심하면 원하는 대로 써먹을 수가 없게 되니 굳이 비싼 값을 치러 구입할 필요가 없는 것이다.

장사꾼은 환이 남겨질 거라는 걸 확신했다. 노예 상단 주인도 오늘 팔리지 않으면 아예 눈알을 뽑아 버리라고 했으니 그 일을 자신이 할 생각이었다. 그 전에 매질로 몸을 다져 주어 가죽도 연하게 만들어 주면 좋을 듯했다. 그리 생각하니 기분이 한결 좋아져 원래의 자리로 돌아갔을 때는 장사꾼의 입술이 비슷이 올라가 있었다.

"후우."

저를 모르고 지나친 장사꾼에 무야가 안도의 한숨을 내쉬었다. 환이 본인에게 시선이 끌리도록 행동해 준 덕도 있었다. 역시 눈치가 빠른 환이라 무야가 장사꾼의 시선을 피하고 있다는 걸 알아차려 도운 것이다.

단상 뒤쪽 천막이 쳐진 공간으로 장사꾼들이 야묘족 무리를 데려갔다. 앞에 쳐진 장막이 걷힐 때마다 단상에 야묘족을 하나씩 선보일 것이다. 천막은 단상에 오르기 전, 상품에 대한 정보가 새어 나가는 것을 막기 위해 야묘족을 숨겨 놓기 위한 용도였다.

장사꾼들은 들어온 순서대로 수컷과 암컷의 줄을 나란히 세워 두었다. 끝자락에 환과 무야가 위치했다. 함부로 날뛰지 말고 시키는 대로만 잘 하라는 으름장을 놓고는 장사꾼들이 천막 밖으로 나갔다.

환이 무야를 돌아봤다. 무야도 거의 동시에 그를 보았다.

"누가 그랬어?"

여기에 왜 무야가 있는 것인지 어눌하게 묻던 것과 상반되는 깔끔하고 정확한 목소리로 환이 입을 열었다. 약 기운이 생각보다 빨리 사라져 원래의 모습으로 거의 돌아오고 있었다.

"어?"

무엇에 대한 물음인지 몰라 무야가 멍하니 되묻자 환이 눈동자를 세심히 움직이며 무야의 얼굴을 면밀히 살폈다.

볼이 부은 듯 보였고, 턱에는 작은 생채기도 보였다. 입술은 부르트고 찢겨 피가 흘렀다가 멈춘 듯 피 떡이 져 굳어 있었다.

그의 시선이 제 얼굴의 멍 들고 찢긴 부위에 한참을 머무는 것을 느낀 무야가 손을 올려 볼을 감쌌다. 제 몰골이 엉망이라는 걸 미처 생각하지 못했다. 엉망이 된 환을 걱정하느라 까맣게 잊고 있었다. 무야가 그랬던 것처럼 환도 그녀의 얼굴을 보며 경악을 금치 못했다.

"괜찮아. 아무것도 아니야."

무야가 환과 시선을 맞추며 엷게 웃어 보였다. 입술이 휘며 상처가 쓰라렸지만 아무런 내색도 하지 않았다. 이 정도는 아무것도 아니라는 걸 환에게 보여 주고 그를 안심시켜야 한다는 생각으로 그녀가 더 밝게 웃었다. 둘은 한참 동안 말없이 서로를 바라보았다. 그동안 겪었을 일들이 어떤 것인지 눈에 훤히 보이는 듯했다. 가슴이 미어졌다. 영산으로 도망쳐 왔을 때에도 환의 모습은 이 정도는 아니었다.

"나 때문에……."

죄책감에 무야가 또다시 눈물을 보였다. 그녀의 볼을 타고 흘러내리는 눈물을 닦아 주고 싶은 마음에 환의 손이 움찔거렸다. 결박당해 자유롭지 못한 손으로 할 수 있는 것은 아무것도 없었다. 그것이 또 그를 참담하게 만들었다.

"아니야. 그런 거."

환이 뭐라 더 말을 하려 했으나 벙긋이 벌린 채로 멈췄다. 천막 안으로 장사꾼들이 들어오고 있었다. 그가 재빨리 시선을 돌렸다. 갑작스럽게 자신을 외면하는 환의 태도에 무야도 뭔가를 느끼고 고개를 숙였다.

"이상한데?"

장사꾼 하나가 중얼거렸다. 그가 손가락으로 야묘족의 수를 세기 시작했다. 그 옆으로 다른 장사꾼이 다가가며 심드렁하게 물었다.

"뭐가?"

"더 늘어난 것 같지 않아?"

"어제 새로 들인 거 없잖아."

"그렇긴 한데……"

하나가 늘었다고 확 표가 날 리 없는데 장사꾼은 연신 고개를 갸웃하며 숫자 세기를 멈추지 않았다. 무야는 더 한껏 몸을 움츠리고 다른 야묘족의 뒤에 바짝 붙어 섰다. 어둠을 밝히고 있는 건 장사꾼들이 들고 들어온 등불 두 개가 다였다. 눈을 감고 자세를 낮추면 들키지 않을 수도 있을 것 같았다.

"손님들 벌써 자리 잡고 앉았어. 쓸데없는 데 시간 낭비하지 말고 어여 움직여."

만류하면서 투덜거리는 동료의 말에 장사꾼이 손을 내저었다.

"뭐든 정확해야지. 항상 설렁설렁 하니까 네가 욕을 들어먹는 거야."

"뭐여?"

버럭 화를 내며 눈을 부라리는 동료를 무시하며 장사꾼이 무야가 있는 곳으로 발걸음을 옮겼다. 어둠 때문에 잘 보이지 않아 가까이 다가가 마저 세어 보려는 생각에서였다. 장사꾼이 점점 무야에게 가까워지고 있었다.

일촉즉발의 순간이었다. 무야의 목으로 마른침이 꿀꺽 삼켜졌다. 이대로 들키고 마는 걸까? 그럼 어떻게 되는 거지?

경매를 하는 곳까지 왔으니 어차피 제 순서가 되면 밖으로 끌려 나가게 될 것이다. 이리저리 용케 피해 다닐 수도 있겠지만 성공할 가능성이 크지는 않았다. 언젠가는 들키겠지만 될 수 있으면 최대한으로 늦추고 싶었다. 환과 조금이라도 더 대화를 할 수 있을 때까지만이라도.

"으아아악!"

갑자기 천막 안을 뒤흔드는 괴성이 들렸다. 모두의 시선이 그쪽으로 집중되었다. 환이었다. 환이 미친 듯이 소리를 지르더니 마구 몸부림을 치며 발악했다.

"저게 미쳤나!"

수를 세던 장사꾼과 동료가 환에게 성큼성큼 다가갔다. 광견처럼 날뛰는 환을 제압하기 위해 달려들던 장사꾼이 환이 휘두른 팔에 얼굴을 맞아 비틀거렸다. 결박당한 손을 맞잡은 채로 강하게 휘두른 탓에 꽤 타격이 컸다.

"뭐야……."

뺨이 긁혔던지 피가 배어 나왔다. 손으로 상처를 쓸어 내 눈으로 피를 확인한 장사꾼이 눈동자를 희번덕거렸다. 놈이 두툼한 손으로 사정없이 환의 머리를 내려쳤다. 환의 고개가 홱 돌아갔다. 쓰러지려는 몸을 가까스로 버틴 환이 이를 드러내며 장사꾼을 매섭게 노려보았다.

"이게 진짜 죽고 싶어 환장했나."

장사꾼이 손을 치켜 올렸다.

"그러다 낯짝에 흠집이라도 생기면 어쩌려고 그래."

옆에서 지켜보던 동료가 피식 웃으며 말했다. 잘난 척해 대던 게 안 그래도 꼴사나웠었는데 야묘족에게 맞아 피까지 난 것을 보니 가슴이 시원하다 못해 고소하기까지 했다. 마음 같아서는 더 실컷 얻어맞았으면 싶었지만, 이제 곧 경매가 시작될 시간이었다. 빨리 환을 제압해 얌전하게 만드는 게 급선무였다.

"얼굴만 아니면 되잖아."

그렇게 말하곤 장사꾼이 허리춤에 꽂아 둔 채찍을 꺼냈다.

화가 단단히 치민 모양이다. 장사꾼은 단주의 명령에도 불구하고 앞뒤 분간 없이 채찍을 휘두르려 했다. 그것을 만류하려던 동료도 환이 날뛰는 것을 보곤 고개를 절레절레 흔들며 자리를 옮겼다. 저 상태로 단상에 내보냈다간 오늘도 경매가 난장판이 될 게 불을 보듯 뻔했다. 매질을 해서라도 고분고분하게 만드는 게 좋을 듯했다. 경매에 환을 내보내지 못하는 건 괜찮으나 다른 경매에 지장을 주는 일은 없어야 했다.

촤악! 쫙! 쫙!

매서운 채찍이 환을 향해 내리쳐졌다. 환은 이를 악다물고 장사꾼을 노려보았다. 굴복할 생각이 전혀 없는 환의 독기 서린 눈빛에 장사꾼의 분노도 극에 달했다. 장사꾼이 팔을 걷어붙였다.

"그래 어디 오늘 내 손에 한번 죽어 봐라."

휘리릭. 채찍이 높이 치솟았다. 허공을 가르는 소름 끼치는 소리에 모두들 바들바들 몸을 떨었다. 찰나의 순간 무야가 몸을 날렸다. 환이 왜 광기 어린 행동을 하며 시선을 모은 것인지 깨닫는 순간 몸이 먼저 움직였다.

쫘악!

"윽!"

아랫입술을 꽉 깨물었지만 등을 강타하는 채찍질에 무야

의 입술 사이에서 절로 신음이 터져 나왔다. 질끈 감은 눈의 속눈썹이 파르르 떨렸다. 살이 찢어질 듯한 고통에도 불구하고 무야는 환을 끌어안은 팔을 풀지 않았다.

"이건 또 뭐야?"

무야가 갑자기 끼어들어 방해를 한 것에 장사꾼이 빠득 이를 갈았다. 이것들이 단체로 미쳐 돌아가나 하며 놈이 채찍을 들지 않은 손으로 무야의 머리채를 휘어잡았다. 무야의 고개가 뒤로 한껏 젖혀졌으나 사냥꾼의 의도대로 끌려오지는 않았다.

"놔!"

살기 가득한 서슬 퍼런 말을 내뱉은 것은 환이었다. 환이 순식간에 팔을 올렸다 내리며 무야를 품에 안아 가뒀다. 그때문에 무야가 환에게서 떨어져 나오지 않은 것이다.

그 모습을 확인한 장사꾼이 헛웃음을 터트렸다.

"하아. 이 미친 것들이 죽고 싶어 환장을 했나."

눈을 희번덕거리며 채찍을 들어 올렸으나 휘두르지는 않았다. 수컷과 달리 암컷은 몸에 상처를 내면 곤란했다. 야묘 족의 암컷은 욕정을 풀기 위한 용도로도 팔리기 때문이다. 이미 한 차례 채찍을 맞은 터라 등 부위의 옷과 살점이 찢겨 피가 배어 나오고 있었다.

"망할."

피를 보자 자신이 너무 광분했다는 것을 인지했다. 놈이 채찍을 내려 뒤춤에 쑤셔 넣었다. 그러곤 환에게서 무야를 떼어 놓기 위해 환의 팔을 붙잡았다.

"뭐 해. 자리 다 찼어. 어서 준비해."

밖으로 나갔던 동료가 장막을 살짝 걷어 얼굴을 내비치며 장사꾼을 재촉했다. 이제 경매를 시작해야 할 시간이었다.

"이것들 좀 떼 놓고."

장사꾼의 말에 동료가 한 몸인 듯 꽉 끌어안고 있는 환과 무야를 힐끔 쳐다봤다. 그러더니 인상을 팍 쓰고는 짜증을 냈다.

"그러게 건드리지 말랬잖아. 됐어. 그럴 시간 없어. 나중에 순서 되면 떼 내든가. 일단 앞에 것부터 데리고 나와."

거듭된 재촉에 장사꾼이 신경질적으로 환의 팔을 놓고 바닥에 침을 퉤 뱉었다. 그러곤 매섭게 환을 노려보며 윽박질렀다.

"너 나중에 두고 보자."

장사꾼이 앞쪽으로 걸어가 겁에 질려 있는 야묘족 하나를 잡아끌었다. 암컷의 줄 맨 앞에 있던 야묘족이 버둥거리며 끌려 나갔다. 천막 안에는 이내 고요가 내려앉았다. 밖은 경매의 시작을 알리는 소리로 시끌벅적했다. 그 소리가 간간이 안까지 들려왔다.

"괜찮아?"

걱정 가득한 목소리로 환이 물었다. 무야가 고개를 들어 그를 올려다보며 엷은 미소를 지어 보였다. 환을 안심시키기 위해서 아무렇지 않다는 말을 해야 하는데, 입을 열면 신음부터 새어 나올 것 같아 입을 꽉 다문 채 안쪽 여린 살을 깨물었다.

간신히 고개만 끄덕였다. 물끄러미 제 품에 안긴 무야를 내려다보던 환이 와락 그녀를 끌어안았다. 맞닿은 몸에서 느껴지는 온기가 비로소 그녀가 제 곁에 있다는 걸 실감하게 만들었다. 다시 놓치게 될까 불안한 마음이 무야를 힘껏 끌어안게 했다.

"으윽."

삼키지 못한 신음이 그녀의 입술 사이를 비집고 새어 나왔다. 아직 몸이 회복되지도 못한 상태에서 채찍까지 맞아 버렸다. 찢기고 멍 든 피부가 강한 압력에 짓눌리면서 절로 신음이 터져 나온 것이다. 고통에 일그러진 무야의 미간을 보고 환이 놀라 팔의 힘을 뺐다. 하지만 그녀를 품에서 놓아 주지는 않았다.

"미안."

"아니야. 난 괜찮아."

몸이 성하지 않은 건 환도 마찬가지였다. 단순히 재회의 기쁨에 힘을 조절하지 못하고 꼭 껴안은 것뿐이었다. 그를 탓할 수는 없었다. 환과 다르지 않은 미안함이 무야의 표정에도 가득했다.

"넌. 너는……."

환의 안위를 물으려던 무야의 말이 먹먹한 목소리에 묻혀 버렸다. 눈앞에 끔찍한 환의 몰골을 두고 도저히 어찌 지냈는지, 괜찮은 것인지 물을 수가 없었다. 눈물이 차올라 시야가 흐려졌다. 울 자격도 없다 자신을 몰아세우지만 감정을 추스를 수가 없었다. 환에게 눈물을 보이지 않으려 무야가 얼른 고개를 숙였다.

"왜, 여기에 있어. 네가."

머리 위로 떨리는 환의 목소리가 내려앉았다. 어제까지만 해도 보이지 않던 그녀가 갑자기 이런 몰골로 제 앞에 나타난 것이 믿기지 않는 모양이었다. 혹여 꿈은 아닐까. 꿈이어야 할 텐데. 여러 생각들이 복잡하게 그의 머릿속을 떠다녔다.

차마 그녀를 만져 볼 엄두를 내지 못한 손이 허공에서 파르르 떨리고 있었다. 손을 대면 또 아파할까 봐 조심스러웠다. 그리고 눈앞에 있는 그녀가 현실이라는 걸 인정해야 할 것 같아서 두려웠다.

알면서도 아니길 바라는 마음이 간절했다. 이 지옥에서 그녀와 만나지 않기를 바랐다. 여기서 자신의 인생이 끝난다 해도 마지막으로 한 번 그녀의 얼굴을 보고 싶다는 소원은 꿈에서도 빌어 본 적이 없었다.

노예 상단에게 잡힌 것은 자신의 운명이었다. 무야의 잘못이 아니었다. 일어날 일이 일어난 것뿐이었다. 그녀가 아니었다면 훨씬 전에 끊어졌을 목숨이었다. 비록 짧은 시간이긴 했으나 영산에서 무야와 함께했던 시간들은 환의 인생에서 가장 행복했던 순간이었다.

그리 평온한 나날들을 보냈던 적이 언제였던가. 누군가를 가슴에 품고 은애했던 적이 있기는 했었나. 그를 제외하면 환의 인생은 생과 사의 고통 속에서 불안과 두려움, 고통과 치욕의 시간에 몸부림쳤던 기억밖에 없었다.

잠시 잠깐 천상을 경험한 거라 여기려 했다. 죽기 전에 꾸었던 아주 다디단 꿈이라고. 그래서 더 이상 이 끔찍한 현실에서 그녀를 보는 일은 없을 거라 생각했다.

수가 그녀를 데려갔을 거라고 믿었다. 그에게 무야는 소중한 존재니까. 사내는 자신이 연정을 품은 여인을 가슴에 담은 다른 사내를 알아본다. 감히, 대적할 수 없는 상대임에도 은연중 적개심을 느끼게 되니까. 수가 아닌 척해도 환은 알 수 있었다. 그가 무야를 사랑하고 있음을.

그러니 무야를 위험한 인간 세상에 오래 두지 않을 거라고 확신했었다. 그라면 무엇이든 할 수 있을 테니까. 이미 무야를 영산의 고택으로 데려갔을 거라고 그렇게 굳게 믿었었다.

그녀를 남겨 두고 갔었던 폐가에는 돌아가지 못했다. 무야가 찾고자 했던 그녀의 부모의 소식을 수소문하다가 시간이 많이 지체되었다. 인간들에게 정체를 들키지 않으려 조심하다 보니 움직일 수 있는 시간과 여건이 턱없이 부족했다.

그러다 나루터에서 누군가와 시비가 붙었고 바다에 빠지고 말았다. 물이 있는 근처에는 가지 않으려 무던히 애를 썼건만, 노예 상단에 야묘족이 많다는 정보를 듣고 염탐하러 갔다가 실수를 저지르고 말았다. 상단의 장사꾼과 몸이 부딪쳤고 재빨리 그곳을 벗어나려다 일이 더 커졌다. 무조건 달아나려고 하는 환의 행동에 수상한 낌새를 눈치챈 장사꾼이 그를 바다에 내던진 것이다.

그렇게 정체가 탄로 나고 노예 상단에 잡혀 버렸다. 여러 번 달아나려 시도하였으나 그때마다 다시 잡혀 무자비한 폭행을 당하고 약물까지 투여돼 몸이 망가졌다. 그냥 이대로 죽어 버리자 싶었다. 인간들에게 짐승처럼 팔려 가 치욕을 당하느니 여기에서 죽는 게 더 낫다고 생각했다. 그래서 놈들에게 죽자고 달려들었고 반항했다.

이곳은 개미지옥이다. 한번 발을 들이면 팔려 나가거나 죽기 전까지는 벗어날 수 없는. 이런 곳에서 무야와 재회를 하리라고는……

"도망가자, 환. 내가 도와줄게."

제 품에 안겨 작게 속삭이는 무야를 환이 안쓰럽고 고통스러운 시선으로 내려다보았다. 그럴 수 없다고. 이곳에서 도망치는 건 불가능하다고 말해 주고 싶었으나, 차마 그럴 수 없었다. 눈물이 그렁그렁 맺힌 눈으로 꼭 그렇게 해 주겠다 강한 결심을 내보이는 무야에게 절망을 먼저 안겨 줄 수는 없었다.

환이 힘겹게 고개를 끄덕였다.

"……그래."

겨우 쥐어짜듯 뱉어 낸 말에 무야가 환한 미소를 지어 보였다. 한참을 그렇게 서로를 바라보고만 있었다. 아무런 말도 할 수가 없었다.

"다음!"

장막을 걷고 들어온 장사꾼이 거칠게 소리치며 수컷의 줄에서 하나를 잡아끌었다. 가고 싶지 않음이 역력한 바닥을 질질 끄는 발소리가 천막 안의 정적을 깨트렸다. 아무도 아무 말도 하지 않았으나 차가운 공기 중으로 공포에 물든 두려움이 번져 나갔다.

"잠시만."

정신이 번쩍 든 무야가 아래로 몸을 숙여 환의 팔에서 조심스럽게 몸을 빼냈다. 환이 팔을 내리자 무야가 가까이 거리를 좁혔다. 그녀가 천막 안을 휘둘러 살폈다. 밖을 지키는 상단의 일꾼들은 많았으나 안에는 아무도 없었다.

그 이유를 무야는 알지 못했으나 환은 잘 알고 있었다. 주술 목걸이 때문이었다. 무야를 제외한 이곳의 야묘족 모두가 주술 목걸이를 하고 있었다. 정해진 곳에 있을 때는 괜찮으나 일정 거리를 벗어나면 목걸이에 걸려 있는 주술이 발현된다.

숨통을 조이는 고통을 주어 혼절을 시켜 버리는 것이다. 도주를 시도하다 발각되어 다시 끌려오는 대부분이 그 때문이었다. 상단에 소속된 추노꾼들이 주로 도망친 야묘족을 잡아 오는 일을 도맡았는데, 정신을 잃고 쓰러진 야묘족들을 끌고 오는 방법이 무자비했다.

주술 목걸이를 빼면 되지 않느냐는 말은 하나 마나 한 헛소리였다. 그럴 수 있었으면 진즉 했을 것이다. 채운 주인이 아니면 절대 뺄 수 없는 것이 주술 목걸이였다. 해서, 경매에서 팔린 야묘족은 다른 주인에게 넘어가기 전 상단 주인이 직접 목걸이를 빼고 새 목걸이를 바로 채우는 과정을 거치게 된다.

영산에서 환에게 채워져 있던 주술 목걸이를 제거한 것은 수였다. 그가 아니었다면 영원히 목에 달고 다녀야 했을 것이다.

환의 전 주인인 귀족은 조금은 안일한 인간이었다. 말을 안 들으면 무조건 매로 다스리면 된다는 주의라 값비싼 주술 목걸이 대신 필요할 때만 근거리에서 고통을 줄 수 있는 저렴한 것을 채워 두었다. 대신 야묘족의 목에 개 목걸이를 하나 더 채워 두었다.

그래서 도망칠 수 있었다.

하지만 이번엔 그게 불가능했다. 몇 번의 시도 끝에 이 몰골이 되어 버렸다. 똑같은 과정을 무야에게 겪게 할 수는 없었다. 희망을 거론하는 무야에게 자신의 입으로 직접 절망적인 현실을 일깨워 줘야 한다는 게 환의 가슴을 아프게 짓눌렀다.

"무야……."

어찌 도망을 쳐야 할지 궁리 중이던 무야가 자신을 부르는 환의 목소리에 시선을 들었다. 그리고 절망에 침식당한 환의 어두운 눈과 마주쳤다. 무야의 미간이 꿈틀거렸다. 마주한 눈을 통해 환의 고통스러운 마음이 고스란히 전해졌다.

"……무슨 걱정 하는지 알아."

무야가 망설임에 주저하며 차마 열리지 못하고 마른침만 삼키는 환의 입술을 차분하게 응시했다. 그녀가 그의 손을 부드럽게 감싸 쥐었다. 그사이 부르트고 상처 입은 손이 몹시 차갑고 거칠었다.

"넌 몰라. 아무것도."

자신을 안심시키려 잡은 손등을 다독이는 무야에게 환이 고개를 저었다. 일그러진 미간과 흔들리는 시선에서 말 못할 고통이 느껴졌다. 흔들리는 그의 마음을 다잡으려는 듯 무야가 잡은 손에 힘을 주었다.

"달아나다 잡혀서 이렇게 된 거 알아. 그래서 더 두려워하는 것도. 쉽지 않겠지. 저들이 얼마나 잔악한 족속들인지 모르지 않아. 그래도, 그래도 시도는 해 볼게."

자신을 믿어 달라는 듯 한껏 눈에 힘을 주고 의지를 다지는 무야를 환이 아프게 바라보았다. 자신이 어찌 되는 건 상관없었다. 어차피 버린 목숨이니까. 하지만 무야는 잘못되게 내버려 둘 수 없었다. 어쩌면 수가 그녀를 데리러 올지도 모른다. 뭔가 다른 일이 있어서 지금 여기에 갇혀 있는 걸 몰랐을 수도 있지 않을까.

알아채는 즉시 찾아올 것이다.

그때까지만 무야를 무탈하게 지켜 내고 싶었다. 그러기 위해선 팔려 가서도, 놈들의 눈에 띄어 해를 입어서도 안 되었다. 환의 시선이 문득 그녀의 목에 닿았다. 그의 미간이 의아함을 담아 꿈틀거렸다.

"······너."

그가 무야에게 잡혀 있던 손을 빼내 그녀의 목으로 뻗었다. 무야의 시선이 그의 손을 따라 움직였다. 환의 떨리는 손이 자신의 목에 닿는 것을 보며 무야가 작게 입을 열었다.

"아, 목걸이. 없어."

그녀의 말에 환의 눈이 커졌다. 그의 눈에 담긴 의문을 알아챈 무야가 고개를 끄덕이며 말을 이었다.

"저 사람들한테 잡혀서 온 거 아니야. 내가 여기 있는 거 저자들은 몰라."

"그럼. 어떻게 여길······."

"하아."

말을 잇기 전에 무야가 짙은 한숨을 토해 냈다. 설명을 하려면 길었다. 환과 헤어진 이후에 자신에게 벌어졌던 일들을 일일이 나열할 수는 없었다. 무야가 무거운 입을 열어 이름 하나를 토해 냈다.

"연 님이······."

그의 이름을 듣는 순간 환의 눈이 부릅떠졌다. 믿을 수 없다는 듯 그의 눈동자가 흔들렸다. 연은 수와 같은 신이었다. 그것도 생을 관장하는 선한 신이다. 그런 자가 무야에게 뭘 어떻게 했단 말인지. 불현듯 밀려드는 불길한 예감에 환이 잘근 아랫입술을 깨물었다. 갑작스럽게 무야가 한기와 고열에 시달리며 아팠던 일들이 떠올랐다. 아무리 개화가 가까워 오고 있다곤 해도 증상이 이상하다는 생각을 했었다.

그리고 그 움막. 음식을 구하기 위해 나갔다가 돌아왔을 때 무야의 몸이 흠뻑 젖어 있었던 건 몹시 이상한 일이었다. 무야가 아무런 말을 하지 않았고 당황해 정신이 없어 제대로 물어보지도 못했었다.

지금 와서 생각해 보니 모든 게 이상했다. 마치 누가 일부러 무야를 괴롭히고 있는 것처럼 보였다. 그게 수는 아닐 것이다. 그가 그런 짓을 할 리 없었다. 그렇다면, 남은 가능성은 하나였다.

어디든 갈 수 있고 생명의 근원인 물을 자유자재로 부리는 영험하고 고귀한 존재. 단순히 짓궂은 장난의 수준을 넘어선 그의 행동이 이해가 가지 않았지만, 그런 일을 할 수 있는 건 연밖에 없었다.

전날까지 없었던 무야가 갑자기 야묘족들이 갇혀 있는 철창 안에 던져졌다는 것도, 술을 부릴 수 있는 자의 소행이 아니면 불가능한 일이었다.

그런데 대체 왜. 왜 그런 짓을 하는 걸까?

의문에 의문이 꼬리를 물었다. 하지만 이렇다 할 해답이 떠오르지는 않았다.

복잡하게 얽힌 환의 머릿속이 무야의 눈엔 훤히 보이는

듯했다. 그녀 또한 그랬으니까. 대체 연이 왜 자신에게 잔혹한 짓을 하는 것인지 영문을 알 수가 없었다. 처음에는 믿지 못했고 이후에는 자신의 하잘것없음을 깨달았다. 연에게 그녀는 특별한 존재가 아니었다. 놀잇감 그 이상도 이하도 아니라는 걸 알게 되었다.

연은 단순히 그녀를 가지고 놀고 있는 것이다. 어리석고 멍청한 야묘족 계집을 사지로 몰아넣고 이번엔 어찌 살아나올까 지켜보는 것을 재미로 삼고 있었다. 그것을 속고 또 속은 후에서야 깨닫게 된 것이다.

"무료함을 달래기 위함이겠지."

할 수 있는 말은 그게 다였다. 또 한 번 환의 눈동자가 심하게 흔들렸다. 오래도록 유지해 오던 믿음이 송두리째 흔들리고 있었다. 신이, 생을 주관하는 신마저 그리하면 이 세상의 나약한 생명들은 어찌 살아간단 말인가.

"목걸이 쉽게 뺄 수는 없겠지?"

화제를 바꿔 무야가 환의 목에 있는 주술 목걸이를 살피며 물었다. 매듭이 보이지 않았다. 처음 착용시켰을 때 묶든지 잠그든지 했을 텐데 목걸이의 둘레는 매끈했다. 검은 가죽 줄 위에 알아볼 수 없는 붉은 글씨만 쓰여 있을 뿐이었다.

환의 시선이 심각하게 목걸이를 살피는 무야에게 닿았다.

이런 상황에서 어떻게 저렇게 태연할 수가 있는지. 그녀가 안쓰럽고 가여웠다. 무야는 자신보다 훨씬 더 큰 충격을 받았을 것이다. 그럼에도 지금 무야는 어떻게 하면 환과 함께 도망칠 수 있을까를 고심하고 있었다.

만신창이에 가까운 모습으로 느닷없이 이런 곳에 던져지게 되었음에도 불구하고 좌절하지 않았다. 그런 무야의 모습에 환의 가슴이 저릿하게 아파 왔다. 이번에도 무야는 보잘 것없는 자신을 위해 위험을 무릅쓰고 온 힘을 다해 버티고 있었다.

"주인이 아니면 풀지 못해."

"아."

환의 설명에 무야가 안타까운 탄식을 흘려 냈다. 그녀가 손을 입으로 가져가 잘근거리다 미간을 찌푸렸다. 터졌던 입술이 다시 벌어져 쓰라려 그런 것이다. 피가 배어 나온 입술을 무야가 혀로 핥았다. 그러곤 또 아무 일도 없었다는 듯 열심히 머리를 굴렸다. 목걸이를 빼지 못하면 달아나는 것에 한계가 있었다. 어찌하면 좋을까?

"팔리면 어떻게 돼?"

한참 생각하던 그녀가 언뜻 떠오른 생각을 확인차 환에게 물었다. 그사이 천막이 열리고 경매에 나갔던 야묘족 사내가 장사꾼의 손에 다시 끌려 들어왔다.

퍽! 쫘악! 장사꾼이 발로 거칠게 야묘족 사내를 걷어차며 채찍을 휘둘렀다. 바닥으로 엎어진 야묘족의 몸 위로 사나운 채찍이 내려쳐졌다.

"으윽!"

고통에 야묘족의 입에서 비명이 터져 나왔다. 그에 아랑곳없이 장사꾼은 야묘족의 얼굴을 피해 몸 위로 무자비하게 채찍질을 했다. 고통에 찬 비명이 천막 안에 가득 울려 퍼졌다.

"확 눈을 파 버릴라. 어디서 되먹지 못한 지랄을 하고 있어!"

씩씩거리며 바닥에 쓰러져 몸을 한껏 웅크린 야묘족을 향해 욕을 퍼붓던 장사꾼의 살벌한 시선이 별안간 환에게로 옮겨졌다. 환이 무야에게서 빠르게 시선을 돌리며 몸으로 가렸다. 그러곤 장사꾼을 마주 노려보았다.

"빨리 다음 거 준비 안 하고 뭐 하는 거야?"

장막을 걷고 안을 들여다보며 동료가 짜증스럽게 말하자 장사꾼이 마지못해 채찍을 말아 허리춤에 꽂았다. 환을 향한 시선을 거두지 않은 채로 한 야묘족 여인의 뒷덜미를 붙잡았다.

"억."

잡힌 야묘족 여인이 놀란 숨을 뱉어 냈다. 그에 개의치 않고 여인을 끌어내며 장사꾼이 야묘족들을 향해 으름장을 놓았다.

"오늘 아주 제대로 걸려만 봐. 다 한꺼번에 골로 가게 해 줄 테니까. 풰!"

바닥에 널브러져 있는 야묘족 사내를 향해 침을 뱉고는 그대로 천막을 나섰다. 장사꾼의 신경이 날카로운 것을 보니 오늘따라 경매가 잘 되지 않는 모양이었다. 좋은 값에 많이 팔아 보자 호기롭게 시작했던 것이 일진이 사나운 날이 되려 하니 기분이 나쁠 수밖에.

장사꾼은 그 이유가 환 때문이라고 여기는 듯했다. 경매를 시작하기도 전에 환이 초를 치는 바람에 운이 나쁜 쪽으로 흘러가고 있다고 책임을 전가시키고 있는 것이다.

천막 안에 억눌린 신음 소리가 들렸다. 아무도 쓰러진 야묘족 사내를 일으키려 하지 않았다. 내 코가 석 자였다. 다른 누군가를 챙겨 줄 입장이 되지 못했다. 그리고 잘못 도왔다간 다음 채찍질의 대상이 자신이 될 수도 있었다.

이런 끔찍한 상황에 모두들 익숙해져 가고 있었다. 그를 지켜보는 무아의 마음이 너무 아팠다. 얼마나 오래도록 고통에 시달렸으면 모두가 이리 무뎌졌을까. 원래 야묘족은 정이 많고 마음이 따스한 종족이었다. 처한 환경이 그들을 이기적이고 모질게 만들어 버렸다.

"하아."

다친 몸을 힘겹게 일으켜 대열을 찾아 서는 야묘족 사내의 모습에 무야의 입에서 짙은 한숨이 새어 나왔다. 무야가 환의 옷깃을 잡아 조심스럽게 당겼다. 몸에 손을 대지 못하는 건 행여 그의 상처를 건드릴까 해서였다.

환이 그녀를 돌아봤다. 무야가 고개를 들어 그와 시선을 맞추고 아까 답을 듣지 못한 질문을 다시 했다.

"경매에서 팔리게 되면 다음은 어떻게 돼? 주인이 바뀌게 되는 거잖아. 그럼 주술 목걸이도 바뀌는 거야?"

"상단 주인과 야묘족을 구매한 귀족이 함께 동석한 자리에서 바로 주술 목걸이를 교체한다고 들었어."

"그렇구나."

환의 말에 무야가 고개를 끄덕이며 생각에 잠겼다. 아무리 생각해도 기회는 그때뿐이었다. 주술 목걸이를 상단 주인이 제거했을 때, 다른 것이 채워지기 전 그 찰나를 노려야 했다. 목걸이를 한 채로는 멀리 도주할 수가 없었다. 그 결과가 바로 무야의 눈앞에 있었다. 환을 이렇게 해 놓은 것은 모두의 본보기로 삼기 위해서이기도 할 것이다. 도망칠 엄두조차 내지 못하게 모든 야묘족들이 볼 수 있는 곳에 전시해 둔 것이다.

저들이 하는 말로 보아 오늘 환이 팔리지 않으면 목숨이 위태로워질 터였다. 산 채로 끔찍한 짓을 당하게 되어 종내 죽음에 이르게 되는 것이다. 그리되지 못하게 막아야 했다.

방법은 하나밖에 없었다. 무야가 환을 올곧게 올려다보았다. 그녀의 진지한 시선에 환이 저도 모르게 심각해져 미간을 좁혔다.

"마지막까지 남지 말고 먼저 경매에 나가."

"뭐?"

"그리고 누군가 꼭 사게 만들어야 해."

"……무야. 무슨 말이야, 그게."

이해가 가지 않는 듯 환이 말을 다 잇지 못했다. 마지막에 마지막까지 남아 같이 있어도 모자랄 판에 먼저 나가 팔리라니. 이게 무슨 말인가 싶었다.

"상단 주인이 주술 목걸이를 뺄 때까지 얌전히 있어야 해. 최대한 아무런 의심도 받지 않게."

그녀의 말이 이어질수록 환의 표정이 점점 굳어 갔다.

"그때 내가 밖에서 소란을 피울 테니까. 시선이 나한테 집중된 사이에 도망쳐 나와."

"말도 안 돼."

환이 무야의 말을 단칼에 잘라 냈다.

"널 미끼로 쓰란 거야? 내가 그럴 수 있을 것 같아?"

약간은 화가 난 듯 환의 목소리가 조금 높아졌다. 무야가 당황하여 주변을 휘둘러 살피며 그의 입을 손으로 급히 막았다.

"목소리 낮춰."

누가 듣고 자신들을 주시하기라도 하면 어쩌나, 혹여 밖에까지 들리는 건 아닌지 노심초사하는 게 보였다. 환의 시선이 차갑게 내려앉았다. 그를 돌아본 무야가 슬픈 눈으로 낮은 숨을 내쉬었다. 손을 거둬 낸 무야가 환의 고집스레 다물린 입과 단호함이 담긴 두 눈을 번갈아 응시했다.

"그게 아니면 우린 둘 다 여기서 죽어."

무야가 차분히 입을 열었다. 절대 과장되거나 거짓된 말이 아니었다. 직설적이고 잔인하리만치 현실적인 무야의 말에 환이 잘근 아랫입술을 깨물었다. 하긴, 환 본인도 오늘이 자신이 죽는 날이라 생각하고 있었다. 그리고 그 순간까지 무야와 함께해야겠다는 생각만 했다. 이리저리 시간을 끌다 보면 수가 나타나 무야를 구해 가지 않을까. 아무런 확신도 없이 막연하게 그렇게 되리라고 생각했다. 그래서 무야를 상단 사람들의 눈에 띄지 않게 할 궁리만 했었다.

무야의 말에 순간 가슴이 섬뜩해졌다. 그녀도 죽게 되리라곤 전혀 생각지 못하다가 허를 찔린 듯 충격을 받은 것이다. 연이 이 지옥 같은 곳에 무야를 던져 놓은 지 꽤 시간이 흘렀으나 수는 아직 나타나지 않았다.

"……아아."

환의 동공이 심하게 흔들렸다. 무야를 이곳에서 죽게 만들 수는 없었다. 그런데 자신이 할 수 있는 일은 없었다. 그것이 그를 끝없는 절망 속으로 끌어 내렸다. 어떻게 해야 하지? 뭘 해야 그녀를 살릴 수 있지? 불안이 그를 덮쳐 이곳에 온 이후로 처음 두려움이란 걸 느끼게 만들었다.

"환."

무야가 정신을 차리지 못하고 불안스레 눈동자를 굴리고 있는 환의 옷깃을 잡아 흔들었다. 일순간 환의 시선이 무야에게 고정되었다. 무수히 많은 생각들이 그의 머릿속을 스쳐 지나갔다. 방법이 없었다. 그녀를 살리려면 무야의 말을 따를 수밖에. 무야 혼자서는 절대로 달아나지 않을 것이다.

"……그렇게 할게."

힘겹게 내뱉은 환의 말에 무야가 그제야 안도하며 낯빛을 밝혔다. 이제 구체적으로 어떻게 상단 사람들의 눈을 속이고 도망을 칠 것인가를 생각해야 했다. 일단은 장사꾼이 들어오면 환이 먼저 경매에 오르겠다고 나서야 했다.

그 말을 하려던 찰나였다. 갑자기 천막 바깥쪽이 소란스러워졌다. 또 무슨 일이 벌어졌나 싶어 모두 바짝 긴장한 채 소리가 들리는 곳을 주시했다. 무야와 환 또한 마찬가지였다.

파악. 거칠게 장막을 걷고 한 무리의 사람들이 안으로 들이쳤다. 상단의 일꾼들만 있는 것이 아니었다. 가장 앞쪽에 선 자는 귀족의 옷차림을 하고 있었다. 귀족이 직접 야묘족이 대기하고 있는 천막 안으로 들어온 것은 이번이 처음이었다. 더럽고 초라하다 해서 귀족들 중 누구도 가까이 오려 하지 않는 곳이었다.

"아이고. 그런 건 없다니까 그러십니다."

장사꾼이 들어선 귀족의 옆에서 굽실거리며 열심히 만류하고 나섰다.

"있는지 없는지 내 눈으로 직접 확인해 보겠다 하질 않느냐."

"여기 있는 것들은 죄다 저희가 하나, 하나 손수 잡아들이거나 구입해 온 것들입니다. 나리 댁에서 도망친 야묘족이 왜 여기에 있겠습니까. 표식이 있을 것인데 저희 마음대로 함부로 팔아 치울 수가 없지 않겠습니까."

하소연도 해 보지만 도통 물러설 기미가 보이지 않았다. 안 그래도 오늘따라 유독 경매가 안 되고 있었는데 뒤늦게 나타난 대찬진이 자신의 집 야묘족 계집이 이곳에 잡혀 있다는 말을 들었다며 내놓으라 난리를 피워 댔다. 그런 게 있을 리 없다 잡아뗐지만 믿지 않았다.

막무가내로 모든 야묘족 계집을 확인해야겠다며 밀치고

들어오는데 함부로 저지시킬 수가 없었다. 그의 몸에 잘못 손을 대었다가는 목이 달아날 수도 있었다. 그는 하늘을 나는 새도 떨어트린다는 도성 제일의 권문세가의 장자였다.

길을 가다 부딪쳤다고 그 자리에서 천민의 목을 친 일도 있었으나, 아무도 그에게 죄를 묻지 않았다. 죽은 천민만 몇 날 며칠 그의 화가 풀릴 때까지 길거리에 방치된 채 까마귀의 밥이 되었었다.

그러니 알아 몸을 사릴밖에. 어째 그가 직접 경매에 온다 하기에 좋아했더니, 목적이 따로 있었다. 아무 야묘족이나 잡아 제 것이라 말하면 그런가 하며 머리를 조아리고 내어 줄 수밖에 달리 도리가 없었다. 상단의 목걸이를 차고 있더라도 일단 대찬진이 우기기 시작하면 방도가 없었다.

하지만 대찬진이 원래 이렇게 막무가내는 아니었다. 야묘족을 그에게 몇 번 팔았던 적이 있었으나, 제값을 다 치르고 데려갔었다. 그래서 정말 대찬진의 집 야묘족이 도망을 쳤고, 이쪽으로 방향을 잡았던 것인가 하는 생각까지 들었다.

하지만 거기까지였다. 이곳으로 도망쳐 온 야묘족은 근래에 없었다. 경매가 벌어지고 있는 와중만 아니었다면 이렇게 만류하려 들지도 않았을 것이다.

대찬진의 손에는 불이 활활 타오르고 있는 횃불이 들려 있었다. 어두운 가운데 야묘족의 안광만 빛나던 천막 안이 횃불로 인해 일부 환해졌다. 갑작스러운 빛에 도열해 있던 야묘족들이 고개를 숙이고 움츠러들었다.

무심히 소란의 중심에 선 대찬진을 쳐다보던 환이 이상한 낌새를 느끼고 고개를 돌려 무야를 보았다. 무야가 도망친 야묘족일 리 없기에 심각하게 생각하지 않았다. 뒤쪽엔 둘뿐이니 앞에서 발각이 되면 이곳까지는 오지 않겠구나 여겼다. 그런데 무야의 반응이 심상찮았다.

"왜 그래?"

무야만 들을 수 있도록 목소리를 낮춰 빠르게 물었다. 돌아오는 답이 없었다. 무야는 정면을 바라보고 선 채로 굳어 있었다. 그녀의 두 눈이 크게 부릅떠지고 동공이 확장되어 있었다. 그 눈동자가 공포로 물들어 있는 것을 보고 환이 다가오는 대찬진을 돌아보았다.

"하아."

숨통이 탁 막히는 듯했다. 서슬 퍼런 눈빛으로 사납게 야묘족의 여인들이 있는 줄을 들쑤시고 있는 자에게 무야의 시선이 고정되어 있었다. 그녀의 호흡이 흐트러지고 점점 격하게 내뱉어졌다.

"저놈이구나."

환의 입에서 시린 목소리가 흘러나왔다. 무야를 이 지경으로 만들어 놓은 것이 누구인가 했더니, 저 귀족 놈이었던 모

양이다. 연이 그녀를 사지로 몰아넣었다는 것만으로도 충격
이 컸었던지라 그녀를 저리 만들었던 놈에 대해선 생각할
겨를이 없었다.

귀족의 손아귀에 무야를 던져 놓고 저리 무참한 지경에
이르게 만든 것도 모자라, 이곳에 또다시 무야를 갇히게 만
들었다. 대체 연은 무슨 생각을 하고 있는 것인가. 왜 이토
록 무야에게 잔악하게 구는 것인지. 환으로서는 도저히 이해
할 수 없는 일이었다.

하지만 연을 향한 원망은 오래가지 못했다. 당장은 눈앞으
로 다가오고 있는 대찬진부터 해결해야 했다. 이대로 있다가
는 무야가 들켜 큰일을 당할 수 있었다. 대찬진의 사나운 기
세로 보아 끌려가면 무야의 목숨을 장담할 수가 없을 것 같
았다.

"달아나."

환이 파르르 떨리고 있는 무야의 손을 꽉 붙잡아 그녀의
시선을 자신에게 돌아오도록 만들었다. 그가 급하게 쏟아 낸
말은 무야의 귀에 제대로 들어가지 못했다. 멍한 시선으로
그를 바라보고 있을 뿐이었다.

"무야."

잡은 손을 흔들며 그녀의 이름을 불렀다. 손 위로 가해지
는 강한 악력에 무야가 미간을 찡그렸다. 그러다 번뜩 정신

이 들었던지 눈앞의 환을 빤히 응시했다. 뭐라 벙긋거리는 무야의 입에선 아무런 말도 흘러나오지 못했다.

"도망가. 무야."

"까악!"

대찬진의 손에 머리채가 잡힌 채 거칠게 돌려세워진 소녀의 입에서 비명이 터져 나왔다. 우악스러운 손길에 머리 뿌리가 다 뽑힐 것 같았다. 참을 수 없는 고통에 내지른 비명이 마음에 들지 않았는지 대찬진이 소녀를 바닥에 내동댕이쳤다.

"으윽."

차가운 바닥에 부딪힌 것보다 머리가 더 아팠다. 대찬진의 손에 소녀의 머리카락이 여러 가닥 매달려 있었다. 머리카락의 일부가 뽑혀 버린 것이다. 눈물을 쏟아 내며 흐느끼는 소녀의 몸 위로 날카로운 시선이 쏟아졌다.

"어서 안 일어나고 뭐 해."

대찬진의 심기를 상하게 할까 염려스러운 마음에 장사꾼이 소녀를 재촉했다. 아픔을 무릅쓰고 힘겹게 몸을 일으키려는 소녀의 다리를 대찬진이 있는 힘껏 내리밟았다.

픽! 픽!

"아악!"

"어디서 감히! 내 옷깃을 잡아! 더럽고 천한 짐승 따위가!"

옷깃을 잡았다는 건 단순한 트집이다. 머리채를 잡혀 내동 댕이쳐질 때 놀라 허우적거리다 손이 닿았을 뿐, 절대 잡고 늘어지지 않았다. 억울했으나 그것을 미처 말할 정신이 없었 다. 다리에서 느껴지는 고통이 어마어마했다. 도저히 움직일 수가 없었다.

"다리가 부러진 모양이야."

누군가 작게 속삭였다. 그 소리에 대찬진의 눈이 더 잔악하 게 희번덕거렸다. 원래도 한번 미치면 눈에 보이는 것이 없는 자이긴 했으나, 오늘따라 유독 그 광기의 도가 지나쳤다. 소 녀에게 가해지는 이유 없는 폭력이 멈춤 없이 이어졌다.

"이보게. 내가 이년을 삼세."

부러진 다리를 짓이기며 대찬진이 곁에 서 이러지도 저러 지도 못하고 있는 장사꾼에게 말했다. 그제야 장사꾼의 얼굴 이 밝아졌다. 몸이 성하지 못하면 상품의 값어치가 떨어진 다. 그렇다고 대찬진에게 따져 물을 수도 없었다. 상단 주인 에게 혼쭐이 나는 건 관리를 제대로 못 한 장사꾼이었다. 그 러니 안절부절못할밖에. 그런 와중에 대찬진이 값을 치르고 사겠다고 하니 반갑기 그지없었다.

"예? 아, 예."

하고 싶은 대로 하라는 듯 장사꾼이 고개를 조아리며 한 발 뒤로 물러섰다. 다른 것들에게 피해만 가지 않는다면 이쪽에서 손해 볼 것은 없었다. 도망친 야묘족 계집을 찾는다더니 그 화풀이를 다른 계집에게 해 대고 있었다. 어지간히도 울화가 치밀었던 모양이다.

"보고 있느냐!"

갑자기 대찬진이 목소리를 높였다. 횃불을 높이 쳐든 그의 얼굴이 마치 지옥귀처럼 흉측했다. 환이 무야를 제 몸으로 가렸다. 대찬진이 외쳐 찾는 이가 무야라는 확신이 들어서였다.

"네년이 나오지 않으면 이년부터 태워 죽이겠다."

대찬진이 들고 있던 횃불을 소녀 가까이 내렸다. 불길이 사납게 일렁거렸다. 소녀의 얼굴이 사색이 되었다. 살려 달라 소리치며 바닥을 기는 소녀의 부러진 다리를 대찬진이 다시 짓밟았다.

"아아악!"

고통에 찬 비명을 내지르며 소녀가 몸부림쳤다. 소녀의 가슴을 향해 잔악한 웃음을 머금은 대찬진이 횃불을 가까이 들이댔다.

"그리하면 가죽을 버릴 텐데요."

장사꾼이 아까움에 슬쩍 대찬진에게 말하자 그가 콧방귀를 뀌며 별스럽지 않게 말했다.

"그깟 가죽 필요 없어. 산 채로 불태워 버리고 눈알만 취하면 되는 것이지."

"아, 예."

주인 될 자가 필요 없다는데 말릴 이유가 없었다. 지켜보고 선 야묘족들에게는 이 일이 아주 좋은 본보기로 작용할 수도 있었다. 차마, 상단에서는 상품에 흠집 날까 아까워 할 수 없는 일을 이리 해 주니 오히려 속으로는 고마울 따름이었다.

"허억. 살려…… 주세요. 흐윽. 아악!"

비명과 애원이 난무했다. 참혹한 현장을 차마 보지 못하고 눈을 감는 야묘족들도 많았다. 공포에 바르르 떨던 무야의 몸이 떨림을 멈췄다. 그녀의 눈에 물기가 가득했다. 소녀와 무야의 시선이 맞물렸다. 소녀는 극심한 고통에 정신이 이미 반쯤은 나가 있었다.

화르륵. 불길이 드세졌다. 그 불길이 소녀의 몸에 닿기 직전이었다. 더는 숨어 있을 수가 없었다. 자신으로 인해 또다시 누군가가 생명의 위협을 받고 있었다. 왜, 이런 일이 자꾸만 벌어지는 것인지. 어쩌면 자신에게 문제가 있는 것일지도 모른다고 무야는 생각했다. 모든 일의 원흉은 자신이었다. 자신만 없어지면 이 끔찍한 일도 끝이 나지 않을까 하는 생각이 들었다.

"여기……."

무야가 한 걸음 앞으로 나서며 입을 열었다. 소녀의 비명에 그녀의 목소리가 묻혔다. 시뻘건 불길이 소녀를 집어삼키려 하고 있었다. 환이 다급하게 그녀의 팔을 붙잡았지만 무야가 그의 손을 뿌리쳤다.

"미안."

제발 너 혼자만이라도 달아날 수 있기를 바라. 잠시 돌아본 그녀의 눈이 그렇게 말하고 있었다. 멍하니 그녀를 쳐다보고 있던 환이 정신을 차리고 다급히 무야의 뒤를 쫓았다.

"그만해!"

그녀가 대찬진의 앞으로 다가서며 크게 소리쳤다. 모두의 시선이 무야에게로 쏠렸다.

"저, 저게 대체."

비릿하게 입가를 끌어 올린 대찬진과 달리 장사꾼의 눈이 커졌다. 어제까지 없던 것이 갑자기 무리들 속에서 나오니 놀랄밖에.

"크큭. 그래 역시 네년이 여기 숨어 있는 게 맞았구나."

무야를 노려보는 대찬진의 눈에 광기가 가득했다. 환이 무야의 앞으로 나서며 그녀를 제 몸으로 가렸다. 그에 대찬진의 얼굴이 와락 일그러졌다.

"저건 또 뭐야."

"절대 못 데려가."

죽일 듯 사나운 눈빛으로 대찬진을 쏘아보며 환이 이를 빠득 갈았다. 대찬진의 살벌한 시선이 환의 몸을 훑어 내렸다. 그의 입이 더 비릿하게 치켜 올라갔다. 그가 횃불을 바닥에 내던졌다. 제 가슴 위로 떨어진 횃불에 놀라 소녀가 바닥을 데굴데굴 구르며 실성한 듯 비명을 질러 댔다. 그에 얼른 소녀의 곁으로 다가간 장사꾼이 횃불을 주워 들고 소녀를 잡아끌었다. 다행히 몸에 불이 붙지는 않았다.

"젠장."

장사꾼이 소녀의 상태를 살피더니 데리고 나갔다. 대찬진이 찾던 것이 그의 주장대로 대기 천막에서 나왔으니 불똥이 상단으로 튈 수도 있었다. 장사꾼은 대찬진이 원 없이 하고 싶은 대로 할 수 있도록 자리를 비켜 줌으로써 그 화를 조금이나마 면할 수 있기를 바랐다.

"이것들이 벌써 붙어먹은 모양이로구나."

대찬진이 허리에 차고 있던 검을 뽑아 들었다. 시퍼런 칼날이 섬뜩하게 빛났다. 절대 굴복하지 않겠다는 듯 강렬한 눈빛으로 버티고 선 환을 향해 대찬진이 칼날을 치켜들었다.

"어디 한번 광란의 밤을 즐겨 보자꾸나."

"비켜."

무야가 환의 옷을 잡아끌며 앞으로 나서려 했다. 하지만 환은 꿈쩍도 하지 않고 무야의 앞에 버티고 섰다. 대찬진은 누구 하나를 죽이는 것으로 그치지 않을 것이다. 끝까지 환이 자신을 보호하려 들다가는 결국 모두가 대찬진의 칼날에 죽임을 당하게 될 거라는 걸 직감했다.

"나만 죽여!"

두 손과 두 발이 자유롭지 못한 환이 무야를 막는 데에는 한계가 있었다. 무야는 뒷걸음질로 그에게서 떨어지며 대찬진의 시선을 자신에게 오도록 유도했다.

"안 돼!"

대찬진의 시선이 무야에게 옮겨지는 것을 본 순간 환이 그대로 몸을 날렸다. 대찬진에게서 검을 빼앗고 무야를 보호하기 위함이었다. 그를 눈치챈 무야가 재빨리 대찬진의 왼쪽으로 달려갔다. 자신을 보고 있는 대찬진이 몸을 돌려 주기를 바라서였다.

스삭.

칼날이 바람을 가르는 듯한 소리가 들렸다. 그 소리가 어찌나 섬뜩하던지. 무야의 걸음이 얼어붙은 듯 멈춰 버렸다. 어디선가 들어 본 적이 있는 소리가 더해졌다. 촤아악. 물씬 풍겨 오는 물비린내가 무야의 심장을 털썩 내려앉게 만들었다.

"훗."

깃털처럼 가벼운 웃음소리가 그녀의 귓속을 파고들었다.

무야의 시야가 일순 붉은빛으로 물들었다. 뜨거운 피가 그녀의 얼굴을 뒤덮었다. 하지만 무야에게는 마치 얼음물을 뒤집어쓴 듯 몹시 시리고 차갑게 느껴졌다.

손가락 하나 움직일 수가 없었다. 느릿하게 내려갔다 올라가는 속눈썹에 맺혀 있던 피가 떨어져 볼을 타고 흘러내렸다. 무야는 자신의 눈앞에서 벌어지고 있는 참혹한 현실을 믿을 수가 없었다.

환의 몸이 칼날에 베여 나갔다. 한 번, 두 번, 세 번……. 피가 사방으로 튀었다. 그럴 때마다 여기저기서 비명이 터져 나왔다. 정작 칼날에 난자당하는 환의 입에선 아무런 소리도 나오지 못했다. 대신 피가 울컥울컥 토해지고 있었다. 청아한 푸른빛으로 빛나던 그의 눈동자가 무야를 담아내고 있었다.

"하아……."

무야의 몸이 아래로 무너져 내렸다. 잔악한 살귀로 변해 검을 휘두르는 대찬진의 뒤로 느긋이 서서 지켜보고 있는 연의 모습이 보였다. 그가 무야의 시선을 느끼고 그녀를 돌아보았다. 연의 입술이 사르르 매끄럽게 호선을 그리며 말려 올라갔다.

'안 돼. 아니 됩니다. 제발…….'

차라리 나를 죽여 달라고 무야가 나오지 않는 목소리를

대신해 속으로 미친 듯이 소리쳤다. 연이라면 들을 수 있으리라. 그녀의 간절한 눈빛을 물끄러미 내려다보며 그가 씨익 웃었다.

"어딜 가나 민폐로구나."

그의 목소리가 무야의 귀에 또렷이 들려왔다. 피를 흠뻑 뒤집어쓴 대찬진이 바닥에 엎어져 바르작거리는 환의 얼굴을 발로 밟았다. 아직 숨통이 채 끊어지지 않은 환의 얼굴을 사악하게 내려다보며 천천히 검을 들어 올렸다.

"하아. 하아."

무야가 거친 숨을 토해 냈다. 대찬진이 하려는 짓이 무엇인지 그곳에 있는 모두가 알고 있었다. 모두가 벌벌 떨며 천막 밖으로 뛰어나갔다. 상단의 사람들이 야묘족을 잡아들이는 소리가 곳곳에서 들려왔다.

천막 안에 남은 것은 대찬진과 무야와 환이었다. 그리고 재미있다는 듯 태연히 모든 상황을 지켜보고 있는 연이 함께였다. 그를 볼 수 있는 건 무야밖에 없었다.

"그리도 즐거우십니까?"

망부석처럼 굳어 있던 몸을 움직이며 무야가 말했다. 그녀의 목소리는 차분하게 가라앉아 있었다. 환을 바라보던 무야의 시선이 연을 향했다. 검이 환의 얼굴을 내려찍기 직전이었다. 일순 모든 것이 멈췄다. 무야와 연을 제외하곤 공기마저 얼어붙은 듯 흐름이 끊겼다.

"몹시도."

그의 입술이 달싹였다.

"미처 알지 못했습니다."

"무엇을 말이냐?"

"연 님이 가장 부러워하는 것이 죽음이라는 것을."

무야의 말에 연의 미소가 지워졌다. 그의 눈꼬리가 미세하게 꿈틀거렸다. 미동 없이 자신을 직시하고 있는 연을 향해 무야가 서글픈 미소를 지어 보였다.

"유일하게 할 수 없는 것을 동경하고 계신 게지요. 하여, 연 님이 할 수 없는 것을 자신이 만들어 낸 것들을 통해 대리 만족 하려 하신 게 아닙니까. 하나, 참으로 애석하게도 아무리 죽이고 죽여도 충족이 되지 않았을 것입니다. 백 번 천 번을 똑같은 짓을 해 보아도 그것이 어떤 것인지 알지 못하니. 죽음에 대한 두려움도, 삶을 벗어난 해방감도. 연 님은 느끼실 수 없으셨을 겁니다."

"……하아."

허를 찔렸다. 저 맹랑한 것이 그런 생각까지 할 줄이야. 하지만 그렇다고 흔들릴 것도 없었다. 무야의 말은 그에게 아무런 영향도 줄 수 없었다.

"그래도 해 보련다. 알 수 있을 때까지."

그의 손이 우아하게 허공으로 떠올랐다. 그 손끝을 따라 무야의 시선이 함께 움직였다. 찰나의 순간 무야가 지척에 있는 환을 향해 몸을 날렸다.

시간이 다시 흐르기 시작했다.

11. 내가 가질 수 없는 건 너도 가져선 안 돼

연의 행방이 묘연했다. 그의 영역인 운산 그 어디에서도 연의 모습은 보이지 않았다. 폐허를 방불케 했던 운산이 다시 제 모습을 되찾은 것을 보면 분명 연이 돌아온 것은 확실했다.

드드드드.

땅이 진동했다. 허공에 떠 있는 운산의 전체가 뒤흔들렸다. 수의 분노가 극에 달했다. 또다시 운산이 무너질 위기에 놓였다. 그가 연못으로 걸음을 옮길 때마다 땅이 쩍쩍 갈라졌다. 그가 흘려 내는 기운을 견디지 못해 그런 것이다.

연못의 물이 미세하게 진동했다. 두려움을 느껴 그런 것이다. 영물인 연못의 물은 앞으로 다가올 자신의 운명을 예감하고 있었다.

수가 연못 위로 손을 들어 올렸다. 가만히 눈을 감고 작게 무어라 중얼거리자 연못의 가운데로부터 얼음이 얼기 시작하더니, 순식간에 물의 표면이 얼어붙었다. 수가 영물인 연의 물을 얼음 아래 가둬 버렸다.

무한의 공간으로 도망칠 수도 없게.

수의 시리게 차가운 시선이 얼어붙은 수면 위로 내리꽂혔다. 허공에 떠 있던 그의 손이 천천히 얼음 위를 쓸고 지나갔다. 그러자 수면 아래 깊은 곳에서부터 희미하게 무언가가 떠올랐다.

그것은 제 주인인 연의 모습을 물이 비쳐 낸 것이었다. 물과 연은 서로가 연결되어 있었다. 수와 거울이 그러하듯이.

점점 선명해지는 영상을 수가 말없이 지켜보았다. 연은 인간 세상에 내려가 있는 듯했다. 그의 주변으로 인간의 모습이 보였다. 광기에 절어 제정신이 아닌 인간이 누군가를 짓밟고 서서 검으로 얼굴을 내려치려 하고 있었다.

그 순간. 무야의 목소리가 들렸다. 모든 것이 일시 정지되고 연과 지척에서 들리는 무야의 목소리만 남았다. 수가 손을 옆으로 움직이자 가려져 보이지 않던 무야의 모습이 비쳐졌다.

그의 눈이 일순 가늘어졌다. 그리고 다음 순간. 수의 모습이 자취도 없이 사라졌다. 운산에 고요가 내려앉았다. 얼음에 갇혀 버린 연못의 물이 아래 깊은 곳에서부터 파르르 진동했다. 그것은 마치 죽음의 고통에서 간신히 벗어난 것에 대한 안도 같았다.

칼날의 끝이 등을 파고드는가 싶더니, 이내 멈췄다. 신음을 삼키며 환의 얼굴을 온몸으로 감싸 막아섰던 무야의 몸이 파르르 떨렸다. 검이 몸을 찔러 들어오는 고통보다 제 품 안에서 옅은 숨을 몰아쉬고 있는 환이 더 걱정스러웠다.

청량한 바람이 불었다. 보드랍게 몸을 어루만지는 바람이 꼭 누군가의 손길과 닮아 있었다. 무야는 이 바람의 주인을 기억하고 있었다.

그가 왔다.

두려움과 절망이 안도와 감사의 순간으로 바뀌었다.

"으악!"

몸 뒤로 누군가의 끔찍한 비명 소리가 들려왔다. 그것이 대찬진이라는 것을 무야는 보지 않고도 알 수 있었다. 무야는 조심스럽게 상체를 일으켜 제 아래에 있는 환의 얼굴을 살폈다. 그의 눈동자가 힘없이 그녀를 담아내고 있었다.

"쿨럭."

밭은기침을 뱉어 내던 환의 입에서 피가 울컥 쏟아져 나왔다. 무야가 벌벌 떨리는 손을 환의 얼굴에 가져다 댔다. 차가웠다. 원래 가진 차가움보다 훨씬 더한 차가움이다. 마치 얼음물에 손을 담그고 있는 것 같은 착각이 들 정도로 시린 차가움이었다.

"……안 돼."

먹먹함에 목소리가 제대로 나오지 않았다. 그녀의 시선이 그의 몸을 훑어 내렸다. 도륙당한 몸 여기저기에서 쉼 없이 피가 흘러내리고 있었다. 그녀가 앉은 자리에도 이미 흥건하게 피가 고였다. 무야의 옷이 시뻘건 피로 물들고 있었다.

"어떻게…… 이를 어찌……. 흑."

눈물이 왈칵 쏟아져 나왔다. 살이 벌어져 피가 흘러내리는 환의 배 위를 무야가 손으로 눌렀다. 지혈을 하고 싶었으나 손으로 멈춰질 피가 아니었다. 이미 환의 몸은 삶의 경계를 지나 죽음의 시간으로 접어들고 있었다.

그것을 예감한 무야의 눈에서 뚝뚝 하염없이 눈물이 흘렀다. 바닥에 널브러진 환의 손이 파르르 떨렸다. 손가락 끝이 미미하게 움직였으나 그뿐이었다. 그녀를 만지고 싶었다. 제 앞에서 슬프게 울고 있는 무야의 눈물을 닦아 주고 싶었다.

괜찮다고, 원래 주어진 운명이 조금 더 늦게 다가온 것뿐이라고 그렇게 말해 주고 싶었다. 하지만 그 무엇 하나도 환의 뜻대로 할 수 없었다.

갈가리 찢긴 몸은 생각대로 움직여 주지 않았고, 많은 피가 빠져나간 몸은 차갑게 식어 가고 있었다. 숨이 끊어지기 전에 눈알을 파내려던 대찬진의 계획은 무야로 인해 저지되었다. 그 덕분에 환은 그녀를 제 눈에 담아낼 수 있었다.

'울지 마. 무야. 네 잘못이 아니야. 난 정말 괜찮아. 아니, 고마워. 적어도 눈은 무사하니까. 널 담아낸 채로 몸에 지닌 채 갈 수 있으니까. 난 그걸로 감사해.'

전하지 못한 말이 그의 목구멍에서 꿀렁거렸다.

"미친 게로구나."

수의 목소리가 음산하게 천막 안으로 내려앉았다. 그의 시선이 연을 직시하고 있었다. 제 발 앞에 팔과 몸이 분리되어 나뒹구는 대찬진을 무심하게 내려 보고 있던 연이 입술 끝을 비스듬히 끌어 올렸다.

"조금만 더 늦게 올 것이지. 그럼 더 재미난 구경을 할 수 있었을 터인데."

연이 시선을 들어 올려 저를 죽일 듯이 노려보고 있는 수와 눈을 맞추었다. 그의 시선이 수의 뒤쪽 바닥에 앉아 서글프게 울고 있는 무야에게 닿았다가 돌아왔다. 비틀린 입술의 끝이 더 깊어졌다.

"네놈에게나 재미있는 것이겠지."

생각보다 수의 목소리는 차분했다. 저를 도발하고 분노케 하려는 의도가 다분한 연의 말에 수는 쉬이 흥분하지 않았다. 오자마자 무야부터 챙겨 영산의 고택으로 보낼 것이라 여긴 것과 달리, 수는 무야에게 눈길조차 주지 않고 있었다.

다만, 그녀의 등에 검을 찔렀던 놈의 목과 팔을 순식간에 잘라 내어 죽음에 이르게 했다. 산 생명의 목숨을 직접 빼앗는 것은 수에게 드문 일이었다. 그것만 보아도 그가 지금 얼마나 격분하였는지를 알 수 있었다. 그런데 아닌 척 태연함을 가장하고 있었다.

연에게는 그것이 참으로 가소롭게 느껴졌다. 무야에게 위험이 닥친 것을 알고 한달음에 달려와 인간 하나를 도륙해 놓고 아무렇지 않은 척이라니. 저 외에 다른 사내를 보호하려다가 검에 찔리고 지금 그 사내를 위해 눈물을 흘리고 슬퍼하고 있는데도 아무렇지 않다고? 말도 안 되는 일이다.

돌아보면 환의 숨통을 제 손으로 끊어 놓을 것 같아 무시로 일관하는 것이지. 그럼 무야가 상처를 받게 될 테니. 그것이 싫어서. 연이 알기로 수도 뼛속까지 이기적인 놈이었다. 남을 위해 저를 희생하는 것은 모르고 살았다. 저 자신도, 수도.

그러니 지금 무야를 돌아보지 않는 수의 의도는 확실했다. 무야에게 나쁜 놈으로 기억되고 싶지 않아서이다.

"보아라. 네 것이라 칭했던 년이 다른 놈을 안고 울고 있지 않느냐. 아무것에나 마음을 주고 안고 뒹구는 것이 저년의 본성이다. 저 더럽고 추한 것이 그리 좋더냐."

소리 없이 시작된 연의 비웃음이 점점 큰 웃음으로 변해 갔다.

"하하하하. 하하."

실성한 것처럼 파안대소하며 연이 수를 손가락질했다. 수의 얼굴을 가리고 있는 가면을 벗겨 내고 사악한 속내를 드러내기를 바라며 그의 마음을 들쑤셨다. 하지만 연의 바람대로 수는 반응해 주지 않았다. 그는 조롱하며 미친 듯 웃어 대는 연의 표정이 싸늘하게 식어 갈 때까지 묵묵히 기다렸다.

연이 무어라 하든 수는 동요되지 않았다. 그의 온 신경은 제 등 뒤에서 서글피 울고 있는 무야에게 쏠려 있었다. 그녀의 슬픔이 그의 심장까지 저미고 있었다. 누군가에게 다가올 죽음이 얼마나 아프고 힘든지 그 누구보다 잘 아는 수이기에 그녀의 눈물과 그녀의 마음에 동화될 수 있는 것이다.

환의 죽음이 저 때문이라 여기는 무야의 죄책감. 그런 무야에게 마음속으로 아니라고 소리치며 달래 주는 환의 안쓰러움이 버팀목처럼 서 있는 수에게 절절히 스며들고 있었다.

하여, 눈앞에 있는 연을 더더욱 용서할 수가 없었다.

언제든 누구에게든 산 것이라면 모두 태어날 때부터 죽음이 예정되어 있었다. 죽음은 누구에게나 공평했다. 하지만 어떤 죽음을 맞이하느냐는 각자의 운명에 의해 달라진다. 그것에 신의 사사로운 감정이 개입되어서는 아니 된다. 삶이 아닌 죽음에 대해서는 더더욱.

죽음은 수의 영역이다. 그 고유의 영역을 지금 연이 침범한 것이다.

그것도 야묘족의 천적인 인간의 힘을 빌려서.

대찬진이란 자는 다시는 환생할 수 없을 것이다. 수의 손에 의해 죽었으니. 그리되어 마땅했다. 사사로운 감정으로 도륙하고 무참히 죽인 생명이 적지 않은 죄인이니.

어쩌면 이런 일이 벌어지지 않았다면 몇 해는 더 살 수도 있었을 것이다. 그러나 끝은 마찬가지였을 것이다. 그에게 환생은 없다.

"너의 수(水)는 영원히 갇혀 지내게 될 것이다."

마침내 연이 웃음을 지우고 서늘하게 식은 얼굴로 빠득이를 갈며 수를 응시하였을 때 그가 입을 열었다. 수가 뱉어낸 말에 연의 미간이 좁아졌다. 그가 하는 말을 선뜻 이해하지 못하여서였다. 그러다 제 영물이 떠올랐다.

잠시 정적이 찾아들었다. 연이 주술을 부리려 손을 들어 올렸다. 하나, 그의 손끝에선 그 어떤 물의 기운도 느껴지지 않았다. 그가 당황하여 다시 손을 펼쳐 좌우로 흔들어 보았으나 그 무엇도 나타나지 않았다.

무언가 잘못되었음을 직감한 연이 물의 기운을 끌어 올렸다. 운산의 연못에서 용솟음쳐야 할 물의 기운이 응집된 채 옴짝달싹 못 하는 것이 느껴졌다.

"네 이놈! 대체 무슨 짓을 한 게야!"

연의 수(水)는 영물이라 위기에 대처할 수 있는 능력을 갖추었다. 그 위기란 것도 수가 위해를 가할 때나 적용되는 것이지 다른 그 무엇도 위해를 가할 수 없었다. 수는 연의 영물에 제한을 둘 수 있었고, 연은 수의 영물에게 영향을 끼칠 수 있었다.

그러나 뭔가 이상했다. 여태와는 뭔가가 달랐다. 영원히 갇히게 만들겠다는 수의 말이 무슨 의미인지는 알 수 없으나, 연의 영물을 움직이지 못하게 한 것은 사실인 듯했다. 무한의 공간으로 숨어 버렸다면 응당 연의 부름에는 응답을 해야 했다. 운산의 연못에 있는 것은 느껴지나 그 어떤 것도 할 수 없는 상황에 놓인 듯했다.

"경고했었지."

더는 선을 넘어 날뛰어선 아니 된다. 그리 경고했었다.

"네가 어찌 내게 이럴 수 있어!"

연이 분노하며 소리쳤다. 그에 땅이 웅웅 소리를 내며 진동했다. 물을 쓸 수 없으나 그의 힘이 모두 소멸된 것은 아니었다.

"그 말은 내가 해야 하지 않겠느냐."

가늘게 늘인 수의 눈이 섬뜩한 빛을 띠었다. 수가 자신을 향해 살기를 드러내자 연의 입술 끝이 파들거렸다. 그가 자신을 죽일 수 없음을 알고 있으나, 육신에 가해지는 충격은 고스란히 느낄 수 있기에 절로 몸이 반응을 보인 것이다. 몸은 이미 알고 있었다. 동등한 위치라고 하나 결국엔 수가 자신의 위에 있다는 것을.

그것을 연은 인정하고 싶지 않았다.

하여, 더 끈질기게 악을 쓰고 그와 관련된 것들을 짓밟아 버리려 한 것이다. 수에게 가장 중한 것. 그것이 상처 입고 처참하게 무너지는 모습을 보여 주고 싶었다. 쉬이 죽이지 않는 이유는 간단했다. 죽음은 수와 가까워지는 것이고, 수의 능력 안으로 스며드는 것이기에 최대한 뒤로 미루며 무야를 괴롭혔다.

"그러면 아니 되지. 그리해선 안 되는 것이지."

수의 말은 들리지도 않는 듯 끓어오른 분노를 주체하지 못하고 연이 신경질적인 목소리로 중얼거렸다. 땅이 크게 뒤

흔들렸다. 사방에서 비명 소리가 난무했다. 급작스레 지축이 울리자 지진이라도 난 것인가 하여 놀라 질러 대는 비명이었다.

"안 돼. 흐윽. 환. 환!"

무야의 울음소리가 커졌다. 흔들리는 땅이 환과 그를 안고 울고 있는 무야의 몸마저 뒤흔들어 놓았다. 수가 그들을 향해 돌아섰다. 여태 외면했던 것은 무야에게 이별의 시간을 주기 위해서였다.

"흑흑. 수 님. 환이, 환이……."

가까이 다가오는 수를 본 무야가 울먹이며 말했다. 그런 무야를 따스하게 바라보며 수가 곁에 멈춰 섰다. 가만가만 무야의 머리를 어루만지며 수가 아래로 내려앉았다. 그의 시선이 무야의 품에 안겨 있는 환에게 옮겨졌다. 아직 온기가 남아 있는 육체는 축 늘어져 있었다. 무야의 시선 또한 그를 따라 환에게 닿았다.

"슬퍼하지 말거라. 영산에 가면 다시 볼 수 있을 것이니."

수의 나긋한 말에 눈물이 가득 맺힌 눈으로 무야가 그를 돌아보았다.

"……흐윽."

묻고 싶은 말은 많았으나 쉬이 입이 떨어지지 않았다. 억눌린 흐느낌만 그녀의 다문 입술 사이로 흘러나왔다. 자신을 믿으라는 듯 그녀를 지그시 응시하며 수가 환의 얼굴 위로 손을 내렸다.

그의 손에서 밝은 빛이 흘러나와 환을 감쌌다. 그 빛에 완전히 휘감긴 환의 몸이 눈 깜짝할 사이에 사라져 버렸다. 무야가 놀란 눈으로 제 피 묻은 팔과 수를 번갈아 보았다. 수가 그녀를 향해 안심하라는 듯 엷은 미소를 지어 보였다.

"가만두지 않아. 절대 그냥 두지 않을 것이야."

스산한 목소리가 등 뒤에서 들려왔다. 땅의 흔들림이 전혀 느껴지지 않아 몰랐으나, 뒤를 돌아본 무야는 저를 제외한 모든 것들이 크게 요동치고 있음을 알아챘다. 자신이 영향을 받지 않는 것은 곁에 있는 수의 영향인 듯했다.

땅이 쩍쩍 갈라지고 있었다. 그 갈라짐의 방향이 무야를 향하고 있었다. 자신을 향해 아가리를 벌리고 다가오는 그것을 무야는 초연한 시선으로 바라보았다. 이제는 그 어떤 것도 두렵지 않았다. 잃을 것이 없기에.

무야가 자리에서 일어서 연을 바라보았다. 볼을 타고 흐르는 눈물을 손등으로 닦아 내고 크게 심호흡을 하며 그를 올곧게 직시했다.

그녀의 시선을 무시한 채 연이 수를 노려보았다.

"너도 알고 있었지 않느냐. 내가 던진 미끼가 거짓이었음을."

연이 간악한 웃음을 머금은 채로 입술을 달싹였다. 저만 그런 게 아니었다. 수도 무야의 마음을 이용하였다. 저와는 다른 의도였으나, 수도 그리했다. 무야의 어미가 이미 숨통이 끊어져 어느 귀족가의 집 보물 창고에 야명주라는 이름으로 보관되어 있는 걸 수도 모르지 않았다. 그럼에도 제 어미를 찾겠다는 무야를 그대로 두었다.

연이 그녀를 들쑤실 때마다 도움을 주며 그녀의 환심을 사려 했다. 저를 의지하고 저만을 믿도록 그리 만들고 있었다. 연은 수의 뜻대로 되게 둘 생각이 전혀 없었다. 무야가 수를 증오하고 미워하게 만들면 어떨까. 그럼 이번엔 수가 괴로우려나? 그런 생각이 들자 벌써 마음이 즐거움으로 들떴다.

수는 무야의 시선이 저에게 닿는 것을 느꼈다. 아마도 의구심 가득한 시선으로 연이 하는 말의 뜻이 무엇이냐 질문을 던지고 있는 것이겠지. 차마, 그 눈을 마주할 수가 없었다. 어느 정도는 연의 말이 맞았기에.

"압니다."

입을 연 것은 무야였다. 그녀는 다분히 지친 투로 연을 바라보며 힘없이 말을 이었다.

"제 어미가 이미 이 세상에 없다는 것을……."

자신이 어리석어 연의 말에 속고 속아 미련을 떨다 결국 이 사달이 난 것이다. 모든 것이 자신의 멍청함에서 비롯된 것이었다. 연의 속내를 알아차렸을 때 그만두었어야 했다. 그가 단순히 저를 괴롭혀 수를 흔들어 놓고 싶어 했음을 어렴풋이 깨달았을 때. 그때 모든 것을 체념하고 영산으로 돌아갔다면 일이 이 지경이 되지는 않았을 것이다.

수의 잘못은 없었다. 그는 처음부터 끝까지 무야의 의견을 존중했고, 그녀가 하고 싶어 하는 대로 두었을 뿐이다. 간간이 위험에 처한 그녀를 도우며 그리 보살폈다. 무야가 비틀거렸다. 그런 무야에게 수가 손을 뻗자 그녀가 그의 팔을 잡아 몸을 지탱했다.

"제가 미련하였지요."

처연한 그녀의 말에 연이 이를 빠득 갈며 고개를 돌렸다. 눈에 독기를 가득 담아낸 채로 분노하던 연의 시선이 그녀와 맞물렸다. 연의 미간이 꿈틀거렸다. 그의 시선이 그녀 옆에 단단히 버티고 선 수에게로 돌아갔다. 입술이 비스듬히 틀려 올라갔다.

"감히, 그런 눈으로 나를 보다니. 간이 아주 배 밖으로 나온 게로구나."

자신을 향해 비아냥거리는 연의 말에 무야가 처연한 미소를 머금었다.

"제가 어떤 눈으로 연 님을 보고 있는지요."

"뭐라?"

무야의 담담한 말에 연의 인상이 와락 구겨졌다.

"간이 크다 하시니 하는 말입니다. 연 님에게 한낱 미물인 제가 무엇을 어찌하였기에 그리 동요를 하시는 것인지 궁금하여 묻습니다."

"하아. 내가 무슨 동요를 했단 말이냐."

기가 막힌 듯 연이 헛웃음을 터트렸다. 동요라니, 있을 수 없는 일이었다. 그럼에도 속에서는 계속 불길이 들끓었다. 차게 분노를 식히던 물의 기운이 사라지니 그의 격한 성정이 더 도드라지고 있었다.

"연 님. 무엇이 그리 두려우십니까?"

그녀의 차분한 물음에 연의 눈동자가 미세하게 흔들렸다. 미천한 것에게 자신의 마음을 들켜 버린 것이 그의 마음을 움찔하게 만들었다. 잘근 아랫입술을 깨무는 연을 향해 무야가 다시 입을 열었다.

"저를 이리 몰아세우는 이유가 혹여……."

"닥쳐."

"질투와 외로움 때문입니까?"

"네까짓 게 뭘 안다고 함부로 지껄이는 것이냐. 닥치지 못할까."

쩍쩍 크게 갈라진 땅이 수와 무야의 지척으로 다가왔다. 하나, 그들의 발 앞에서 더 이상 뻗어 나가지 못했다. 그에 광분하여 연이 길길이 날뛰었으나 땅이 웅웅거릴 뿐 다른 움직임은 보이지 않았다. 그것이 수의 힘에 눌려 그리되었음을 알기에 연의 분노는 더 커졌다.

"수 저놈을 믿고 그러는 것이지! 감히 너 따위가! 감히!"

연이 크게 도약하며 몸을 날렸다. 무야의 목을 당장에라도 분질러 버릴 듯 거세게 달려들었으나, 그 전에 수가 일으킨 바람에 튕겨 나갔다. 천막 기둥에 부딪힐 뻔한 것을 연이 가까스로 허공에서 멈췄다.

분기탱천한 시선이 즉각 수에게 쏟아졌다.

"가여우신 분."

수에게 가려진 무야의 목소리가 잔잔하게 울려 퍼졌다.

"연 님의 주변에 있는 모든 것들이 연 님을 바라보고 사모하고 있음을 왜 모르십니까?"

"그것들이 뭘 알아! 결국엔 다 죽어 사라질 것들이……."

"그 살아 있는 동안에 무엇을 하는지가 가장 중요한 것입니다. 생명을 가진 모든 것들에겐 추억이란 것이 존재하지요. 그 안에는 사랑도, 미움도, 기쁨도, 슬픔도 있답니다. 그 모든 것들이 하잘것없고, 미천한 존재들의 추억이 되는 것입니다. 마지막 숨을 놓는 그 순간에 주마등처럼 흘러가는 그것이 그들의 삶이었으니. 그 삶에 함께할 수 있는 자가 존재한다면 그 또한 축복이겠지요. 연 님이 생을 부여한 주변의 모든 것들 또한 그러할 것입니다. 그들의 추억 속에 연 님이 존재하겠지요. 연 님은 다 무시하고 계시겠지만."

숙연히 늘어놓는 말에 연의 입술이 파르르 떨렸다. 그런 것들이 죄다 무슨 소용이란 말인가. 그것들이 무엇을 느끼고 무엇을 원하든 저와는 하등 상관없는 것이었다. 비천한 것들의 감정 따위 알 필요도 없었다.

"그것이 다른 것입니다."

잠깐의 틈을 두고 무야가 말을 이었다. 그녀의 시선이 수를 향했다. 엷은 미소를 머금은 그녀의 얼굴이 파리했다. 환의 죽음으로 인해 받은 정신적 타격과 회복되지 못한 몸의 고단함이 뒤섞여 그런 듯했다.

"수 님과 연 님이."

아련히 바라보는 무야의 두 눈을 지그시 마주 보며 수가 그녀의 허리에 팔을 휘감아 부드럽게 당겨 안았다.

"말하지 않아도 되느니."

"연 님이 참으로 불쌍하여 그럽니다."

"네가 신경 쓸 일이 아니다."

"겉으로 드러내지 않아도 무심한 그 시선 속에 무엇이 담겨 있는지 알게 됩니다. 수 님의 곁에 있으면 다 알 수 있습니다. 작은 것 하나도 생명이 깃든 것은 소중히 여기신다는 것을."

정원을 가지길 바랐다. 수 또한 연처럼 자신에게 없는 것을 원하였고 무던히 노력하였다. 그의 정원에는 자신의 손으로 피울 수 있는 것이 아무것도 없었다. 하나, 그가 받아들인 작은 야묘족 아이가 그 대신 그의 정원을 가꾸었다. 그리하여 피어난 새싹을 그가 어찌 보았던가.

소중하고 소중하여 차마 손도 대지 못하고 눈으로만 담아내던 그의 모습을 무야는 절대 잊지 못한다. 자신에게도 그러했다. 매몰차게 대하는 듯 무심한 말을 흘려 내곤 하였지만, 그 또한 걱정에서 비롯된 말이었다. 자신의 품 안에 들어온 것을 함부로 여기는 것을 보지 못하였다.

"이리 다르니 수 님을 향한 마음 또한 깊어지는 것입니다."

그를 올려다보는 무야의 눈에 애정이 가득했다. 저를 위해 또 이리 달려와 준 것이 너무 감사했다. 환을 저버리지 않고 영산으로 옮겨 준 것 또한 감읍할 따름이었다. 비록 죽음의 신이었으나, 그의 마음은 이리도 따스했다.

"빌어먹을!"

제 힘이 닿지 못하는 것이 분하여 연이 부들부들 치를 떨었다. 다정히 서로를 바라보는 둘의 모습을 가만히 두고 볼 수가 없었다. 그가 또다시 도약했다. 이번에는 아예 무야의 숨통을 끊어 놓을 참이었다.

수에게 손을 쓸 수는 없어도 무야를 죽일 수는 있을 것이라 생각했다. 그것만으로도 만족스러울 것이다. 한없이 부드러운 수의 시선이 닿아 있는 저 망할 것만 죽이면 들끓는 분노가 잦아들 것만 같았다.

슈아악.

순식간에 연의 몸이 무야의 등 뒤로 다가갔다. 수가 쳐 놓은 결계만 뚫어 버리면 무야의 몸을 갈기갈기 찢어 놓을 수 있을 것이다.

"윽."

그러나 연의 손은 무야의 몸에 닿지 못했다. 허공에 팔을 뻗은 채로 그가 얼굴을 험악하게 일그러트렸다. 수가 손을 써서 그런 것이 아니었다. 그의 결계를 무너트릴 수 없어 그런 것도 아니었다.

할 수가 없었다. 연은 자신이 직접적으로 무언가에 해를 가할 수가 없음을 잊고 있었다. 저를 대신해 무야를 죽여 줄 것이 필요했다. 하지만 천막 안에는 셋을 제외하곤 그 무엇도 남아 있지 않았다.

"으아악!"

연이 절규했다.

"안 돼. 이럴 순 없어!"

그가 사나운 시선으로 죽일 듯 무야를 노려보았다. 살기 가득한 연의 시선을 받으며 무야가 낮은 한숨을 내쉬었다.

수의 결계가 아니었다면 자신이 어찌 되었을지 생각하니 가슴이 선득해졌다.

연이 자신에게 행했던 일들이 떠올랐다. 그리고 환에게 했던 잔악한 짓도 함께. 차분하게 뱉어 냈던 말들이 무색하게 그녀의 손이 파들파들 떨려 왔다. 눈물이 다시 차올랐다. 가엾다고 생각했었다. 누군가를 사랑하고 생명을 아끼는 마음을 모르는 그가 불쌍하다 여겼다.

하나, 그것이 얼마나 부질없는 생각인지를 무야는 지금 온몸으로 느끼는 중이었다. 연의 시선이 천막 밖으로 향했다. 그러곤 다시 무야를 노려보았다. 그의 입술 끝이 사악하게 비틀려 올라갔다.

누군가를 데려올 생각인 모양이다. 그렇다고 달라지는 게 있을까? 인간을 아무리 데려와도 수를 이길 순 없을 터인데.

연의 모습이 일순 사라졌다.

"고택에 가 있거라."

수가 사색이 된 무야의 얼굴을 조심스럽게 어루만지며 다정히 말했다. 무야의 시선이 그에게로 향했다. 가만히 그를 올려다보다 고개를 끄덕였다. 더 이상 여기에 있을 이유가 없었다.

"그리하겠습니다."

무야의 달싹이는 입술 위로 수의 입술이 사뿐히 내려앉았다. 부드럽게 눌러 오는 입맞춤에 무야가 살포시 눈을 내리 감았다. 그녀의 몸이 가벼이 떠오르는가 싶더니 한순간 연기 처럼 흩어져 버렸다.

수가 제 입술을 손으로 쓸었다. 아직 무야의 입술에 닿았던 따스하고 보드라운 감촉이 그대로 남아 있었다. 이리 살아 숨 쉬는 것을 죽이려 했던 연을 도저히 수는 용서할 수가 없었다. 무야가 곁에 있을 때는 살기를 다 드러내지 못했다.

이미 소중한 이를 잃은 무야였다. 짧은 순간이었으나 무야의 말대로 그녀와 환에겐 잊을 수 없는 추억이 존재했다. 같은 야묘족이고 또래였다. 힘든 상황에서 서로에게 의지와 위로가 되었다. 그런 존재가 눈앞에서 도륙당해 죽어 가는 것을 보았으니 정신적으로나 육체적으로나 힘이 들었을 것이다.

이젠 고택으로 돌아가 잠시라도 편히 쉬게 둘 필요가 있었다. 이왕 나섰으니 세상을 돌아다니며 자신이 원하던 것을 스스로 찾고 확인하여, 마음을 깨끗이 비워 내고 돌아오라 그런 마음으로 그냥 두었다. 그것이 이리 깊은 상처를 만들 줄 모르고.

수의 시선이 천막 밖으로 향했다. 연이 조금 전 사라진 곳이었다. 그가 터벅터벅 걸음을 옮겼다. 이번에는 쉬이 무한

의 공간에서 건너오지 못하게 만들 것이다. 세상이야 어찌
되든 상관없었다. 생과 사의 균형이 무너지는 것 또한 연이
자초한 일이다.

한바탕 광풍이 휘몰아쳤다.

"허억."

"까아악!"

"으악!"

여기저기서 놀란 비명이 터져 나왔다. 천막으로부터 도망
치던 야묘족은 상단의 일꾼들에게 잡혀 모두 철창 안에 갇
혔다. 지진이 난 듯 땅이 흔들려 불안함에 잔뜩 겁을 먹고
있던 와중이었다. 한데, 창살 밖으로 거센 바람이 휘몰아쳐
상단의 일꾼들이 몸을 가누지 못하고 날아가 박히고 쓰러져
일어나지 못하고 있었다.

그 바람이 사방이 휑하니 뚫려 있는 창살만 용케 피해 갔
다. 겁에 질려 있던 야묘족의 눈이 휘둥그레져 밖에서 일어
나는 일들을 숨죽여 지켜보았다.

팍! 철컹. 장사꾼 중 하나가 날아와 철창에 부딪혔다가 아
래로 떨어져 바닥을 뒹굴었다. 철창 안의 야묘족들이 놀란
숨을 삼켰다. 신음을 흘려 내며 몸을 일으키려던 장사꾼이
다시 뭔가에 맞고 엎어지자 다들 눈을 부릅떴다. 철창에 갇
혀 짐승처럼 대우받았던 야묘족들은 자신들을 제외한 상단

의 모든 사람들이 고통에 절규하는 모습을 묘한 시선으로
바라보았다.

마치 신이 자신들을 위해 악한 자들을 처벌하는 것만 같
았다.

누군가 신에게 기도를 올렸다.

"죽음을 관장하는 신이시여. 부디 저희에게 자비를 베푸소
서."

그의 기도에는 두려움이 담겨 있었다. 눈앞에서 벌어지는
모든 일들이 죽음의 신이 노하여 내리는 벌이라 생각하여
수에게 간청의 기도를 올렸다.

그를 따라 하나둘 무릎을 꿇고 마음을 다해 기도를 시작
했다. 기도를 들었음인지 아니면 애초에 야묘족에게는 손을
쓰지 않을 생각이었는지, 철창 안에 갇힌 야묘족에게는 아무
런 위해가 가해지지 않았다.

"무슨 짓이야!"

휘몰아치는 광풍에 사방으로 인간들이 날아다니며 부딪혀
몸이 꺾이고 찢겨지기를 반복하고 있었다. 그 참혹한 현장의
중심에서 연이 눈을 희번덕거리며 소리쳤다. 죽어 나가는 생
명이 가여워서가 아니었다. 자신이 부릴 만한 생명이 점점
사라져 가는 것에 화가 나 그런 것이다.

천막 안에 있는 무야를 없앨 누군가를 구해야 하는데 그

럴 수가 없었다. 온전한 것이 근처에는 단 하나도 남아 있지 않았다. 죽어 나간 것들의 절반이 목이 부러지고 날카로운 것에 몸이 뚫렸다. 산 것들도 뼈가 부러졌거나, 사지를 버들 거리며 고통에 몸부림치는 것들뿐이었다.

무야를 가두고 팔아넘기려 한 상단을 응징하는 것일 수도 있었으나, 연에게는 자신을 막기 위해 인간들을 모조리 죽여 없애려는 것으로밖에 생각되지 않았다.

"당장 그만두지 못해!"

소리치며 수를 노려보았으나 그는 허공에 뜬 채로 가벼이 손을 휘저을 뿐 연을 돌아보지도, 그의 말을 듣는 것 같지도 않았다. 분개한 연의 시선이 철창 안에 갇힌 야묘족에게로 옮겨 갔다. 그것들만 평온함을 유지하고 있었다. 게다가, 살려 달라 자신에게 간청하는 게 아니라 죽이지 말아 달라 수에게 간절한 기도를 올리고 있었다.

"어디에 빌어야 하는지도 모르는 것들이 살기를 바라?"

드드드. 드드.

땅이 다시 흔들리기 시작했다. 금이 가는가 싶더니 이내 갈라지며 사방으로 뻗쳐 나갔다. 곳곳에서 인간들이 갈라진 틈으로 떨어지며 비명을 내질렀다. 그에 아랑곳없이 연이 철창을 노려보며 미간을 좁혔다. 있는 힘을 다해 야묘족들을 지키고 있는 결계를 부숴 버릴 작정이었다. 그리고 그들을 땅이 집어삼켜 버리게 할 것이다.

비록 직접적으로 위해를 가해 죽일 순 없으나 위험에 놓이게 할 수는 있었다. 깊은 나락으로 떨어져 죽고 살고는 각자의 운명이니 어쩔 수 없는 일이었다. 무야를 그리 만들지 못한 앙금을 연은 다른 야묘족에게 풀고자 했다.

슈악!

"윽!"

날카롭게 허공을 가르는 거센 바람소리가 들리는가 싶더니 연의 몸이 갑자기 뭔가에 부딪힌 듯 멀리 튕겨 나갔다. 그의 등 뒤에서 또 무엇인가가 그를 매섭게 때려 날렸다. 하늘에서 뇌성이 들렸다. 곧이어 환한 빛이 하늘로부터 빠르게 내리쳤다.

번개가 연의 몸을 관통했다. 예사로운 번개가 아니었다. 수의 힘이 깃든 번개가 몸을 꿰뚫자 연이 눈을 부릅떴다. 고통에 그의 미간이 일그러졌다.

몸에 꽂힌 채로 번개가 환한 빛을 뿜어냈다. 그 빛이 수십수백 개로 갈라져 연의 몸 위로 거미줄처럼 뻗어 나갔다.

연의 몸이 조각조각으로 찢겨 나갔다. 울컥울컥 그의 입에서 피가 흘렀다. 그르륵 소리를 내며 피가 목구멍에서 들끓었다. 충격으로 눈동자가 크게 흔들렸다. 고통이 뼈 마디마디 살점 하나하나에까지 전해졌다.

툭. 툭. 그에게서 찢겨져 나간 살점이 바닥으로 떨어졌다. 검붉은 피가 흥건하게 바닥을 적셨다. 그 위로 또다시 살점들이 쌓여 갔다.

"네놈이…… 그륵. 그르륵……. 커헉."

저주의 말을 쏟아 내리던 연의 입 안에서 피가 삼켜지고 뱉어지기를 반복했다. 점점이 뜯겨져 나간 몸의 조각이 바닥 위에 수북했다. 살점 다음으로 뼈가 부셔져 그 위에 더해졌다. 산산이 조각나 버린 뼈가 후두둑 떨어졌다.

머리만 남겨진 연을 수가 아무 말 없이 내려다보았다. 끔찍하게 일그러진 연의 얼굴이 수의 얼굴을 마주 바라보고 있었다. 연못의 물만 마음대로 운용할 수 있었어도 이렇게 쉬이 당하지는 않았을 것이다.

먼저 무한의 공간으로 보내 놓을 것을. 연은 뒤늦게 자신의 생각이 짧았음을 인지했다. 시야가 흐릿해지고 있었다. 눈마저 빛을 잃고 허물어지기 시작한 모양이다.

"내…… 가 갖지…… 못한 것은……. 너도…… 가져서는…… 안…… 돼……."

그의 말은 끝까지 이어지지 못했다. 뚝뚝 끊어지다 종내 그 소리마저 삼켜져 버렸다. 수북이 쌓인 연의 잔해가 스스스 모래가 바람에 쓸리는 소리를 내며 땅으로 스며들기 시작했다. 무한의 공간으로 넘어가는 과정이었다.

땅으로 내려선 수가 연의 잔해 앞에 섰다. 그의 눈빛이 무척 침잠했다. 주변에 널브러졌던 인간의 사체와는 비교도 할 수 없을 만큼의 처참함이었다. 인간들이 최악의 형벌이라 여기는 능지처참보다 더 참혹한 모습이었다.

몸이 상하였으나 그나마 목숨을 건진 것들의 눈에도 그 모습이 적나라하게 목격되었다. 살아남은 인간들은 공기 중을 떠도는 숨 막히는 살기가 부디 자신들에게 닿지 않기를 바랐다. 하여 쥐 죽은 듯 얌전히 죽은 시늉까지 해 가며 끔찍한 살육을 피해 가고자 애썼다. 하나, 공포에 사로잡힌 몸은 제멋대로 바들바들 떨렸다.

"일흔아홉의 날 동안 피의 전쟁이 벌어질 것이다. 인간은 자신들이 죽인 다른 생명의 수만큼 죽어 나가리라. 그들의 모습과 다름없이. 살갗이 벗겨지고 눈알이 뽑힐 것이며 몸의 피가 강을 이룰 것이라. 새로운 생명은 태어나지 못할 것이다. 그들은 세상의 끝을 보는 것처럼 절망하리라."

예언인지 저주인지 모를 말들이 그곳에 있던 모두의 귀에 스며들었다. 수의 말이 끝맺어질 즈음 연의 몸도 무한의 공간 너머로 뼛조각 하나 남김없이 사라졌다.

철컹. 철창의 문이 열렸다. 기도를 하며 무릎을 꿇고 행여 보지 말아야 할 것을 보아 자신에게도 벌이 내려질까 겁에 질려 있던 야묘족들이 눈치를 살피며 하나둘 고개를 들어 올렸다. 수의 시선이 열린 철창 안으로 향했다.

"너희를 멸할 수 있는 것은 그 무엇도 존재치 않으리라. 더 이상 야묘족의 눈은 어둠 속에서 빛나지 않을 것이며, 그 어떤 종족보다도 빠를 것이다."

그 무엇도 탐심을 갖지 못하게 수는 어둠을 밝히며 황홀하게 빛나던 야묘족들의 안광을 빼앗았다. 그것이 그들을 위태롭게 하였으니 이제는 야명주로 불리며 인간들의 탐욕의 제물이 되지 않도록 도운 것이다.

자연을 벗 삼아 사는 온순한 성격의 종족이 세상에서 멸하여진다면. 이것은 악이 선을 능멸하는 것이 되리니. 강한 것이 살아남는 것은 자연의 이치이나, 생을 위해서가 아니라 탐욕을 위해서 약한 것을 죽여서는 아니 된다.

수는 늘 그것을 기준으로 생과 사의 조율을 이행하려고 애썼다. 겉으로는 무심한 듯하나 그의 속내는 언제나 따스했다.

이번엔 전과 다르게 사심이 조금 작용하였다. 사랑하는 여인의 동족을 보호하기 위함이다.

그의 손짓 한 번에 철창이 산산조각 나며 사방으로 튿겨 나갔다. 안에 있던 야묘족 중 그 누구도 다치지 않았다. 야묘족은 놀라움과 존경, 황홀함이 담긴 눈으로 수를 우러렀다. 그런 야묘족들에게 잠시 시선을 두었다 거두며 수가 허공에 손을 휘저었다.

삽시간에 그곳에 있던 야묘족들이 자취를 감추었다. 원래 그들이 살았던 곳과 가장 흡사한 터전으로 이동되었다. 그곳에서 다시 삶을 이어 나가면 될 것이다. 그 어떤 종족으로부터의 위협도 받지 않고.

야묘족이 사라진 공간에는 참혹함만 남았다. 한바탕 휘몰아친 살육의 현장에는 피비린내가 가득했다. 아직 숨이 넘어가지 않은 것들이 간혹 사경을 헤매며 흘려 내는 신음이 낮게 깔려 음산한 분위기를 자아냈다.

자박. 자박.

수가 걸음을 옮겼다. 내딛는 발걸음마다 사신의 짙은 그림자가 번져 나갔다.

사사삭. 사삭.

검은 그림자는 어둠을 몰고 와 스멀스멀 땅 위로 모습을 드러냈다. 그러곤 아귀처럼 커다란 입을 벌리고 죽어 있는, 혹은 죽음을 목전에 둔 자들의 몸 위로 올라가 영혼을 야금야금 씹어 삼켰다.

'으아아악!'

'아악!'

곳곳에서 영혼들이 내지르는 처절한 비명 소리가 들려왔다. 그들은 죽어서도 살이 뜯겨 씹히는 고통을 느끼게 되었

다. 아귀의 길고 날카로운 이빨이 영혼을 잘근잘근 씹어 삼
키면 다시는 다른 그 어떤 것으로 환생하지 못한다. 영원한
소멸이다.

수가 걸음을 옮기던 그대로 흐릿해졌다가 자취를 감추자
그 땅은 서서히 짙은 어둠에 잠식당하기 시작했다. 아귀들이
득실거리는 땅은 곧 영역을 넓혀 가며 죽음을 몰고 올 것이
다. 세상은 수의 말대로 곧 전쟁에 휘말리게 될 것이다.

연이 무한의 공간에서 돌아온 후에도 전쟁은 쉬이 끝나지
않을 것이며, 새로운 생명의 탄생도 더딜 것이다. 세상이 한
차례 뒤집어지고 나서야 하나둘 원래의 자리를 잡아 가게
될 터.

이 모든 것이 연의 이기심과 질투에서 비롯되었음을 무한
의 공간에서 깨닫고 돌아오기를 바랄 뿐이다. 자신이 무슨
짓을 벌여 놓은 것인지.

생과 사는 이기고 지는 경쟁의 문제가 아님을. 진정으로
중히 여겨야 하는 것이 무엇인지를 알아 돌아오기를.

그러지 못한다면 또 이런 일이 벌어지지 않으리라 장담할
수 없으니.

고택은 고요했다.

무야가 떠났던 그날과 변함없이 모든 것이 그대로였다. 달

라진 거라고는 천진난만함이 사라진 무야와 비어 버린 환의 자리였다.

그녀가 고택에 모습을 드러내자 멈췄던 시간이 다시 움직이기 시작했다. 그녀를 가장 반긴 것은 식신이었다. 여태 존재를 드러내지 않던 식신이 호들갑을 떨며 그녀 주변을 맴돌았다. 살랑살랑 제 주변을 에워싸는 실바람에 무야가 고개를 갸웃거리다 이내 엷은 미소를 머금었다.

"식신님이십니까?"

차가운 바람이나 어딘지 모르게 따스함이 느껴졌다. 무야는 그것이 식신이 저를 반기는 것이 아닐까 생각했다. 물음에 답하듯 실바람이 그녀의 머리카락을 가벼이 흩날렸다.

'다시 돌아오시기를 간절히 기다리고 있었습니다.'

불현듯 머릿속에서 목소리가 들려왔다. 무야의 눈이 동그랗게 커졌다. 자신이 뭔가 잘못 들은 것은 아닌가 하며 사방을 휘둘러 살폈다. 눈에 보이는 것은 없었다. 여전히 제 곁을 맴도는 바람의 기운만 느껴질 뿐이다.

"지금 말씀하신 거 식신님 맞으십니까?"

혹시나 하여 물었다.

'……제 목소리가 들리십니까?'

또다시 머릿속에서 생소한 목소리가 울렸다. 식신도 놀랐던지 물어보는 말 속에 의아함이 담겨 있었다. 여태 수를 제외하고선 그 누구도 식신의 전언을 들을 수 있는 존재는 없었다. 하여, 놀랍고 신기한 것이다. 대체 무슨 일이 있었기에 무야가 자신의 전언을 들을 수 있는 것인지 몹시 궁금하였다.

무야 또한 가끔 실체 없는 존재가 수를 보필하고 있음을 알고는 있었으나, 이렇게 확인을 한 것은 처음이었다.

'킁킁.'

가까이 제 체취를 맡는 것 같은 소리가 들려 무야가 화들짝 놀랐다. 바람의 기운이 목덜미와 머리 주변을 어지러이 떠돌았다.

'무야, 혹시 수 님과 동침을 한 것입니까?'

식신의 물음에 무야의 얼굴이 붉게 달아올랐다. 보이지 않는 존재에게 부끄러움을 느끼는 것은 무척 난감했다. 어디로 어떻게 얼굴을 가려야 할지 알 수 없었다. 당황한 무야가 두 손으로 얼굴을 가리고 고개를 푹 숙였다. 그녀의 드러난 귓불과 목이 붉은빛으로 물들었다.

'아, 죄송합니다. 무야에게서 수 님의 체향이 맡아져서 그만.'

이어진 식신의 말에 무야의 고개가 더 아래로 내려가며 귀 전체가 붉게 달아올랐다. 제게서 수의 체향이 난다는 말이 이렇게 당혹스러울 수가 없었다. 함께 잠을 잔 것이 언제인데 아직도 그의 체취가 남아 있단 말인지.

무야에게 사내를 홀리는 향취가 난다며 그것을 지우기 위해 수가 자신의 체취를 덧씌워 놓은 것이었다. 그 방법이 떠올라 무야의 얼굴이 화끈거렸다.

몸에 남아 있던 열꽃도 야묘족이라는 그녀의 본성을 가려 주지는 못했다. 화근은 거기에서 비롯되었다. 수가 그리 애를 썼음에도 정체를 들켜 버려 그 모진 일들을 겪은 것이다. 그에 더해 연의 계략도 한몫했었던가.

부끄러움에 달아오르던 열기가 사그라졌다. 잘근 깨문 입술이 파르르 떨렸다. 내리뜬 눈시울이 붉어졌다. 울컥울컥. 가슴속에 응어리진 슬픔이 치밀어 올랐다.

새의 지저귐이 귓전을 맴돌았다. 개의 정다운 반김의 짖어 댐이 고택을 가득 메웠다. 모든 것이 깨어나 무야의 돌아옴을 반겼다. 싱그러운 초록의 새싹들이 땅을 박차고 피어올랐다. 아름다운 꽃이 따스한 햇살에 영롱한 빛깔을 뿜내고 있었다.

둘이 떠난 자리에 하나만 돌아왔다.

쪼르륵. 그렁그렁 맺혀 있던 눈물이 볼을 타고 흘러내렸다. 억지로 집어삼킨 흐느낌이 무야의 어깨를 잘게 들썩이게 만들었다. 환을 데리고 가지 말았어야 한다는 후회가 밀려왔다. 그를 여기 두고 갔다면 환한 얼굴로 돌아온 저를 같이 반겨 주었을 터인데. 자신 때문에 참혹한 죽음을 맞게 되었다고 생각하니 무야의 마음이 한없이 무너졌다.

'어이 그러십니까.'

그녀의 슬픔이 식신에게까지 전해져 그의 마음도 침울해졌다. 그러고 보니 함께 갔던 환이 돌아오지 않았다. 혹여 환에게 무슨 일이 있었던 것인지. 그것 때문에 이리 슬퍼하는 것인지 궁금하였으나 묻지 못했다.

"차를 내어 오거라."

공간이 열리고 수가 고택으로 돌아왔다. 그의 명에 식신이 자리를 피해 차가 있는 곳으로 움직였다. 곁을 맴돌던 바람의 기운이 사라지고 수의 목소리가 들렸음에도 무야는 쉽사리 고개를 들지 못했다.

소리 죽여 흐느끼는 무야의 가녀린 어깨를 물끄러미 응시하던 수가 그녀를 부드럽게 끌어당겨 품에 안았다. 한 품에 들어온 무야의 얼굴에서 조심히 손을 떼어 냈다. 그녀의 얼굴이 눈물로 젖어 있었다. 무야의 젖은 볼과 눈을 쓸어 내며 수가 다정히 얼렀다.

"쉬이. 어찌 이리 눈물이 많아진 것인지."

등을 토닥이며 다독이는 손길이 몹시 따스하고 다감했다. 하나, 무야의 슬픔은 진정될 기미가 보이지 않았다. 수가 허공에 손을 올려 눈을 감았다 떴다. 무어라 중얼거린 소리는 밖으로 새어 나오지 않았다.

그의 손이 머물렀던 공간에 무언가가 생겨났다. 희미하게 일렁이던 운무 같은 것이 이내 형체를 잡아 가기 시작했다. 뭉게뭉게 피어오른 그것이 제법 형체를 갖추어 갈 때쯤 무언가를 느낀 무야가 아래로 향했던 시선을 천천히 들어 올렸다.

"······아."

무야는 자신의 시야 안으로 들어온 것을 믿을 수가 없었다. 희뿌연 연기처럼 보이는 것은 환의 형체를 갖추고 있었다. 그녀는 그것이 환의 혼이라는 것을 단번에 알아챌 수 있었다.

"환!"

수의 품에서 벗어나 와락 환에게 달려들었으나 연기처럼 흩어졌다. 조금 떨어진 곳에서 다시 뭉쳐 환의 모습으로 나타났다. 아무것도 만져지지 않는 것이 당연하다는 것을 알면서도 무야는 허공에 유유히 떠 있는 환을 멍한 시선으로 바라보았다.

뭉클. 가슴이 아려 왔다.

숨을 거두었을 당시의 참혹한 모습은 온데간데없이 말끔한 모습으로 환이 눈앞에 있는데 가슴 한구석이 찢어질 듯 아파 왔다. 다시 눈물이 차오르는 것이 느껴졌다. 이대로 영영 환을 놓칠 것만 같아 안타까웠다.

"언젠가는 모두가 죽기 마련이다."

사근사근한 수의 목소리가 그녀의 머리 위로 내려앉았다. 무야의 시야가 흐릿해졌다. 눈동자를 가득 메운 눈물이 눈꺼풀이 내려왔다 올라가는 사이 볼 위로 흘러내렸다. 다시 맑아진 시야로 저를 향해 엷은 미소를 띠고 있는 환의 얼굴이 들어왔다.

"어찌하겠느냐?"

수의 물음은 무야가 아닌 환을 향한 것이었다. 그를 알아챈 무야가 수와 환을 번갈아 보았다. 그 물음의 의도가 무엇인지 파악하기 위함이었다. 이어 환이 수를 보며 공손히 고개를 내젓는 것을 보고 알아차렸다. 이들이 묻고 답하는 것이 환생을 의미한다는 것을.

"환······."

환은 환생을 원하지 않고 있었다. 그 마음이 어디에 기인한 것인지 알 것 같았다. 끔찍하고 고단했던 삶과 참혹했던 죽음을 되돌아보면 다시 무언가로 태어나고 싶은 마음이 생기지 않을 것이다. 그 마음을 무야도 충분히 이해할 수 있었다. 하지만, 그래도 환생하여 더 좋은 삶을 살아갈 수 있다면 좋을 터인데.

그녀의 부름을 들은 것인지, 환이 무야를 돌아보았다. 그의 입술이 호선을 그리며 올라갔다. 눈을 휘며 포근히 웃어 주는 그의 얼굴이 따스했다. 온기 하나 없는 혼일 뿐인데 어찌 그리 느껴질까. 아마도 무야를 향한 환의 마음이 담겨 그런 것이 아닌가 싶었다.

"하면 무야의 곁에 남겠느냐?"

이어진 수의 물음에 무야의 눈이 커졌다. 그를 돌아보자 무야와 지그시 시선을 맞추며 고개를 살짝 끄덕였다. 원하면 그리해 주겠다는 의미였다. 그녀가 다시 환을 보았다. 환의 시선이 수에게 머물러 있었다. 그의 허리가 공손히 숙여지는 것을 보며 무야가 왈칵 눈물을 쏟았다.

수의 말이 맞았다. 어찌 이리 눈물이 많아진 것인지. 자꾸만 울컥울컥 눈물이 났다. 몰랐던 슬픔의 깊이를 알아 버려 그런 것이다. 눈앞에서 직접 목도한 환의 죽음도 그러했고, 생사를 알 길 없었던 엄마의 죽음을 받아들이는 것도.

그 모두가 그녀의 가슴을 무너트리고 눈물로 채우는 데 일조하였다.

어쩌면 앞으로 남은 평생을 울게 되지 않을까. 그들을 생각하면 가슴이 절로 미어져 눈물이 흐를 것 같았다. 그러한 무야의 마음을 위로하려는 것인지 환이 수의 제의를 흔쾌히 받아들였다.

수가 환을 향해 손을 뻗었다. 그의 손에서 흘러나온 빛이 환을 감싸는가 싶더니, 이내 빛이 사그라지며 환의 모습이 야묘족의 어린아이로 변모하였다. 그 모습이 아주 투명하여 자세히 보지 않으면 알아차리지 못할 정도였다.

수의 손짓에 환이 허공을 날아 무야의 앞으로 다가왔다. 수가 말하였다.

"너의 식신이다."

그의 말에 환이 빙긋이 웃으며 무야에게 공손히 고개를 숙여 보였다.

'무야 님. 환이라 합니다.'

무야는 차마 입을 열어 말을 할 수가 없었다. 식신은 아무나 함부로 부릴 수 있는 것이 아니었다. 원한다고 될 수 있는 것 또한 아니었다. 환이 식신이 된 것은 그의 선택과 수의 배려였다. 하지만 무야는 나약하기 그지없는 야묘족의 계집이었다. 환을 죽음으로 몬 장본인이기도 했다. 그럴진대, 어찌 환을 식신으로 부릴 수가 있단 말인지.

"혼이 순수한 형태로 세상에 남을 수 있는 방법은 식신이 되는 것밖에 없다. 그 아이의 선택이다. 거절하면 그 아이는 이곳에 남을 수 없다."

"아."

죄책감에 망설이던 무야에게 환이 남은 의미를 알려 주며 수가 받아들이기를 권하였다. 자신이 환을 식신으로 거두지 않으면 환생도 못 한 채 사라져야만 한다. 그렇게 둘 수는 없었다. 그것은 그를 두 번 죽이는 것과 다름없었다.

'환입니다.'

환이 가까이 다가와 그녀를 말똥거리며 올려다보았다. 그 눈빛이 너무 순수하고 따스하여 내려다보는 무야의 가슴이 욱신거렸다.

"이전의 기억은 모두 사라지고 없을 것이다."

"예?"

놀라 되묻는 무야를 지그시 바라보며 수가 덧붙여 말했다.

"식신은 순수한 혼의 결정체다. 새로 태어난 것이나 다름이 없다. 하여, 아픔도 기쁨도 즐거움과 행복 같은 감정도 그 주인 된 자에게서 배우게 되는 것이다."

무야의 시선이 저를 해맑게 바라보고 있는 환에게 머물렀다. 시선이 마주치자 해사하게 웃으며 눈을 휘었다. 수의 말대로 아무것도 모르는 순진한 아이의 얼굴을 하고 있었다. 참혹했던 이전의 기억이 모두 사라진 것은 참으로 다행한 일이었다.

수가 환의 머리를 짧게 쓰다듬었다.

"잘 가르쳐 보거라."

식신의 모습은 마음대로 변모시킬 수 있었다. 처음 만들 때에 어떤 모습으로 할지 그것만 정하면 되었다. 원래의 모습을 유지할 수도 있었으나, 그러고 싶지 않았다. 무야를 마음에 품고 있었던 환이었다. 비록 그 마음을 무야가 몰랐다고는 하나, 그들이 쌓은 것이 우정이라 하여 수의 불편한 마음이 없어지는 것은 아니었다. 무야에게도 그것이 좋을 듯하였다. 환의 원래 모습을 보노라면 죽음에 이르렀을 때의 모습이 자꾸 떠오를 터이니.

차라리 어린것으로 변모시켜 곁에 두는 것이 그나마 마음이 편했다. 그래도 이름은 그대로 두었다. 둘 사이에 모든 감정을 지워 낼 수는 없으니. 그것이 수가 해 줄 수 있는 최대한의 배려였다.

무야가 자세를 낮춰 환의 앞에 내려앉았다. 그를 가만히 바라보다 팔을 뻗어 포근히 안아 주었다. 피부에 와 닿는 느낌은 간지러움이었다. 수의 식신에게서 느꼈던 실바람과는 사뭇 다른, 바닥에서 속살거리며 나뭇잎이나 모래를 가지고 노는 작은 돌개바람 같은 느낌이었다. 무야의 입술에 그제야 엷은 미소가 자리했다. 잘 키워 내야지. 아픔이나 슬픔 같은 건 전혀 모르게. 행복이나 즐거움만 아는 천진난만한 식신으로 그리 자라게 해야지.

'수 님, 차를 준비해 두었습니다.'

식신이 나타나 수에게 아뢰었다. 정자에 모락모락 김이 피어오르는 다기가 준비되어 있었다. 수의 시선이 정자에 머물렀다가 환을 품에 안고 있는 무야에게 돌아갔다.

"고단할 터인데."

수의 말에 무야가 고개를 들어 그를 올려다보았다. 시선이 맞닿자 그가 정자를 가리켰다.

"차를 마시면 몸의 고단함이 덜어질 것이다."

"아, 예."

대답은 하였으나 일어나며 품에서 환을 내려놓지는 않았다. 혼이라 무게감은 없었다. 무야의 품에 안겨 싱글거리는 환을 가만히 바라보던 수가 자신의 식신에게 말하였다.

"데리고 가서 모습을 숨기는 법부터 가르치도록 하거라."

'예.'

식신의 대답이 들리자마자 무야의 품에 있던 환의 모습이 사라졌다.

"어?"

갑작스럽게 사라진 환에 어리둥절한 눈으로 무야가 사방을 휘둘러 살폈다. 어찌 다시 만난 환인데 이렇게 빨리 품에서 놓쳐 버리고 싶지 않았다.

"배워야 할 것이 많으니 당분간은 바쁠 것이다."

그녀의 손을 잡으며 수가 말했다.

"무엇을 말입니까?"

"이것저것."

"제가 가르치며 키우는 것이 아니었습니까?"

자박자박 걸음을 옮기는 수를 따라 걸으며 무야가 물었다.

"네가 가르칠 수 없는 것도 있으니 맡겨 두거라."

"하오나."

"식신으로서 갖춰야 할 예법 같은 것이 있느니. 여기에서 다른 식신들과 지내려면 잘 배워야 하지 않겠느냐. 내 식신이 잘 가르칠 것이니 염려치 말거라."

식신에게도 서열이 존재키는 하나, 주인의 말이 우선이기에 서로가 부딪칠 일은 그리 없었다. 이곳에서 여태 주인은 수 하나였다. 하여 따로 교육을 받을 일도, 다른 식신을 가르칠 일도 없었다. 수가 그리하라 하니 식신은 그에 따르는 것뿐이었다.

수가 원하는 것이 무엇인지 식신은 잘 알고 있었다. 지금은 무야와 둘만의 시간을 갖고 싶은 것이다. 그 누구의 방해도 받지 않고. 수가 누군가를 위해 식신을 만든 것은 이번이 처음이었다. 그것이 어떤 의미인지 무야는 알지 못할 것이다. 무야가 자신과 동등한 위치에 있음을 자신이 부리는 모든 것들에게 알린 것이다.

그 누구도 무야를 함부로 대하지 못하게. 예전에도 영산의 것들이 무야를 해하는 일은 없었다. 산짐승도 그녀에게서 느껴지는 수의 기운에 멀찍이 돌아가며 가까이 다가서는 것을 피했었다. 물론, 무야는 알지 못했지만. 이제는 그녀를 향해 경이를 표할 것이다.

그녀를 위협하는 것들로부터 그녀를 지켜 낼 것이다. 이젠 따로 그녀에게 결계를 칠 필요가 없었다. 영산에 살아 있는 모든 것들과 죽은 영혼들까지 그녀를 보호할 것이기에.

무야만 모르는 일들이 소리 소문 없이 영산 전체로 퍼져 나가고 있었다.

정자에 올라선 무야가 사방을 휘둘러보았다. 고택을 떠난 지 그리 오래된 것 같지도 않은데 기분이 묘했다. 마치 오래도록 외지를 헤매다 다시 고향으로 돌아온 기분이랄까. 나가면 고생이라는 말이 틀린 말이 아님을 무야는 몸으로 직접 겪어 깨달았다.

이곳에 있을 때가 좋았다. 모든 것이 평화로웠고 소소한 행복으로 가득했던 나날이었다.

쪼르륵. 물소리에 무야가 고개를 돌려 수를 응시했다. 그가 직접 차를 따르고 있었다. 무야가 서둘러 손을 뻗었으나 수가 그 손을 덥석 잡아 찻주전자로부터 떨어트려 놓았다. 식지 않은 차가 찻잔에 담긴 채 모락모락 연기를 피워 올리고 있었다.

제 잔을 채우고 찻주전자를 내려놓은 수가 그녀 앞에 찻잔을 밀어 주었다.

"온기가 적당한 것이 딱 좋구나. 마시거라."

그리 말하곤 제 찻잔을 들어 입으로 가져갔다. 무야의 시선이 찻잔을 기울이는 수에게서 제 앞에 놓인 찻잔으로 옮겨 갔다. 그녀가 물끄러미 찻잔을 내려다보며 물었다.

"차를 어찌 한 손으로 마십니까?"

"보고 있지 않느냐?"

시선을 들어 올리자 그가 보란 듯이 다시 차를 입술에 대고 기울여 머금었다. 무야가 힐끔 눈동자를 굴려 제 손을 잡고 있는 수의 손을 보았다. 그는 잡은 손을 놓아줄 마음이 없는 듯 보였다. 그의 앞에서 마주 차를 마시며 한 손으로 찻잔을 들어 올리려니 마음이 불편했다.

하여, 쉬이 찻잔에 손이 가지 않았다. 물끄러미 찻잔을 내려다보고만 있는 무야를 수가 바라보았다. 그가 찻잔을 내려놓으며 물었다.

"먹여 주랴?"

"예?"

"차 마시는 법을 잊어버린 듯하여 도움이 필요한 것 같아 물었다."

그의 말에 무야가 눈을 깜빡였다. 말에 담긴 의도가 무엇인지 쉬이 간파가 되지 않아서였다. 그가 그런 무야를 지그시 응시한 채 손을 뻗어 그녀의 앞에 놓인 찻잔을 들어 올렸다. 그것을 그녀의 입 앞으로 가져가는가 싶더니, 방향을 틀어 제 입술에 대었다.

"······왜."

멍하니 벌린 무야의 입술이 다른 말을 뱉어 내기 전에 수의 입술에 가로막혀 버렸다. 그가 그녀의 차를 입 안에 머금고 그대로 무야의 입술에 제 입술을 겹쳐 버린 것이다. 입술 안으로 청량한 맛의 차가 들어왔다. 수의 혀가 그녀의 혀를 타고 미끄러지며 입 안 깊숙이 차를 옮겨 놓았다.

꿀꺽. 타액과 차가 뒤섞여 그녀의 목구멍으로 삼켜졌다. 차의 여운을 음미하기도 전에 그의 혀가 무야의 입 안을 유영하듯 휘저었다. 잊고 있었던 열꽃이 몸 곳곳에서 열기를 뿜어내며 존재감을 드러내려 안달을 해 댔다.

피멍과 상처로 얼룩진 그녀의 몸 곳곳에 숨겨져 있던 열꽃이었다. 찢어졌던 입술도 완전히 아물지 않아 그의 입술이 뭉그러트리며 비벼 대는 자극에 다시 벌어졌다. 피가 배어나와 맞닿은 입술 안으로 피 맛이 느껴졌다.

아릿한 통증에 그녀의 미간이 살짝 찌푸려졌으나 그뿐이었다. 그의 입맞춤을 무야는 멈추게 하지 못했다. 여린 살갗이 벌어져 피가 새어 나왔지만, 그의 혀가 그 자리를 핥고 어르자 피가 멈췄다.

상처에 타액이 스며들자 점점 아물기 시작했다. 언제 그랬냐는 듯 찢어졌던 부위가 말끔해졌다. 찢어진 상처에서 오는 통증도 사라졌다. 맞물린 입술에 더 이상 아픔은 느껴지지 않았다. 대신 아찔한 감각만이 예민하게 자리했다.

"으음."

저도 모르게 흘려 낸 신음에 놀라 무야가 움찔거렸다. 그의 손이 은근한 손길로 어루만지며 소맷자락 안으로 스며들었다. 그녀의 뒷머리를 받친 다른 손이 가녀린 목을 쓸고 내려와 쇄골 부위를 간지럽혔다.

무야는 그의 입술이 막아 놓은 입술이 아니더라도 제대로 숨을 내쉴 수가 없었다. 입맞춤과 느릿하고 야릇하게 몸을 타고 움직이는 손길에 쉬이 달아오르는 몸이 야속할 지경이었다. 그녀는 자신이 이미 그의 손을 타고 있음을 인지하지 못했다. 자신의 몸을 애무하고 어루만지는 수의 손길에 길들여져 그에 예민하게 반응하는 것임을.

자신의 입에서 흘러나와 수의 입술에 삼켜진 신음에 무야의 얼굴이 화끈 달아올랐다.

'이를 어째. 미쳤나 봐.'

속수무책으로 피어오르는 몸 곳곳의 열꽃도 그녀의 마음을 불안하게 만들었다. 스스로 어찌할 수가 없는 지경이었다. 아무리 이러면 안 된다고 속으로 되뇌어도 몸의 반응은 사그라지지 않았다.

오히려 더 불타오를 준비를 하고 있었다. 은근한 그의 손길이 그녀의 호흡을 가쁘게 만들었다. 설렘으로 두근거리는 심장이 얄미웠다. 지금이 이럴 때인가 하며 자신을 나무라기도 했지만 소용없었다.

"하아."

입술이 떨어진 틈을 타 무야가 가쁜 숨을 토해 냈다. 그의 손을 벗어나 뒤로 물러나려는 무야의 귀로 수의 혀 차는 소리가 들렸다.

"쯧쯧."

어쩐지 주눅이 든 시선으로 무야가 그를 보았다. 그가 자리에서 일어서 그녀를 물끄러미 내려다보고 있었다. 차마 시선을 마주할 수가 없어 잘근 아랫입술을 깨물며 무야가 고개를 숙였다. 그런 그녀의 곁으로 수가 다가오는 발소리가 들렸다.

"온몸이 성한 곳이 없구나."

"헛."

갑자기 수가 목 뒤 옷깃을 젖히자 무야가 소스라치게 놀라며 몸을 한껏 움츠렸다. 드러난 곳도 엉망이었지만, 옷에 가려진 곳도 성한 곳이 없기는 마찬가지였다.

"쯧. 몸의 기운을 운신시키기 위해 차를 권하였는데, 차로는 아니 되겠구나."

수가 또다시 혀를 차며 못마땅한 기색을 드러냈다. 모든 것이 자신의 잘못임을 알기에 죄스러운 마음에 무야의 어깨가 축 처지며 고개가 한없이 아래로 기울었다. 자꾸만 움츠러드는 무야의 몸이 허공으로 붕 떠오른 것은 순식간이었다.

"어어."

놀라 뭐라 입을 열 사이도 없었다. 저를 안아 올린 것이 수라는 것을 확인한 무야의 눈이 동그랗게 커졌다. 그의 품에 폭 안긴 채 몸이 옮겨지고 있었다.

"제대로 치료를 하지 않으면 탈이 날 것 같으니. 서둘러야겠구나."

머리 위에서 조곤조곤 들려오는 수의 목소리에 무야의 정신이 화들짝 돌아왔다. 그가 정자의 계단으로 발을 내린 찰나 무야가 그를 올려다보며 부탁하듯 말했다.

"제 발로 걸어가겠습니다. 내려 주십시오."

약을 바르는 것은 스스로도 할 수 있었다. 치료에 쓰일 약초도 무야가 잘 알고 있었다. 산을 돌아다니다 생채기가 나거나 멍이 들었을 때 종종 쓰던 것들이었다. 그보다는 먼저 씻고 싶었다. 그가 입혀 줬던 옷이 어느새 누더기처럼 변해 있었다. 몹쓸 일들을 많이 당하다 보니 그 과정에서 찢기고 더럽혀져 그런 것이다.

제 몰골이 추함을 그의 품에 안기고서야 무야는 제대로 인지하였다. 서둘러 그의 품에서 벗어나려 버둥거렸으나 오히려 더 깊이 안기게 되어 버렸다. 그가 허우적거리는 무야가 떨어질까 더 깊이 끌어안아 버린 것이다.

"그러다 떨어지면 더 크게 다칠 수 있음을 모르는 것이냐. 얌전히 있거라."

계단을 내려선 수가 자신의 방이 있는 곳으로 방향을 잡아 걸었다. 그에 무야의 볼이 붉게 상기되었다. 무야의 방으로 데려다주는 것이 아니라 수의 방에 함께 들어가려는 것이다. 치료를 한다 했는데 어찌…….

수의 방으로 들어가게 되면 뭔가 엄청난 일이 벌어질 것만 같았다. 정자에서 수가 무야의 몸을 어루만졌던 것 그 이상의 어떤 행위가 진행될 것 같은 예감이 들었다. 그녀의 마음이 다급해졌다.

"저, 먼저 씻, 씻고 싶습니다."

이대로 그의 방에 함께 들어가서는 아니 된다는 생각만 가득해 핑계를 댄다는 게 그만 씻고 싶다는 말이 툭 튀어나왔다. 치료 때문에 그의 방으로 들어가는 것보다 어째 이 말이 더 야한 것 같았다.

무야가 얼른 제 입을 두 손으로 가렸다. 뱉어 낸 말을 할 수만 있다면 도로 집어넣고 싶었다. 그냥 제 방에서 쉬고 싶다 하면 될 터인데. 치료는 자고 일어나 알아서 하겠다고. 그리 말하면 될 일을 괜히 분위기만 이상하게 만들어 버렸다.

또르르. 무야의 눈동자가 그의 얼굴을 살피기 위해 움직였다. 힐끔 올려다본 수의 얼굴에는 별다른 표정의 변화가 느껴지지 않았다. 그의 눈은 무심한 듯 무야를 응시하고 있었다. 수의 눈과 마주치니 무야는 어쩌면 모든 것이 자신의 망상이었을지도 모른다는 생각이 들었다.

혼자 상상하고 망측한 말을 뱉어 내고 그로 인해 또 민망하여 이리 호들갑을 떨어 댔다. 입맞춤 한 번이 불러온 파장이 제법 컸다. 머리가 어찌 된 것이 분명했다. 그렇지 않고서야 어떻게 그런 생각을 할 수 있는 것인지.

솔직하게 무야는 그의 방에 들어가 침상에 눕혀진 자신의 모습을 상상했다. 치료를 명목으로 제 옷을 벗겨 내고 수가 연고 같은 것을 몸 곳곳에 직접 발라 주는 것이 아닐까 하는. 음험하기 이를 데 없는 상상을 하고 만 것이다.

그 때문에 더더욱 그의 방으로 향한 발길을 멈춰 세우고 싶었다. 그가 싫다거나 하는 건 아니었다. 그의 손길에 쉬이 달아오르는 몸이 부끄러웠다. 지금은 그에게 자신의 벗은 모습을 보이고 싶지 않은 마음도 있었고, 혹여 연고를 바르는 동안 또다시 몸이 달아오를까 염려되어 그런 것도 있었다.

"그렇구나. 먼저 씻고 상처를 봐야지. 몸이 나른하게 풀어지면 치료가 훨씬 쉬워질 수 있으니. 네 말이 옳다."

그리 말하곤 수가 발걸음을 다른 곳으로 옮겼다. 터벅터벅 마당의 잔디를 밟고 솟을대문이 있는 곳으로 걸어갔다. 그가 가려는 곳이 집 안이 아님을 알아채고 무야가 그를 올려다보며 다급하게 말했다.

"어디로 가십니까? 목간은 저곳에 있습니다."

무야가 쓰는 목간은 부엌과 조금 떨어진 곳에 따로 허술하게 지어 놓았다. 그동안은 줄곧 그곳에서 씻어 왔다. 수에게는 따로 목간이 필요치 않아 고택에서 목간을 이용하는 건 무야밖에 없었다. 무야만의 전용 목간이었다.

그런데 지금 수는 그 목간을 두고 다른 곳으로 가려 하고 있었다. 대체 어디로 가려는 것일까? 수의 발길이 고택의 문턱을 넘어섰다. 그리 두어 걸음 더 내딛자 허공으로 몸이 둥실 떠올랐다. 곧장 원하는 곳으로 갈 수 있음에도 수는 무야를 안은 채로 허공을 밟아 앞으로 나아갔다.

"아아."

갑작스럽게 멀어진 땅과의 거리에 겁을 먹은 무야가 덥석 수의 목에 매달렸다. 놀란 마음에 눈을 감았다. 차가운 바람이 무야의 얼굴을 부드럽게 스쳐 지나갔다. 얼굴에 닿아 오는 바람에게서 속도감이 느껴지지 않았다.

무야는 용기를 내어 질끈 감았던 눈을 떠 올렸다. 처음으로 그녀의 시야에 들어온 것은 자신을 따스하게 바라보고 있는 수의 얼굴이었다. 시선이 마주치자 그가 입술 끝을 올려 편안한 미소를 지어 보였다. 그의 머리카락이 바람에 가벼이 흩날리고 있었다. 무야의 눈에 그것은 마치 나비가 나붓이 날갯짓을 하는 듯 우아하게 보였다.

멍하니 홀린 듯 그를 바라보았다. 바라보는 것조차 황홀하여 쉬이 눈을 마주치지 못하던 때가 있었다. 그는 세상에 존재하지 않는 아름다움을 지니고 있었다. 무야는 수에게서 죽음의 신이라는 것에 대한 두려움보다 경이롭고 우아한 아름다움이 무엇인지를 먼저 느꼈다.

잠시 잊고 있었던 감정들이 새록새록 다시 피어올랐다. 감히, 마음에 담는 것조차도 불경이라 여겼던 시절이 있었다. 그와 자신은 하늘과 땅보다 더한 차이를 두고 있었다. 하여, 다른 감정은 일체 갖지 않으려 스스로를 단속하였다.

그랬는데, 이리 수의 품에 안겨 허공을 날게 될 줄을 어찌 알았을까? 감회가 새로웠다. 모든 것이 꿈인 듯 신이하기도 했다. 그가 앞을 향해 시선을 옮기는 것을 보고 무야도 아래쪽을 내려다보았다.

발아래 넓게 펼쳐진 영산의 풍경이 절경이었다. 발이 땅에서 떨어지는 것에 놀라고 높이에 두려움을 느껴 눈을 감았던 것이 안타까울 지경이었다.

"와아!"

절로 감탄사가 터져 나왔다. 자신이 살던 영산이 이렇게 아름다운 곳인 줄은 미처 알지 못했다. 멀리 나가지 못하게 수가 단속한 탓도 있었으나, 원래가 죽은 혼들이 찾아드는 곳이라 자신이 가 보지 못한 곳들은 죄다 음의 기운이 강해 그저 음산하고 기이할 것이란 생각만 했었다.

그런데 아니었다.

연이 사는 운산이 어떤 모습인지는 알 수 없으나, 수의 영역인 영산 또한 그 못지않게 수려하기 그지없었다. 고택에선 작은 풀 한 포기 직접 피워 낼 수 없는 수였으나, 그 이외의 땅에선 자연스레 나고 자라는 것들이 아름다운 풍광을 이루어 다른 산 것들과 함께 어우러져 살아가고 있었다.

인간의 손이 닿지 않아 태고의 아름다움을 그대로 간직하고 있어 신비함까지 두루 갖추었다. 영산의 모습을 무야가 이리 한눈에 본 것은 이번이 처음이었다.

"천상에 온 듯합니다."

무야의 입에서 흘러나온 솔직한 감탄의 말에 수가 엷은 미소를 머금었다. 그가 제 영역인 영산에 자주 발걸음 하지 않고 고택에만 머무는 데에는 나름의 이유가 있었다. 혹여 제 기운이 나고 자라는 것들에 영향을 미쳐 그것들의 생기를 빼앗을까 저어되어 그런 것이다.

하여, 결계를 치고 스스로를 보호하도록 만들어 놓고 자주 발걸음 하지 않았다. 그가 근래 들어 고택을 나서는 경우는 모두 무야와 관련이 되어 있었다. 그녀를 위기로부터 구해 고택으로 돌아가기 위해서가 대부분이었으나 지금은 아니었다.

그녀에게 영산을 보여 주고 싶어 그런 것도 아니었다. 씻고 싶어 하는 무야를 위해 알맞은 장소를 찾아가는 것이다. 또한 치료도 겸함이다. 그녀의 몸 곳곳에 남은 상처를 지워 내기 위해서 조용히 둘만 있을 수 있는 공간으로 이동하는 중이었다.

고택에서도 가능한 일인데 굳이 왜 이리 멀리 가는 것이냐 생각할 수도 있었다. 조용히 은밀히 행해야 하는 일이기에 그렇다고 하면 납득이 되려나. 아니 되어도 어쩔 수 없는 일이었다. 수가 그리 결정하였으니. 따를밖에.

"여기서 하면 되겠구나."

그가 사뿐히 땅으로 내려섰다. 그러곤 품에 안고 있던 무야를 조심히 내려 주었다.

"이곳은……."

주변을 휘둘러 살피며 무야가 의아한 눈으로 그를 돌아보았다. 처음 보는 곳이었다. 웅장한 크기의 동공이 뒤쪽에 자리하고 있었고, 앞쪽에는 풀숲으로 에워싸인 연못 같은 것이 있었다. 연못 위로 아지랑이가 피어오르는 것이 예사 물은 아닌 듯했다.

"치료에 효험이 있는 온천이다."

"아, 들어 본 적이 있는 듯합니다."

어디선지는 알 수 없으나 온천이란 것에 대해 얼핏 주워들은 말이 있는 것 같았다. 그것이 잠시 잠깐 다녀온 인간 세상에서였던 것인지, 어린 시절 자신의 마을에서 들었던 것인지는 모호했다. 아무튼 몸을 담그면 피로를 덜어 주는 것은 물론 몸에 난 상처가 아무는 것에도 도움이 되는 물이 있다는 말을 들었던 것 같았다.

땅으로부터 자연스레 솟아올라 만들어지는 것이라 했던가? 가물가물하여 정확한 기억은 나지 않았다. 수의 말을 들으니 이것이 바로 그 물이구나 하는 생각이 난 것이다.

무야가 물가로 다가가 조심히 손을 내밀어 담갔다. 손끝에 따스한 온기가 느껴졌다. 손끝에서 번져 오른 열기에 벌써부터 몸이 노곤해지는 것 같았다.

"뭘 하고 있느냐. 어서 들어가 보지 않고."

등 뒤에서 수의 재촉하는 소리가 들렸다. 입술을 매끄럽게 올리며 미소 띤 얼굴로 그를 돌아보던 무야가 갑작스레 얼굴을 붉혔다. 그가 바위 위에 자세를 잡고 앉아 자신을 지켜보고 있었다. 그의 태도로 보아 자리를 비워 줄 생각이 없는 듯했다.

"저⋯⋯."

그래도 말은 해 보아야지. 그가 지켜보는 앞에서 물속으로 들어갈 수는 없는 노릇이었다. 물에 몸을 담그기 위해선 옷을 벗어야 하니.

"씻고 싶다 하지 않았느냐. 무엇을 망설이는 것이야."

그가 다시 무야를 재촉했다. 차마 옷을 벗어야 하니 비켜 달라 말을 하지 못하고 머뭇거리는 사이 그녀의 입을 막으려는 듯 냉큼 수가 먼저 입을 연 것이다.

"씻기 싫은 것이더냐?"

"아니옵니다. 그것이 아니오라."

아래로 늘어진 그녀의 손가락이 치맛자락을 잡아 꼼지락거렸다. 비켜 달라 말하려니 그를 쫓아내는 것 같아 입이 쉬이 떨어지지 않았다.

"왜, 어디가 불편한 것이냐."

그가 자리에서 일어나 그녀를 향해 성큼성큼 발을 옮겨 다가왔다.

"아닙니다."

저도 모르게 뒷걸음질을 치며 손을 내젓던 무야가 연못의 턱을 밟아 중심을 잃고 허우적거렸다. 찰나의 순간 그녀의 몸이 뒤로 쏠리며 물 위로 곤두박질쳤다.

첨벙!

물보라가 크게 일며 그녀를 집어삼켰다.

12. 단 하나

등 뒤부터 온몸이 물속으로 빨려 들어갔다. 너무 놀라고 당황해 손을 허우적거릴 생각조차 하지 못했다. 온몸을 감싸는 따스한 온기에 넋을 놓았던 것 같다. 수면 위로 보이는 수의 얼굴을 그저 멍하니 바라보았던 것도 같다.

그가 한 치의 망설임도 없이 물로 뛰어들어 그녀를 안아 올렸을 때 무야의 정신이 번쩍 돌아왔다.

슈아아. 물에 빠졌던 무야의 상체가 수의 도움을 받아 수면 위로 올려졌다.

"하아."

참았던 숨이 한 번에 터져 나왔다. 젖은 몸을 타고 물이 아래로 흘러내렸다. 가쁜 숨을 몰아쉬는 무야를 품에 안은 채로 수가 지그시 내려다보았다. 그의 시선을 느낀 무야가 슬그머니 시선을 들어 그를 올려다보았다.

"얼굴에 복사꽃이 피었구나."

선뜻 그의 말을 알아듣지 못해 무야가 눈을 깜빡였다. 그의 손이 무야의 볼 위로 사뿐히 내려앉았다. 엄지 끝으로 수가 그녀의 볼을 부드럽게 어루만졌다. 손끝이 스치는 자리에서 열기가 느껴졌다.

"물…… 때문입니다."

제 볼이 붉게 달아올라 있음을 뒤늦게 알아차린 무야가 서둘러 물을 핑계 삼았다. 그러면서 민망함에 고개를 외로 돌렸다. 무야만 젖은 것이 아니었다. 수의 손이 볼을 쓸어내리며 그녀의 작은 턱에 닿았다. 그가 저를 외면한 그녀의 고개를 제게로 돌렸다.

"훗. 그래, 물 때문일 테지. 누가 뭐라 하더냐?"

낮은 웃음과 함께 흘려 낸 그의 말에 무야의 얼굴이 더 화끈거렸다. 눈을 마주치지 못할 듯하여 시선을 더 위로 올렸다. 그러자 그의 반듯한 이마가 무야의 시선 안으로 들어왔다. 머리카락에서 물이 톡 떨어졌다. 무야의 눈이 수의 얼굴을 찬찬히 훑었다.

"아아."

그도 흠뻑 젖어 있었다. 머리와 얼굴에서 흘러내린 물이 그의 목을 타고 흘러 옷 안으로 스며드는 것을 따라 시선을 옮기다가 무야가 저도 모르게 흠칫 몸을 떨었다. 그러다 또 놀란 몸을 굳힌다. 자신의 음험한 시선을 그가 느꼈을까 하여 걱정스러운 마음에 그런 것이다.

"……하아."

가슴골로 향하는 시선을 애써 거둬 내리며 무야가 숨죽인 한숨을 작게 내쉬었다. 몸을 따뜻이 데우는 온천 안에 있을 진대 어찌 이리 떨림이 멈추지 않는지. 무야는 파르르 떨리는 손을 그의 팔에서 거둬 제 등 뒤로 숨겼다.

"옷을 벗어야 할 텐데."

그녀의 머리 위에서 혼잣말 같은 수의 목소리가 들려왔다.

"옷은 왜……."

저도 모르게 반사적으로 고개를 들어 올렸다가 살며시 내리뜬 수의 시선과 딱 마주쳐 버렸다. 숨이 멎는 듯했다. 아니, 심장이 멈춘 것인가? 아니다. 그것도 아닌 듯했다. 아무런 기색이 없는 듯하던 심장이 다음 순간 미친 듯이 날뛰어 대는 것을 보면.

"옷이 아픈 것이 아니지 않느냐. 살결 곳곳에 물이 스며들게 하려면 옷을 벗어야지."

"그……."

"몸이 불편하여 벗기 어려우면 내가 해 줄 수도 있다만."

그의 손길이 자신의 옷고름으로 향하는 것을 보며 무야가
세차게 도리질을 쳤다.

"아, 아닙니다!"

그에게서 떨어지려 수의 가슴에 손을 대었다가 무야는 또
화들짝 놀라고 말았다. 젖은 옷의 안쪽에서 느껴지는 단단한
가슴의 촉감이 손에 착 감겨들어 하마터면 밀어내는 건 고
사하고 대놓고 만질 뻔하였다.

"……어머."

서둘러 손을 거두긴 하였으나 손안에 그의 가슴에 닿았던
감촉의 여운이 그대로 남아 있었다. 젖은 옷 위로 만져지는
육체는 뭔가 더 야릇했다. 자꾸만 더 만지고 싶은 욕구가 스
멀스멀 올라와 그녀의 손이 꼼지락거렸다.

대체 왜 이러는 것인지.

제 몸이 보이는 반응에 무야 본인도 당혹스러웠다. 그런
속내를 들키지 않으려 무던히 애쓰며 무야가 몸을 바르작거
렸다. 수의 몸에 손을 대는 것은 위험하니 제 몸을 움직여
그의 품에서 벗어나려는 생각에서였다.

"그리 조르지 않아도 내 해 줄 생각이었다."

"무슨……."

무야는 수에게 무엇을 해 달라 조른 적이 없었다. 그저 그
가 혹여나 옷고름을 풀어낼까 저어되어 품에서 빠져나가려
했을 뿐이다. 한데, 수가 지금 무야의 의도와는 다른 말을
하고 있었다. 그녀의 버둥거림을 그가 곡해한 모양이다.

그것이 아니라고 말하려던 무야의 입술이 틀어막혀 버렸
다. 부드럽고 감미로워 벗어나고 싶지 않은 수의 입술에 삼
켜져 버렸다.

"으음."

맞물린 입술의 접점이 넓어지고 얇은 점막과 점막이 비벼
지며 타액이 뒤섞이는 야릇한 소리가 들릴 때마다 심장이 들
썩거렸다. 무심결에 입술 사이를 비집고 나온 비음에 무야가
흠칫거렸으나, 그의 입맞춤에 다시 휘말려 들어가고 말았다.

자신이 주는 자극에 조금씩 반응을 보이며 작은 혀를 내
밀었다가 수줍은 듯 뒤로 물러나는 무야의 행동에 수가 낮
은 웃음을 터뜨렸다. 어찌 이리 귀여운 것인지. 울어 부었던
눈이 붉은 기를 지워 내고 가라앉기를. 자신과 함께하는 동
안에는 그 어떤 슬픔에도 젖어 들지 않기를 바라며 그가 더
깊이 그녀의 입술을 물었다.

스르륵. 무야의 염려가 현실이 되었다. 그가 무야의 옷고
름을 풀어냈다. 벌어진 앞섶으로 수의 손이 들어와 그녀의

여린 살결 위를 부드럽게 쓸어 올리며 어깨 너머로 옷을 벗겨 내렸다. 그의 손에 벗겨진 옷이 스며들듯 너풀너풀 물속으로 가라앉았다.

드러난 그녀의 등을 어루만지던 수의 손길이 앞으로 넘어와 가슴의 굴곡을 따라 움직이다 매듭 앞에서 멈췄다. 보드라운 가슴의 봉긋한 살결을 스치는 그의 손길에 무야가 속으로 신음을 삼켰다.

수가 서슴없이 매듭의 짧은 끈을 잡아당겼다. 나비매듭이 풀리며 그녀의 치마가 느슨해졌다. 물에 젖은 채로 부풀어 나부끼던 치마를 수가 그녀의 몸에서 분리시켰다. 어느새 그녀의 몸에는 속곳과 가슴 가리개만 남겨졌다.

"하아."

그의 입술이 잠시 벌려 놓은 틈으로 무야가 밭은 숨을 토해 냈다. 무야의 입술이 타액으로 번들거렸다. 제 것과 무야의 것이 뒤섞여 있는 입술로 수의 시선이 내려앉았다. 그가 엄지로 무야의 아랫입술을 지그시 눌러 쓸었다.

입술 사이로 그가 엄지를 더 밀어 넣어 입술 안의 점막과 가지런한 치열의 일부를 만지작거렸다. 손가락 위로 무야의 떨리는 숨결이 고스란히 느껴졌다.

"숨소리가 유약하구나."

살포시 무야의 귓가에 입술을 내리고 수가 나긋이 속삭이

듯 말했다. 귓바퀴를 돌며 안으로 달음질친 그의 목소리가
무야의 고막을 간질거렸다.

"심장에 이상이 있는 것인가."

수의 손이 무야의 가슴 위로 내려앉았다. 봉긋이 솟아오른
탐스러운 무야의 가슴이 그의 손에 가득 담겼다.

"헉."

심장의 고동을 느끼려 함인지, 가슴을 만지려고 함인지 의
도가 모호했다. 쥐어 잡힌 가슴이 악력에 뭉그러졌다. 하마
터면 비명 같은 신음을 터트릴 뻔하였다. 그를 참느라 입을
다물려다 입 안에 들어온 수의 엄지를 잘근 깨물어 버렸다.

"아."

미미하게 꿈틀거리는 수의 미간을 보고 무야가 놀라 입을
벌려 뒤로 얼굴을 물렸다. 그녀의 눈이 토끼처럼 동그랗게
커졌다. 그사이에도 무야의 가슴을 주무르는 수의 손은 멈추
지 않았다. 하여, 그를 올려다보는 무야의 얼굴에 곤혹스러
움이 담겼다.

"이것으로는 알 수 없으려나?"

매끄럽게 말려 올라간 그의 입술이 얄궂은 장난기를 매달
았다. 심장에 이상이 있는 것인지 없는 것인지 가늠하기 위
해 가슴을 주물럭거리더니, 이것으로는 모르겠다 말하면서
손바닥으로 지그시 자극에 일어선 가슴의 돌기를 짓눌렀다.

"그만……."

손바닥으로 지그시 눌러 돌려 대는 통에 예민한 부위가 더 힘껏 일어서고 있었다. 손바닥과 가슴 사이에 있는 얇은 가슴 가리개가 더 야릇한 자극을 주고 있었다. 그의 손이 일순 가슴 가리개 안으로 밀고 들어왔다.

"하앗!"

가슴 가리개를 올리고 엄지와 검지로 돌기를 잡아 손톱으로 눌렀다. 아릿한 통증에 절로 미간이 찌푸려지고 놀란 숨이 비명처럼 뱉어졌다. 등이 휘며 가슴이 앞으로 내밀어졌다. 그의 다른 손이 무야의 척추를 따라 내려가 그녀의 허리를 단단히 휘감아 끌어당겼다.

그가 그녀의 가슴 위로 얼굴을 틀어 기울였다. 그녀의 가슴 돌기를 괴롭히던 손이 가리개를 잡아당겼다. 그의 손길에 얇은 천 조각이 힘없이 찢겨 나갔다. 다른 것들과 달리 가리개는 물에 가라앉지 않고 수면 위를 떠다녔다.

그것이 무야의 낯을 붉게 달아오르게 만들었다. 제 가슴이 이제는 완전히 헐벗었다는 것을 알려 주는 듯하여 부끄러움에 몸 둘 바를 몰랐다. 손이 닿으면 거둬들여 보이지 않는 곳으로 던져 버리기라도 할 터인데. 가리개는 애석하게도 무야가 아닌 수의 옆을 떠다니고 있었다. 민망함에 차마 시선도 제대로 주지 못할 지경이었다.

'이를 어찌한다.'

무야가 화끈거리는 얼굴을 두 손으로 가렸다. 그런 무야의 숨이 갑자기 급하게 들이마셔졌다가 그대로 멈추었다. 꿀꺽. 그녀의 목으로 마른침이 삼켜졌다. 갈 곳을 잃고 흔들리는 동공이 수의 머리를 담아냈다. 저보다 아래에 머문 그의 머리를 바라보다 무야가 헉 하고 밭은 숨을 토해 냈다.

그의 입술이 그녀의 가슴 위로 사뿐히 내려앉았다. 그러곤 마치 달콤한 과일을 베어 먹듯 그녀의 가슴을 크게 한입 깨물었다. 그에 그녀의 숨이 벅차올랐다. 입술이 닿아 타액이 묻어난 곳을 그가 혀로 핥아 냈다.

"아으으."

참을 수 없는 자극에 무야의 입술을 비집고 억눌린 신음이 흘러나왔다. 무야가 더 힘껏 입술을 깨물었다. 자신이 뱉어 낸 신음이 너무 음탕하게 들렸다.

"……어찌 이러십니까?"

겨우 뱉어 낸 물음에 수가 대답 대신 그녀의 가슴을 한입 가득 머금어 빨아 댔다. 그러다 또 잘게 돌기 주변을 지분거렸다. 허리를 받치고 있던 그의 손이 척추의 끝자락에서 더 아래로 미끄러져 내렸다. 그 적나라한 느낌에 무야의 등줄기로 오소소 소름이 돋아났다.

싫어 돋는 소름이 아니었다. 짜릿함에서 비롯된 소름이었다. 엉덩이의 갈라진 골을 타고 흘러내린 손이 꼬리뼈에 이르렀다. 속곳이 따라 밀려 내려갔다. 탄탄한 엉덩이의 굴곡을 따라 더 내려온 수의 손이 무야의 허벅지를 잡아 제 허리께로 들어 올렸다.

투둑.

가슴 가리개와 마찬가지로 그녀의 속곳이 속수무책으로 찢겨 나갔다. 그것마저 두둥실 수면 위로 떠오른 것을 보고 무야가 질끈 눈을 감아 버렸다.

그의 입술이 가슴을 떠나 그녀의 쇄골을 자잘하게 지분거리며 타고 올랐다. 느른히 허벅지를 쓸어 대던 손이 안쪽으로 밀려 들어와 더 깊은 곳을 어루만졌다. 사타구니를 쓸어 대는 손길에 무야가 움찔움찔 몸을 떨었다.

꽃잎을 담은 은밀한 부위가 화끈거렸다. 바짝 긴장하며 다가올 일에 대해 직감하고 있었다. 그의 손이 꽃잎을 헤집고 결국에는 그 안쪽 좁은 길목을 침범하리라는 것을.

"씨, 씻고 싶다. 하아. 하지…… 않았습니까."

무야가 겨우 토해 낸 말에 수의 입술이 야릇하게 말려 올라갔다. 그가 목덜미를 눌러 빨아 대던 입술을 떼어 내며 나직하게 속살거렸다. 그것이 바람처럼 그녀의 목덜미를 간질거렸다. 빨려 예민해진 살갗이 그 바람에 닿아 아찔한 자극에 노출되어 버렸다.

"하여 옷을 벗겨 주었지 않느냐."

어쭙잖게 허공에 머물러 있던 무야의 손이 바들바들 떨렸다. 손끝까지 저려 오는 아찔한 감각에 무야가 주먹을 불끈 움켜쥐었다.

너무도 당당한 그의 말에 무야가 입술을 열었다 적당한 반박의 말을 찾지 못해 잠시 멈칫거렸다. 그의 손이 그녀의 사타구니로부터 무릎에 이르는 허벅지 안쪽 살을 느릿하게 쓸어 댔다. 그 움직임을 따라 주변의 물이 출렁거리며 무야의 벗은 몸을 휘감았다. 다른 손은 그녀의 둥근 어깨를 매끄럽게 타고 올라 목덜미를 어루만졌다. 말을 하면서도 멈추지 않는 그의 애무에 무야의 혼이 반쯤 나갈 지경이었다.

"으음."

말을 이어 할 수가 없었다. 입만 열면 신음이 터져 나와 무야가 진정 하고 싶은 말을 막아 버렸다. 잘근 아랫입술을 깨물었다 놓으며 그녀가 신음을 억눌렀다. 그에게서 벗어나지 않으면 이대로 송두리째 집어삼켜져 버릴 것만 같았다.

"그, 그만."

간신히 뱉어 내며 주먹 쥔 손으로 그의 어깨를 밀었다. 하나, 수는 꿈쩍도 하지 않았다. 그의 입술이 그녀의 달아오른 귓불을 잘근거렸다. 쪽 소리가 나게 빨아 내는가 싶더니 그녀의 귓바퀴로 옮겨 가 입술을 바짝 붙여 달싹거렸다.

"더러움은 물이 씻어 내어 줄 것이고, 나는 더불어 너의 상처를 치유하려 함이니 방해하지 말거라."

그가 저를 밀어내리던 무야의 손목을 덥석 붙잡아 제게서 떨어트렸다. 무야가 저항하며 손을 빼려 하자 강하게 잡아끌어 빈틈없이 그녀의 몸을 제게 밀착시켰다. 그녀의 다리 사이로 단단한 수의 다리가 들어왔다.

"하아."

급작스러운 접촉에 무야의 몸에서 힘이 빠져나갔다. 무야의 은밀한 부위를 그의 허벅지가 부드럽게 문질러 댔다. 무야는 움찔거리는 제 아랫도리를 주체할 수가 없었다.

'이것이 어찌 치료라 하십니까.'

울고 싶었다. 그가 주는 자극이 너무 강해서 그대로 녹아내릴 것만 같아 견딜 수가 없었다. 꽉 움켜쥐었던 주먹도 어느새 풀렸다. 그에게 잡히지 않은 무야의 손이 그의 가슴에 닿았다. 닿은 손이 파르르 떨렸다.

"너의 상처 입은 곳곳을 입 맞추고 핥아 낼 것이다. 내 입술이 닿은 곳은 원래의 백옥 같은 살결로 돌아갈 것이니, 치유라 할 수 있지 않겠느냐."

다정히 설득하듯 뱉어 낸 그의 말이 무야의 귓속으로 스며들었다. 그것이 마치 주술이라도 되는 듯 무야의 눈빛이 나른해졌다. 바짝 긴장했던 몸이 풀렸다. 다른 식의 치유를 할 수도 있지 않느냐 채 떨쳐 내지 못한 민망함이 무야의 눈 속에 의문처럼 담겼다가 사라졌다.

다른 것은 필요치 않았다. 그가 이리하겠다고 나섰다면 원하는 대로 내버려 두어야 했다. 몸소 치유를 해 주겠다는데 마다할 이유가 없었다.

이전에도 이런 일이 있었다. 잠시 머물렀던 객잔에서였던가. 사내를 홀리는 체취를 없애 주겠다며 그녀의 몸 곳곳에 열꽃을 피워 올렸었다. 그때 무야는 그것이 단순히 저를 위해 수가 희생하는 것이라 생각했었다. 참으로 순진하게도.

하지만 이제는 그것이 아님을 알고 있었다. 아무것도 모르던 때는 지나 버렸다. 짧은 기간 동안 겪었던 인간 세상의 험난함 경험이 그녀에게 많은 것을 알려 주었다.

그녀의 시야 안으로 수의 얼굴이 들어왔다. 저를 바라보는 수의 눈빛이 지독히도 달콤했다. 그 눈 속으로 빨려 들어갈 것만 같았다.

"너의 마음까지 치유하고 싶어 그런 것이다."

그녀의 입술 위에서 달싹거린 수의 입술이 살며시 겹쳐졌다. 다정한 입맞춤이 그녀의 입술을 물들였다. 격정적이었던 이전의 입맞춤과 달리 수는 치유라는 말에 걸맞은 부드러운 입맞춤으로 그녀의 마음을 달랬다.

수가 어루만지는 무야의 몸 곳곳에 있던 멍과 상처들이 거짓말처럼 사라졌다. 채찍이 내려쳤던 곳도, 등을 찔러 든 검이 박혀 들었던 상처도 아물어지다 흔적도 없이 지워져 버렸다. 하나, 수의 치유는 그 월등함에 비해 무척이나 더디었다.

몇 번의 과정을 거치고 나서야 겨우 몸의 모든 상처들이 없어졌다. 높이 떠 있던 해가 저물고 달이 떠오르고 그 주변을 별빛이 물들이며 반짝일 때까지 그의 치유는 멈추지 않고 이어졌다. 마음속 깊이 남겨진 상흔을 지워 내는 일은 앞으로도 많은 시간이 필요할 것이다. 그것까지 모두 수가 도울 것이다. 상처를 사랑으로 뒤덮어 더 이상 슬픔이 그녀를 눈물짓게 하지 못할 때까지.

그의 어깨 위에 두 손을 올린 무야가 등을 휘었다. 그녀의 두 다리는 그의 허리에 감겨 있었다. 맞닿은 은밀한 부위가 뜨거운 열정을 쏟아 내고 있었다.

"하아."

젖혀진 그녀의 머리가 하늘을 향했다. 아름다운 밤하늘이 그녀의 눈 속에 틀어박혔다. 이토록 황홀한 밤을 무야는 경험해 보지 못했다. 수가 그녀를 위해 만들어 준 밤이었다. 무야는 밤이 오래도록 머물러 있기를 바랐다. 쉬이 아침이 찾아오지 않기를.

저를 안은 그의 품이 너무도 따스해서 눈시울이 뜨거워졌다.

'아무래도 제가 감히 수 님을 마음에 품은 듯합니다.'

찬란하게 빛나는 별을 향해 제 비밀을 털어놓으며 무야가 사뿐히 눈꺼풀을 내려놓았다. 비밀을 품은 별빛이 빠져나가지 못하게.

꿈인가 싶었다. 오랜만에 들려온 초롱이의 지저귐이 무척 낯설게 느껴졌다. 꿈결에 잘못 들은 것이 아닌가 하며 무야가 무겁게 짓누르던 눈꺼풀을 힘겹게 들어 올렸다. 여전히 자신이 인간 세상에 있다는 생각을 했다. 하여, 눈을 뜨는 것이 두려웠다. 또 끔찍한 상황을 마주하게 될까 봐.

그녀의 시야 안으로 낯익으나 낯설게 느껴지는 풍경들이 들어왔다. 따스한 햇살이 스며든 창가가 가장 먼저 보였다. 살랑살랑 불어오는 바람에 걸어 놓은 얇은 천이 사라락 나부꼈다. 그 모습이 어찌 그리 평온하고 따스해 보이던지. 바라보는 눈길을 거둘 수가 없었다.

깜빡. 깜빡. 그녀의 눈이 느릿하게 감겼다가 떠지기를 반복했다. 꿈이라 여겼던 초롱이의 지저귐이 더 선명하게 들려왔다. 그녀의 눈에 점점 힘이 들어갔다. 그리고 깨달았다. 자신이 지금 어디에 누워 있는 것인지를.

보이는 풍경이 익숙하나 낯설게 느껴졌던 이유는 간단했다. 그녀가 누운 침상이 무야의 것이 아니라 그런 것이다.

그녀가 벌떡 상체를 일으켰다. 스르륵. 덮고 있던 이불이 흘러내렸다. 그녀가 덮은 것이 아니었다.

"내가 왜 여기에……."

머릿속에 떠오르는 기억의 편린들이 제대로 맞춰지질 않았다. 어제 하루 자신에게 있었던 일들이 복잡하게 머릿속에서 얽혀 들었다. 한참을 곰곰이 생각하던 그녀의 얼굴이 어느 순간 화끈 달아올랐다.

"아아."

그녀가 낮게 소리를 내며 제 볼을 두 손으로 감쌌다. 손바닥에 열기가 느껴졌다. 초롱이의 지저귐처럼 점점 머릿속에 선명하게 떠오르는 기억이 그녀의 낯을 화끈거리게 만들었다. 수에게 안겨 날아간 온천에서 있었던 일들과 온천을 나와 동공 안으로 이동해 벌어졌던 색스러운 일들이 또렷하게 머릿속에 자리 잡았다.

"어쩜 좋아."

몇 번의 격정적인 정사가 있었고, 몸을 가누지 못할 정도로 지친 무야가 잠이 들었다 깨어나기를 반복했었다. 기억이 제대로 나지 않았던 건 그 때문이었던 것 같았다. 그러다 종내 견디지 못하고 까무러쳤던 듯하다.

그녀를 침상으로 옮긴 것은 수가 분명했다. 그것도 무야의 방이 아닌 자신의 방 침상에 그녀를 고이 눕혀 놓은 것이다.

이리 일어나 당혹스러워할 것을 알면서도. 무야가 조심스럽게 방 안을 살폈다. 혹여, 수가 자신을 보고 있는 것은 아닌가 하여 염려스러웠다.

"후우."

방 안에 저뿐임을 확인하고서야 무야가 편한 숨을 쉬었다. 볼을 감쌌던 두 손이 털썩 힘없이 이불 위로 떨어졌다. 긴장이 풀려 그런 것이다. 잠시 호흡을 가다듬고 마음의 안정을 찾은 뒤 무야가 침상에서 내려오려 몸을 움직였다.

"읏."

아래쪽에서 아릿한 통증이 느껴졌다. 그녀가 다시 침상에 주저앉았다. 고운 미간이 살짝 찌푸려졌다. 무야의 고개가 갸웃이 기울었다. 분명 수에 의해 몸의 상처는 말끔히 나았을 터였다. 그런데 다리를 움직이려 했을 때 허벅지 안쪽과 사타구니 쪽에서 통증이 일었다.

"왜 이렇지?"

몸은 가벼운데 그곳만 이상하게 쓰라렸다. 의아해하며 다시 움직여 보았으나 통증은 여전했다. 영 못 움직일 정도는 아니라 참고 침상에서 내려섰다. 한 발을 내딛었을 때야 무야는 통증의 이유 또한 어제의 그 일과 관련이 있음을 깨달았다.

어찌 이리 그런 것에 무딘 것인지.

남녀가 정사를 나눈 뒤에 그곳에 통증이 생기는 것은 정상이었다. 정사가 몹시 격정적이었다면 통증의 깊이 또한 다를 터였다. 어제 그녀는 수에게 아주 많은 시간 시달렸다. 저도 몇 번이나 열락의 경계를 넘나들었는지 모른다.

지금 다리 사이에서 느껴지는 통증은 그 후유증이었다.

"어쩜 좋아."

부끄러움에 몸 둘 바를 몰랐다. 내딛던 발걸음도 그 자리에 멈춰 버렸다. 문을 열고 방을 나설 용기가 나지 않아서였다. 방 안에 없다고 하여 고택에서 그와 마주치지 않으리란 보장은 없었다. 그는 고택을 떠나는 일이 극히 드물었다. 그러니 지금도 어쩌면 정자에 앉아 평상시와 다름없이 차를 음미하고 있는지도 몰랐다.

고택에서의 여느 날과 다름없이 그를 마주할 수 있을까? 태연하게 그에게 인사를 하고 아무렇지 않은 낯으로 그를 바라볼 수 있을지. 생각만으로도 깊은 한숨이 절로 새어 나왔다. 선뜻 용기가 나지 않았다. 그를 보자마자 얼굴을 붉히고 시선을 회피할 것만 같았다.

엄지를 입에 물고 잘근거렸다. 괜스레 초조해졌다. 이대로 그의 방에 머물러 있을 수도 없는 노릇이었다. 이미 수는 무야가 일어나 자신의 방 안을 서성이고 있는 것을 알고 있을지도 몰랐다.

무야의 시선이 창가로 옮겨졌다. 나부끼는 얇은 천 너머로 청명하게 맑은 하늘이 보였다. 따사로운 햇살이 방 안으로 들어선 길이도 꽤 길었다. 해가 중천에 떴음이다. 마냥 이리 있을 수는 없는 일.

결심을 한 듯 무야가 단호한 표정을 지으며 손을 내렸다. 그녀가 깊이 숨을 들이켰다가 천천히 내뱉으며 한 발을 내딛었다. 그와 몸을 섞은 일은 결코 부끄럽거나 수치스러운 것이 아니었다. 그를 연모하고 있음을 확인한 순간부터 그것은 무야에게 잊지 못할 추억으로 자리 잡았다.

언제 또 이런 순간이 올지 모르니 그가 자신을 위해 마음과 몸을 활짝 열었을 때 한껏 받아들여야 했다. 그래서 그를 더 만류하지 않았다. 몇 번이나 그를 받아들였다. 힘겨웠으나 좋았다. 그러면 된 것이다. 그걸로 만족해야 했다.

"후우."

한 번 심호흡을 크게 하고 문고리를 잡았다. 마음을 다잡고 문을 열었다. 햇살이 그녀의 발끝에서부터 몸을 타고 올라와 전신으로 스며들었다. 마치 그녀가 돌아온 것을 반기는 것 같았다.

자박. 자박. 댓돌을 내려서 마당을 가로질러 자신의 거처가 있는 곳으로 걸어갔다. 전날 입고 있던 옷은 온천의 수면 아래로 삼켜져 버린 듯 지금 걸치고 있는 건 그녀의 것이 아니었다. 잠자리 옷이라 하여 귀족들이 입는 비단으로 만든 것이었다. 아마도 잠든 무야에게 수가 직접 입힌 것인 듯했다. 알몸으로 자게 둘 수는 없었을 터였다.

제 것으로 갈아입어야겠다는 생각에 무야가 자신의 거처로 먼저 간 것이다. 가는 길에 정자를 올려다보았다. 그녀의 예상대로 수는 정자에 앉아 식신이 마련해 준 차를 마시고 있었다. 늦게 일어난 탓에 자신이 직접 챙기지 못한 것이 못내 송구스러웠다.

쪼르르. 쪼르르.

물 흐르는 소리처럼 청아한 울음소리가 들렸다. 초롱이였다. 오랜 잠에서 깨어났으나 초롱이에게는 시간이 멈춘 그 시점에서부터 지금에 이르기까지 달라진 것은 없었다. 무야가 떠난 그날 그 시각 그대로였다.

넘쳐흐른 모이에 새장이 어지럽혀져 그것 때문에 요란을 떨어 대고 있었다. 그날 아침 무야가 툴툴거리며 한껏 부어 놓아 그런 것이다. 언제부터 깔끔을 떨었다고.

피식. 싱거운 웃음을 흘리며 무야가 초롱이에게 다가갔다.

"먹어 치우면 될 것을 왜 이리 호들갑이야. 번잡스럽게."

타박하는 무야의 입술이 호선을 그리고 있었다. 새장을 이리저리 날아다니며 푸드덕거리는 초롱이가 무척이나 반가웠다. 그녀가 새장의 문을 열고 모이통을 꺼냈다. 가득 채워진 모이를 덜어 낼 요량이었다. 모이통을 들고 돌아서던 무야가 갑자기 제 앞에 나타난 흐릿한 형체에 화들짝 놀라 소리쳤다.

"에구머니나!"

무야가 들고 있던 모이통을 놓쳐 버렸다. 바닥으로 떨어지면 사방으로 모이가 튈 것이다. 그리되면 좁쌀만 한 모이를 주워 담기가 어려워진다. 빗자루로 다 쓸어 버려야 할 텐데. 아깝게. 찰나의 순간 떨어지는 모이통을 보며 참 많은 생각을 하였다. 무야가 손을 뻗었으나 떨어지는 속도가 그보다 빨랐다. 그러나 땅에 떨어지기 직전 모이통이 멈췄다.

"으응?"

허공에 둥실 떠오른 모이통을 무야가 신기한 듯 내려다보았다. 흔들려 우수수 떨어졌던 모이가 모이통 안으로 다시 들어갔다.

"와아. 어떻게 한 거야?"

무야가 모이통을 제게 내미는 어린 환을 보며 물었다.

'배웠습니다.'

환이 마치 칭찬해 달라는 듯 자랑스럽게 말했다. 반달 모양으로 휘어진 눈이 귀여웠다. 무야가 손을 뻗어 환의 머리가 있는 부위를 쓰다듬는 시늉을 했다. 직접적으로 환의 몸을 만질 수는 없었다. 존재 자체가 없는 식신이었으므로.

희미하게나마 환이 형체를 보여 주는 것은 무야를 위해서
였다. 눈에 보이지 않으면 환이 곁에 있어도 슬퍼하게 될까
봐. 그녀의 눈앞에서 얼쩡거리며 존재감을 심어 주려는 의도
였다. 그렇게 생각하고 이행시킨 것은 물론 수였다. 그녀가
환이 눈에 보이지 않아도 그의 존재를 인지하고 늘 함께라
는 생각을 하게 된다면 환 본인이 스스로 모습을 감추게 될
것이다.

주인의 마음을 가장 민감하게 받아들여 반응하는 것이 식
신이니까. 이후의 일들은 환과 무야에게 맡기면 되는 것이다.

"고마워."

무야가 환의 손에서 모이통을 받아 들어 원래 모이를 넣
어 두는 곳에 절반 이상을 덜어 냈다. 그러곤 모이가 조금
남아 있는 모이통을 다시 초롱이의 새장 안에 넣어 주었다.
그제야 마음에 드는 듯 초롱이가 모이통 앞으로 다가와 부
리로 모이를 쪼아 댔다. 그 모습을 흡족하게 쳐다보다 뭔가
를 느끼고 옆으로 고개를 돌렸다. 둥실 떠오른 환이 그녀의
얼굴 옆에서 같이 초롱이를 쳐다보고 있었다.

"귀엽지?"

그녀의 물음에 환이 고개를 갸웃거렸다.

"왜? 귀엽지 않아?"

의아해 묻는 말에 환이 대답 대신 저를 손가락으로 가리

켰다. 그게 무슨 의미인지 몰라 무야가 가만히 바라보자 환이 초롱이와 저를 번갈아 가리켰다.

'제가 더 귀엽습니다.'

뾰로통한 표정으로 전음을 전하는 환을 멍하니 바라보다 무야가 훗 하고 웃음을 터트렸다. 환이 이렇게 드러내 놓고 질투를 하는 것은 처음 보았다. 그 이전의 모습은 없었지만, 어쩐지 꼬마 환의 어린 시절이 이랬을까 싶어 절로 웃음이 났다.

그래, 환에게도 이리 순진무구했던 어린 시절이 있었을 테지.

무야 본인이 그러했듯이 어린 시절을 보낸 야묘족의 마을은 평화롭고 활기찼으며 즐거웠다. 환에게도 그런 기억들이 있었을 것이다. 이후의 끔찍한 현실 속에서 까마득히 잊어버리고 살았을 테지만.

무야의 마음이 뭉클해졌다. 그녀의 두 눈에 습기가 차올랐다. 흐릿해진 시야 속에 환의 모습이 보였다 사라지기를 반복했다. 무야의 슬픔이 환에게도 전해진 듯 환이 화들짝 놀라며 무야를 걱정스럽게 바라보았다.

'제가 무엇을 잘못하였습니까?'

영문은 알 수 없으나 무야의 슬픔의 원천이 자신인 것 같아 환이 금방 울상이 되어 물었다. 무야가 고개를 내저으며 손등으로 눈가를 쓸었다. 애써 웃음을 띠웠으나 그 미소가 어쩐지 애달파 보였다. 물끄러미 무야를 응시하던 환이 그녀의 몸을 폭 안고는 고사리 같은 손으로 다독거렸다.

돌개바람의 간질거림이 그녀의 몸을 따스하게 감싸 돌았다. 자신을 걱정하고 위로하고 싶어 하는 환의 마음이 느껴져 무야의 가슴이 뭉클거렸다. 슬퍼서 그런 게 아니라 너무 기쁘고 고마워서 그런 것이다.

그런 둘의 모습을 멀찍이서 마뜩잖게 지켜보고 있는 시선이 하나 있었다. 정자에서 차를 마시고 있던 수였다. 찻잔을 내리는 손에 불쾌함이 깃들었다.

아무리 형체가 없다고는 하지만 자꾸 저리 접촉 아닌 접촉을 해 대니 어쩐 일인지 마음이 편치 않았다. 식신이 되기 전 야묘족일 때는 무야의 몸에 손 하나 대는 것도 망설이더니. 지금은 자꾸만 엉겨 붙고 있었다. 같지 않은 귀염까지 떨어 대면서 말이다.

눈꼴이 시리다는 인간들이 하던 말의 의미를 어느 정도는 알 것도 같았다. 몹쓸 질투심에 사로잡혀 애먼 짓거리를 일삼았던 연의 마음도 손톱만큼은 이해가 되는 듯도 했다. 저리 붙어 희희낙락하는 것을 보니 둘을 확 떼어 내 버릴까 하는 생각도 들었으니 말이다.

'차를 더 올리오리까.'

찻주전자의 차가 바닥을 보이고 있어 식신이 넌지시 여쭈었다. 주인의 심기가 몹시 불편한 듯하여 의중을 묻는 것도 조심스러웠다. 수의 안색을 살피며 대답을 기다렸으나 돌아오는 것은 없었다.

수가 느른히 턱을 쓸며 환과 무야가 있는 곳을 직시했다. 답이 없으니 무한정 대기할 수밖에 없었다.

'하아.'

식신답지 않게 저도 모르게 한숨을 토해 내고 말았다. 그러다 흠칫 놀라며 보이지도 않는 입을 틀어막았다. 전음이라 생각이 그대로 드러난 것인데. 왜 입을 막고 있는지 식신이 뒤늦게 후회하며 손을 내렸다.

힐끔. 수의 눈치를 살폈으나 그는 식신에게는 전혀 신경을 쓰지 않고 있었다. 그의 눈빛이 서늘해지고 입가가 보일 듯 말 듯 비틀려 올라간 것은 무야와 환 때문이었다. 정확히는 무야에게 매달려 있는 환이 주요인이었다.

아침 동이 틀 무렵 수는 무야를 안고 고택으로 돌아왔다. 무야는 깊은 잠에 빠져 있는 상태였다. 원래 입고 있던 것과는 다른 옷을 갖춰 입은 것을 보니 수가 자리옷으로 갈아입힌 듯했다.

받아 들어 자신이 무야를 처소로 옮겨야 하나 말아야 하나 고민하며 다가갔을 때, 무야에게서 수의 체향이 짙게 풍겨 왔다. 저도 모르게 식신은 그 자리에 멈추고 말았다. 둘 사이에 무슨 일이 있었는지 듣지 않아도 알 수 있었다. 식신은 처음으로 제 얼굴이 화끈 달아오르는 경험을 했다.

수는 망설임 없이 잠든 무야를 자신의 처소로 데리고 갔다. 문이 닫히고 나서도 한참을 식신은 멍한 채로 움직이지 못했었다. 그렇게 두어 시진을 더 있다가 수가 조심히 방을 나섰다. 그의 만면에 흡족한 미소가 자리하고 있었다.

그렇게 정자에 올라 무야가 깨어나기를 기다리며 차를 마시고 있던 수였다. 옆에 있다가 무야의 곤한 잠을 깨울까 싶어 자리를 비워 준 것인데, 일어나자마자 수의 처소를 나서서 하는 일이 초롱이를 챙기고 환과 쫑알거리며 노닥거리는 것이라니.

화가 날 만도 했다.

아니, 화가 아니라 다른 감정인지도 모르겠다. 어쩌면 질투 같은. 그런 생각을 하며 식신이 수를 바라보고 있을 때였다. 돌연 수의 날카로운 시선이 식신이 있는 곳으로 돌려졌다. 형체가 없어 보이지 않았으나 수는 식신의 위치를 정확히 짚어 냈다.

"제대로 교육을 시켜야 하지 않겠느냐."

수가 서늘하게 뱉어 낸 말에 식신이 선뜻 이해를 못 해 답을 하지 못하다가 뒤늦게 고개를 조아렸다.

'예. 그리하겠습니다.'

불똥이 제게로 튈까 하여 얼른 답한 뒤 식신은 서둘러 자리에서 물러났다. 수가 원하는 것이 무엇인지 알았으니 즉시 실행에 옮겨야 했다. 식신의 기운이 정자에서 멀어져 무야가 있는 곳으로 이동하는 것을 감지한 수의 한쪽 입매가 슬쩍 끌려 올라갔다.

서로를 토닥이며 도란도란 이야기꽃을 피우고 있던 무야와 환의 대화가 다가온 식신으로 인해 끊겼다. 배움을 빌미로 식신이 환을 데려가는 것을 보며 무야가 손을 흔들어 주었다. 어느 순간 환의 모습이 보이지 않자 그제야 손을 내린 무야가 잠시 멍하니 마당을 바라보다 고개를 옆으로 돌렸다.

"멍! 멍!"

그녀를 애타게 부르는 개의 짖는 소리가 들렸다. 개를 향해 무야가 방향을 틀어 다가가자 꼬리가 눈에 보이지 않을 정도로 빠르게 흔들렸다. 아침밥을 주고 떠났던 그대로 시간이 멈췄던 터라 개는 다시 움직이자마자 밥부터 먹어 치웠다. 그사이 수가 무야를 데리고 온천으로 갔기에 어제는 반갑게 인사를 나누지 못했었다.

무야 외에 다른 희끄무레한 것이 어른거려 쉽사리 행동을 하지 못하다가 그것이 사라지자 반가움을 표하며 짖어 댄 것이다. 그 희끄무레한 형체가 환이라는 것을 개는 알아차리지 못했다. 그래서 경계하며 몸을 낮춘 것이다. 환에게서 이 세상의 것이 아닌 기운이 느껴져 쉽사리 행동하지 못한 것도 있고, 무야가 좋아하는 것 같아 덤벼들지 않은 것이다.

그러나 그것이 사라지자마자 무야에게 자신의 존재를 알렸다. 어제저녁도 제대로 챙겨 먹지 못해 배가 몹시 고픈 상태임을 보이려 더 안간힘을 쓰며 열성적으로 반가움을 표했다.

"그래. 그래. 잘 지냈어?"

무야가 하는 말은 알아듣지 못했으나 개는 그녀가 제 머리를 쓰다듬는 동안 바짝 엎드렸다가 폴짝 뛰어 무야의 볼을 혀로 핥았다. 끙끙거리는 소리를 덧붙인 것은 배가 고프다는 것을 알리기 위함이었다.

파삭.

탁자 위에 놓여 있던 찻잔이 산산조각 났다. 수가 주먹 쥔 손으로 내려쳐 그런 것이다. 이제는 저를 알아보고 인사를 하며 다가오려나 보다 기대하고 있던 차에 무야가 매정하게 개에게 가 버리니 울컥 화가 치민 것이다.

전에 없이 마음의 평정심이 흔들리고 있었다. 자신이 개에게 밀렸다는 것을 도저히 용납할 수가 없었다. 수가 벌떡 자리에서 일어났다. 그에게서 음산한 기운이 흘러나왔다. 정자를 걸어 내려온 그가 성큼성큼 마당을 가로질렀다.

제일 먼저 반응을 보인 것은 역시 기에 민감한 개였다.

깨깽. 끼잉. 한 대 맞기라도 한 것처럼 개가 자세를 한껏 낮춰 바닥에 바짝 들어붙다시피 했다. 꼬리는 다리 사이에 말려 들어간 지 오래였다. 그가 다가오자 화들짝 놀라며 개가 바닥을 기어 제집으로 쓰는 마루 밑으로 쏙 들어가 버렸다.

"왜 그래?"

고택에 머문 이후로 개가 저렇게 두려움을 느끼고 벌벌 기는 것을 본 적이 없었다. 걱정스러워 개가 들어간 마루로 다가가 살피려던 무야가 제 그림자 위로 길게 드리우는 다른 그림자를 보고 움찔 동작을 멈췄다.

그림자의 주인이 누구인지 무야는 돌아보지 않아도 알 수 있었다. 수가 등 뒤에 서 있음을 그녀는 온몸으로 감지할 수 있었다. 그가 정자에 있음을 알면서도 애써 피하고 있었는데, 결국은 그가 직접 오게 하고 말았다.

꿀꺽. 무야의 목으로 마른침이 삼켜졌다. 개를 향해 뻗었던 손이 어중간하게 멈춰 있었다. 손을 거두기도, 그렇다고 개를 만지기도 모호했다. 그에게 알은체를 하며 돌아서 인사를 하는 것이 마땅한데 어째 좀처럼 몸이 움직여 주질 않았다.

"밥은 언제 지어 먹을 참이더냐."

참다못한 그가 먼저 입을 열었다. 이미 해가 중천에 떠 있는 시각이었다. 잠에 취해 아침도 거른 상태임을 인지하지 못하고 있다가 뒤늦게 허기가 밀려왔다.

꼬르륵. 무야의 배에서 텅 빈 배를 채워 달라 때를 맞춰 신호를 보내왔다. 허공에 떠 있던 무야의 손이 얼른 제 배로 옮겨졌다. 배를 꾹 눌러 소리를 죽여 보려 하였으나, 소용없는 짓이었다. 허기 앞에 장사 없다고, 그녀의 배가 더 우렁차게 꼬르륵 소리를 연이어 냈다.

"어, 얼른 지어 오겠습니다."

그의 얼굴은 보지도 않고 부엌으로 달음질치려는 무야의 팔을 수가 낚아챘다. 갑작스럽게 잡히는 바람에 중심을 잃고 휘청거리던 무야를 수가 제 품으로 끌어당겨 안았다. 놀란 무야가 고개를 들어 올렸다. 수가 그녀를 지그시 내려다보고 있었다.

"이제야 네 얼굴을 보는구나."

"그, 어."

뭐라 말을 해야 하는데 머릿속이 텅 빈 것처럼 쉽사리 말이 나오지 않았다. 무야의 눈동자가 또르르 좌로 굴러갔다. 그를 똑바로 볼 수는 없고 얼굴은 잡혀 있는지라 고개를 돌릴 수 없어 눈동자만 움직여 피한 것이다.

"쯧."

짧게 혀 차는 소리에 반사적으로 무야가 시선을 원래대로 돌려놓았다. 동그랗게 뜬 눈으로 저를 올려다보는 무야를 보고서야 수가 만족한 듯 입가를 매끄럽게 끌어 올렸다. 그가 무야를 얌전히 놓아주었다.

"잠은 편히 잤느냐?"

다정한 시선을 던지며 묻는 수의 말에 무야의 볼이 살짝 홍조를 띠었다. 그녀의 시선이 흘깃 아직 놓지 않고 잡고 있는 손에 닿았다가 떨어졌다. 몸은 떨어졌으나 손은 그대로였다. 잡은 손 위로 가해지는 은근한 손놀림이 무야의 가슴을 들뜨게 만들고 있었다. 그것을 아는지 모르는지 수는 매혹적인 미소와 곱게 휜 눈을 하고선 그녀의 얼굴을 뚫어져라 응시하고 있었다.

"예."

고개가 아래로 숙여졌다. 낯이 뜨거워 도저히 그를 마주 바라보고 대답을 할 수가 없었다. 그의 처소, 그의 침상에서 눈을 떴던 것이 떠올라 볼이 더 한껏 달아올랐다. 그뿐인가. 귓불은 불에 덴 것처럼 뜨거웠다.

그는 언제 일어난 것인지. 혹여, 저 때문에 침상에 눕지 못한 것은 아닌지. 아니면, 함께 누워 있다가 불편함을 느끼고 나간 것은 아닌지. 이런저런 입 밖으로 내지 못한 말들이 그녀의 입 안에서 웅얼거렸다.

"쌀부터 씻어 안쳐야 할 것인데."

그의 길고 고운 손가락이 자신의 손등을 어루만질 때마다 무야는 심장이 터질 것만 같았다. 하여 이러다 밥이 늦겠다는 핑계를 대고 자리를 피하려 했다. 손을 빼 보려 했으나 실패했다. 오히려 더 깊이 잡아 오는 바람에 거리만 가까워졌다.

"그럴 필요 없다."

"예? 그게 무슨 말씀이신지."

밥은 언제 지어 먹을 참이냐 타박을 했으면서 이제 와 그럴 필요가 없다고 하니 의아했다. 그가 무야의 잡은 손을 슬쩍 당기며 걸음을 옮겼다. 한 발 두 발 그가 앞서 나가자 어쩔 수 없이 무야도 그 뒤를 따랐다.

그가 툇마루 앞에 멈춰 섰다. 무야가 눈앞의 툇마루와 수를 번갈아 보았다. 싱긋이 입가를 끌어 올린 수가 무야를 툇마루에 앉혔다. 그러곤 그도 그녀와 약간의 사이를 두고 마주 앉았다. 그제야 잡은 손이 풀려났다.

"가져오너라."

그의 말이 떨어지기 무섭게 부엌으로부터 무언가가 나왔다. 허공을 날아 툇마루로 조심스럽게 다가오고 있는 것은 밥상이었다. 무야의 눈이 휘둥그레졌다. 그녀가 차렸던 소박하기 그지없던 밥상과는 비교도 되지 않을 진수성찬이 차려져 있었다.

"이게 다 무엇이옵니까?"

사뿐히 저와 수 사이로 내려앉은 밥상을 보며 무야가 놀라 물었다. 고택 안에 있던 먹거리로는 다 차릴 수 없는 것들이었다. 무엇보다 고기가 종류별로 조리되어 올려져 있는 것이 신기했다. 이런 것들을 죄다 어디서 구한 것인지.

"먹거라."

그가 수저를 들며 말했다. 무야의 궁금증에 대한 대답은 아니었다. 빤히 바라보는 무야의 시선에도 불구하고 수가 태연히 국을 한술 떠 입으로 가져갔다.

"음. 맛있구나."

음식을 즐겨 하지 않는 수였다. 그가 흡족한 표정을 지어 보이며 이번엔 젓가락을 들었다. 그의 젓가락이 움직이는 것을 무야가 말없이 지켜보았다. 그의 젓가락이 향한 곳은 잘 삶아진 백숙이었다. 그가 능숙한 젓가락질로 부드러운 살점을 뜯어냈다.

"자."

그가 아직 식지 않아 연기가 모락모락 피어오르는 백숙을 그녀의 입 앞으로 가져갔다. 무야의 시선이 젓가락에 고이 잡혀 있는 백숙과 그것을 들고 있는 수에게 연이어 닿았다. 지금 이걸 자신에게 먹으라고 주는 것인지, 잘 익었는지 한번 살펴보라 보여 주는 것인지. 그의 의중을 알 수가 없었다.

멀뚱히 쳐다만 보고 있자 그가 조금 더 가까이 들이밀었다. 입술에 살점이 닿았다. 그에 무야가 입을 벌리자 그 안으로 쏙 젓가락과 함께 백숙이 들어왔다. 백숙만 입 안에 남고 젓가락이 물러났다.

"먹어."

그의 말에 무야가 입을 움직여 백숙을 씹었다. 고소함과 부드러움이 육즙과 어우러져 감칠맛을 안겨 주었다. 얼른 더 맛보고 싶은 마음이 들 정도였다. 꿀꺽. 무야가 입 안에 든 것을 삼키자 그가 만족스럽게 웃으며 육전을 집어 들었다. 무야의 시선이 그에게 들려 다가오는 육전에 고정되었다.

"저는 괜찮습니다."

그것마저 제 입으로 들어올 것 같아 무야가 손을 들어 흔들며 사양의 뜻을 전했다. 그의 손이 허공에서 우뚝 멈췄다. 입가에 머물렀던 미소가 순식간에 사라졌다. 그의 눈빛이 서늘해지는 것을 보며 무야가 놀라 눈을 크게 뜨고 입을 멍하니 벌렸다.

"그것이……."

싫어서 그런 거라 오해를 했을까 봐 얼른 이유를 덧붙이려던 찰나였다. 그녀의 입 안으로 육전이 날아들었다.

"맛이 어떠하냐?"

아직 씹지도 않은 육전의 맛을 수가 물어 왔다. 뚫어져라 육전을 물고 있는 그녀의 입을 보면서. 무야의 입이 절로 움직였다. 육전도 맛이 일품이었다. 적당히 구워 야들야들한 것에 쫀득함까지 더해져 씹는 맛이 있었다.

"맛있습니다."

무야가 고개를 끄덕이며 말했다. 참으로 맛에 탄복한 표정을 짓자 그제야 수의 얼굴에서 시린 기색이 말끔히 사라졌다.

"채소와 버섯만 먹던 것과는 완전히 다르겠지. 가끔은 이리 육식을 하는 것도 몸에 이로우니 먹고 싶을 때 말하도록 하거라. 구해 줄 터이니."

"어찌 말입니까?"

말이 끝나기 무섭게 무야가 대뜸 물었다. 못 미더워 그런 것이 아니라 진심으로 궁금해 그런 것이다. 수가 직접 이런 것들을 구하지는 않았을 거라 생각했다. 그것도 아침나절 그 짧은 시간에 이걸 다 마련하기는 어려울 거라 여겼다.

식신을 시켰을 수도 있었으나, 그들이 이것을 어디서 구한단 말인지. 그 방도가 알고 싶었다. 영산을 내려가지 않는 이상은 구할 수 없는 것들이라 더 그러했다.

"다 구하는 수가 있으니 염려 말거라."

"그러니까. 어찌……."

무야의 호기심은 전혀 줄어들지 않은 듯했다. 그가 다른 반찬을 집어 그녀의 밥 위에 올려 주었다. 굴비였다. 그것도 구하기 힘들다는 보리굴비. 무야로서는 처음 접하는 생선이라 이름도 제대로 알지 못했으나, 딱 보아도 아주 귀한 것이란 건 짐작이 갔다. 잘 말려 손질에 정성을 들인 것이 표가 났다.

맛보지 않아도 얼마나 맛날지 알 수 있었다. 보기만 해도 군침이 돌았다. 고소한 생선 냄새가 코를 자극했다. 그녀가 혀를 내어 입술을 핥는 모습을 수가 흡족하게 바라보았다. 한데, 그리 먹고 싶어 하면서 정작 숟가락은 집어 들지도 않았다. 그저 지켜보며 입맛만 다시는 게 이상했다.

"왜, 또 먹여 줄 걸 그랬나?"

혼잣말처럼 중얼거리며 뱉어 낸 그의 말에 무야가 눈을 크게 뜨고 고개를 저었다.

"아닙니다."

"그럼. 왜 아니 먹고 보고만 있는 것이더냐."

"궁금증이 해결되지 않아 못 먹고 있는 것입니다. 이걸 먹으면 더 말을 안 해 주실 듯하여."

고분고분하게 주는 대로 받아먹기만 하면 수가 제가 듣고자 했던 말을 은근슬쩍 넘기며 안 해 줄 거라 생각해 버티는 중이란 뜻이다.

"굳이 알 필요도 없는 것을."

그가 말끝을 흐리며 젓가락질을 했다. 무야에게 쏟아지던 시선도 거두었다. 마치 이제 밥 먹는 것에 열중하겠으니 더는 묻지 말라는 의미 같았다. 내리뜬 그의 시선이 밥상 위를 배회했다. 젓가락도 쉬이 반찬을 잡지 못했다. 어느 것을 먹어야 할지 몰라 망설이는 것처럼 보이는 젓가락을 물끄러미 바라보다 무야가 시선을 옮겨 그를 살폈다.

그의 표정에서 민망함이 읽혔다.

'설마. 아니겠지. 아닐 거야. 그가 뭐 하러 그런 수고를 해. 식신을 시켜도 될 터인데.'

무야는 자신이 생각하는 것이 절대 아닐 거라 속으로 도리질을 쳤다. 수가 직접 이것들을 공수해 왔을 리 없었다. 그럼에도 자꾸만 그럴지도 모른다는 생각이 들었다. 그가 멋쩍어하는 것 같은 느낌이 들어 더 그런 생각을 하게 되었는지도 몰랐다.

"어디서 구하셨습니까?"

혹시나 하며 그녀가 물었다.

"여기저기."

그가 무심결에 말을 했다가 슬쩍 고개를 들어 무야를 응시했다. 시선이 맞닿자 수가 어색하게 웃었다. 그러곤 서둘러 아무 일도 없었다는 듯 태연히 반찬을 집어 입으로 가져갔다. 나물로 만든 반찬이었다. 무야에게는 고기만 주더니 정작 그는 나물을 먹었다.

"감사합니다."

수줍게 감읍한 마음을 전하며 무야가 시선을 거두고 그가 올려 준 것과 함께 밥을 떠 올렸다. 한입 가득 머금고 꼭꼭 씹어 삼켰다. 수가 자신을 먹이기 위해 수고로움을 마다치 않고 구해 온 것이니 소중히 맛있게 먹어야 한다고 생각했다. 하여, 무야는 세상 이보다 더 맛난 것은 없다는 듯 꿀떡 꿀떡 밥을 먹었다.

어느새 허기져 울려 대던 배의 꼬르륵 소리도 사라지고 없었다. 평소보다 더 많이 먹은 듯했다. 하지만 수저를 놓을 수가 없었다. 반찬이 남는 것이 안타까워서였다. 그런 무야를 보며 수가 느릿하게 수저를 움직였다.

그는 딱히 밥을 먹을 생각이 없었다. 혼자 밥을 차리고 혼자 먹어야 할 무야가 안쓰러워 같이 앉아 수저를 놀리는 것이다. 환이 오기 전에는 늘 혼자 식사를 했었다. 그리고 그것이 당연하다 여겼었다.

환과 즐거이 밥을 먹던 모습을 본 이후로는 어쩐지 그녀 혼자 먹게 내버려 둘 수가 없었다. 혹여 외롭지 않을까 하는 생각이 앞섰다. 하여, 이제부터 무야가 밥을 먹을 때는 동석을 하기로 했다.

"너무 과하게 먹지 않아도 된다. 그러다 체할까 염려스럽구나."

평소보다 많은 양을 먹는 것이 걱정스러워 수가 말했다.

그러자 무야가 잔을 들어 물을 마시곤 전혀 그렇지 않다 손을 내저었다. 그러면서 고개를 외로 돌려 후 하고 벅찬 숨을 몰아쉬었다. 목구멍까지 음식이 들어찬 것은 아닌가 싶었다. 슬슬 한계치에 다다를 때가 되었다 싶은 순간. 무야가 들고 있던 수저를 놓고 포기 선언을 했다.

"산책이라도 좀 다녀와야겠구나."

계속 그리 먹다간 굴러다니게 될 것 같다는 말은 속으로 삼켰다. 수의 입에서 나온 산책이라는 말에 무야의 눈이 반짝 빛났다. 고택 밖으로 나가 영산을 거닐 수 있다는 말에 반색을 한 것이다. 그와 함께 마주 보고 앉아 있는 것이 은근히 신경이 쓰이던 차였다.

"네. 그렇게 하겠습니다."

해맑게 답하곤 벌떡 자리에서 일어나는 무야를 수가 물끄러미 응시했다. 그의 시선이 제게 닿자 무야가 아차 하며 밥상을 내려다보았다. 산책에 정신이 팔려 밥상 치우는 것을 깜빡하였다. 그리고 너무 좋아하는 티를 냈나 싶기도 했다.

그가 싫어서가 아니라 같이 있으면 심장이 너무 뛰어 대서 그것을 들킬까 염려되어 조마조마한 마음에 그리한 것인데, 행여 오해를 하면 어쩌나 하는 생각이 뒤늦게 들었다. 다시 얌전히 자리에 앉은 무야가 슬쩍 수의 눈치를 살피며 밥상을 들어 올릴 부위를 탐색했다.

밥상이 자신이 원래 쓰던 것보다 훨씬 커서 옮기려니 어찌 들어야 할지 난감했다. 아무렇게나 들었다가 죄다 쏟아 버리는 건 아닐지.

"웃차."

적당한 곳을 찾아 밥상을 잡아 들어 올리려 힘을 주었다. 꿈쩍도 하지 않았다. 생각보다 밥상이 무거웠다. 많이 비워 냈는데도 어찌 이리 무거울까 생각하던 찰나, 그녀의 시야에 밥상 위에 올려진 수의 손이 들어왔다.

아마도 그 손이 원인인 듯하였다. 아무리 무야가 힘이 없기로 밥상 하나를 못 들어 올릴 정도는 아니었다. 힘들긴 하겠지만 부엌까지 옮길 수는 있었다. 그도 어려우면 조금씩 그릇을 먼저 쟁반에 옮겨 가져갈 수도 있었다. 하지만 그것보다 문제는 우선 밥상 위에 가벼이 올려져 있는 수의 손을 치우게 하는 것이었다.

무야의 생각엔 저 손에 힘이 실린 것이 틀림없었다. 그래서 밥상이 쉬이 들어 올려지지 않는 것이다.

"손을 좀 치워 주시겠습니까?"

공손한 말투로 조심스럽게 그에게 말했다. 행여나, 그의 기분이 상하지 않게. 그가 자신을 지그시 바라보기에 무야가 입술을 끌어 올려 싱긋이 웃어 보였다. 한데, 수는 무야의 웃음이 마음에 들지 않는 모양이다. 일자로 내려온 입술과 길게 늘여 뜬 시선의 날카로움이 부드러워지지 않는 것을 보면 말이다.

"두거라."

"하오나."

"그냥 놔두래도."

수가 입을 열어 재차 엄한 투로 명령하듯 말했다. 거역하면 아니 될 듯하여 무야가 밥상에서 손을 거뒀다. 그러자 수가 허공을 향해 손을 휘저었다. 밥상은 처음과 마찬가지로 가뿐히 허공에 떠올라 유유히 부엌으로 사라졌다. 그 모습을 무야가 멍하니 바라보았다.

"산책을 하기 전에 해야 할 일이 있지 않느냐."

자리를 털고 일어나며 수가 무심한 투로 말했다. 그를 올려다보며 무야가 고개를 갸웃 기울였다. 그 전에 해야 할 일이 무엇인지 도통 생각이 나지 않아서였다. 어서 고택을 벗어나 자유로이 영산을 거닐고 싶다는 생각이 앞서 다른 건 아예 떠올리지 못했다.

몸을 틀어 한 발 옆으로 움직인 수가 불쑥 상체를 기울였다. 무야는 제 얼굴 위로 드리우는 그림자에 무심히 고개를 들었다. 제 얼굴 바로 위에 수의 얼굴이 자리하고 있었다. 빤히 그의 얼굴을 올려다보다 급작스레 현실감을 느끼고 고개를 다시 숙였다. 거리가 가까워도 너무 가까웠다. 조금만 더 다가오면 입술이 맞닿을지도 모를 만큼.

"무엇을 말입니까?"

괜스레 치마의 먼지를 손바닥으로 탈탈 털어 대는 시늉을 하며 무야가 무심히 물었다.

저를 의식하는 무야가 귀여워 수의 입가에 미소가 어렸다. 그가 고개를 틀어 그녀의 귓가로 입술을 내렸다. 이제는 무야의 얼굴 옆에 그의 얼굴이 자리했다.

귀에 닿는 숨결을 느끼고 무야가 움찔하며 몸을 살짝 굳혔다. 아래로 향한 그녀의 눈동자가 분주하게 움직였다. 치마를 털던 손이 어느새 치맛자락을 꽉 움켜쥐고 있었다.

"아직 하지 못한 게 있지 않느냐."

나긋한 수의 목소리가 무야의 귀에 숨결과 함께 내려앉아 사르르 녹아내리듯 귓바퀴를 따라 안으로 스며들었다. 절로 눈이 감기며 어깨가 위로 올라갔다. 치맛자락을 잡은 손에 은근히 힘이 들어갔다. 발가락 끝에도 힘이 실렸다. 발가락마저 안으로 말려 들어가며 짜릿함이 순식간에 온몸을 관통했다.

"……무슨 말씀이신지. 도통……."

무야가 간신히 입을 열었으나 제대로 끝을 맺을 수는 없었다. 그의 입술이 살포시 무야의 귀에 닿았다. 입술의 부드러운 감촉이 단단한 귀의 연골을 지그시 누르며 자극해 왔다. 무야는 오금이 저리는 경험이 꼭 무서울 때만 할 수 있는 게 아니라는 걸 깨달았다.

'후우우.'

흐트러지려는 호흡을 진정시키기 위해 무야가 긴 숨을 천천히 소리 없이 흘려 냈다. 어서 빨리 이 상황에서 벗어나야만 했다. 이대로 있다가는 그의 앞에서 또 추한 꼴을 보이고 말 것 같았다.

주춤주춤. 무야의 마음이 그녀의 발을 움직이게 만들었다. 앞이 아닌 뒤로. 그런데 수와의 거리가 멀어지지 않았다. 이유는 간단했다. 그가 무야에게 맞춰 앞으로 발을 내디딘 까닭이다. 무야가 힐끔 시선을 위로 올려 그를 살폈다. 그녀의 시야에 들어온 것은 수의 얼굴이 아니라 목이었다. 그가 여전히 무야의 귀에 입술을 대고 있어 그런 것이다. 아직 하려던 대화가 끊어지지 않아 그런 듯하다.

"제가 무엇을 해야 하는지 가르쳐 주시어요."

그를 벗어날 수 있는 방도는 하나뿐이다. 무야가 마음을 다잡고 목소리를 가다듬어 차분한 척 내뱉었다.

"훗."

바람 소리 같은 낮은 웃음소리가 그의 입술에서 흘러나와 무야의 귓속으로 달음질쳤다. 귓속이 간질거렸다. 손을 올려 긁적이고 싶었으나 그의 입술이 있어 그럴 수가 없었다. 충동을 눌러 참고 그의 목에 도드라진 힘줄에 시선을 고정시켰다. 귀밑에서 쇄골로 이어지는 힘줄이 움직였다. 그가 입술을 달싹여 그런 것이다.

"씻어야 하지 않겠느냐."

나긋하게 은밀히 흘려 낸 그의 목소리가 무야의 귀에 박혀 들었다. 그녀의 큰 눈이 깜빡깜빡 감겼다 뜨이기를 반복했다. 일어났으니 씻는 것은 당연했다. 그러고 보니 일어나자마자 나와 초롱이 밥을 주고 환과 대화를 나누고, 개와 인사를 나누다 곧장 밥을 먹었다.

"아, 이를 어째."

그녀가 두 손으로 코와 입을 막았다. 민망함에 커진 눈동자로 천천히 원래의 위치로 돌아오는 수의 얼굴이 들어왔다. 그의 시선이 그녀를 향해 곧장 내려앉고 있었다. 머리 위에서부터 손에 가려진 얼굴 끝까지 단숨에 훑어 내렸다.

마주한 무야의 얼굴이 화르륵 달아오르다 못해 터져 버릴 것만 같았다. 후다닥. 그녀가 재빠르게 뒤로 물러섰다. 이번에는 수가 쫓아오지 않았다. 어느 정도 거리를 확보하고서야 무야가 말했다.

"얼른 씻고 오겠습니다."

목간으로 달려가는 무야의 등 뒤로 수의 달콤한 목소리가 들려왔다.

"씻기 힘들면 말하거라. 언제든 도와줄 것이니."

"아닙니다. 아니어요!"

황급히 뒤를 향해 손을 내젓고는 무야가 날다시피 하여 목간 안으로 들어가 문을 닫았다. 닫힌 문 너머 가쁜 숨을 고르며 붉게 달아오른 얼굴을 손등으로 누르고 있을 무야가 보이는 듯했다.

"볼 거 못 볼 거 다 보이고도 아직도 저리 부끄럽단 말인가."

핀잔처럼 툭 내뱉는 수의 입가에 잔잔한 미소가 자리했다. 닫힌 목간의 문을 바라보는 수의 눈이 따스했다. 어여쁘고 귀한 것을 보는 듯 무척이나 다정한 눈빛이었다.

"같이 하자 하려 했더니. 그리 말했으면 기겁을 하고 까무러쳤으려나."

수의 입가에 머문 미소가 짙어졌다. 그가 뒷짐을 지고 댓돌에서 내려서 마당을 거닐었다. 마당의 중간쯤 갔을 때, 허공에 손을 들어 올려 내저었다. 그러자 텅 비어 있던 개의 밥그릇에 백숙이 담겨졌다.

킁킁. 냄새를 맡고 슬금슬금 기어 나온 개가 제 밥그릇과 멀어지는 수를 번갈아 보며 눈치를 살폈다. 먹고는 싶은데 덥석 먹어도 되는지 걱정이 되는 모양이다.

"분위기 파악 잘 한 상이다. 먹거라."

그의 말이 떨어지자 용케 그것을 알아듣고 이내 몸을 일으켜 밥그릇으로 달려갔다. 그러곤 한입 뜯어 먹기 전에 정자에 오르는 수를 향해 꼬리를 힘차게 흔들었다. 감사히 잘 먹겠다는 뜻인 듯했다.

저도 배가 많이 고팠을 텐데. 툇마루 밑에 들어가 쥐 죽은 듯 조용히 기다린 것에 대한 일종의 보상이었다.

와구와구. 맛나게 먹는 개의 흥겨운 기운이 은은히 공기 중을 떠돌았다. 죽음의 적막이 내려앉아 있던 고택에 활기찬 생동감이 되살아났다. 모두가 무야가 돌아와 멈췄던 시간이 다시 움직이며 그리된 것이다.

죽음의 땅에 처음으로 생명의 싹을 틔운 그때처럼, 무야가 고택에 생기를 불어넣었다. 가장 깊은 어둠 속에 잠겨 있던 수에게도 그러했다.

"하아. 하아."

한달음에 달려온 터라 호흡이 가빴다. 문을 닫자마자 문에 기대어 거친 숨을 몰아쉬었다. 화끈거리는 볼을 두 손의 손등으로 눌러 보았다. 열감이 느껴졌다. 얼굴이 새빨갛게 달아올라 있음이 분명했다. 이러다 얼굴빛이 선홍색으로 고정되는 건 아닌지 모르겠다. 그의 앞에만 있으면 낯빛을 조절할 수가 없었다. 아니, 신경을 쓰지 못한다는 게 옳았다. 정신을 차릴 수가 없었다. 무야 자신보다는 수에게 온 신경이 집중되어 있어 그럴 것이다.

"씻자. 얼른 씻어야지."

주문처럼 외며 무야가 발을 옮겼다. 안도감이 들어서인지 발에 힘이 빠져 후들거렸다. 하여, 하마터면 바닥에 주저앉을 뻔했다. 잠시 그 자리에 멈춰 간신히 진정을 시키고 다시 발을 옮겼다.

쪼르륵. 쪼르륵.

바가지로 물통에 담긴 물을 떠서 대야에 쏟아부었다. 멍하니 허공을 응시한 채로 물을 붓는 바람에 물이 넘치는 것도 몰랐다.

"이런."

발이 물에 젖고서야 무야가 그를 눈치채고 바가지를 내려놓았다. 물을 보니 잠시간 어제의 일들이 떠올라 넋을 놓고 말았다. 의도치 않게 그의 헐벗은 몸이 눈앞에 어른거렸다. 턱에 맺혀 있던 물방울이 쇄골의 움푹 팬 곳으로 떨어졌다가 단단한 가슴을 타고 흐르던 순간이 머릿속에서 떠날 생각을 하지 않았다.

"무슨 이런 망측한 생각을."

훠이. 훠이. 무야가 마치 머릿속에 있는 음탕한 생각을 떨쳐 버리듯 머리 위로 손을 내저었다. 정신이 번쩍 들게끔 어푸어푸 찬물로 세수를 했다. 머리도 감을 생각으로 바가지 물을 떠 머리 위에 부었다. 차갑던 물에서 따스한 온기가 느껴졌다.

"어."

뭔가 이상하다 생각하며 무야가 다시 물을 떠서 머리에 부었다. 물의 온도가 높아져 있었다. 꼭 어제 갔던 온천이 생각나는 온도였다. 이리할 수 있는 건 수밖에 없었다. 그가 행여나 무야가 찬물에 씻다가 고뿔이라도 걸릴까 염려되어 온도를 높여 놓은 모양이다.

얼굴만 씻고 말 거라면 정신도 들 겸 찬물도 상관없었으나, 머리를 감으려 하니 걱정이 앞선 듯했다.

"아응."

무야의 입에서 순간 앓는 소리가 새어 나왔다. 청포로 만든 세욕제로 머리를 감고 씻어 내면서도 그녀의 속은 편치 못했다. 그가 목간 안의 상황을 훤히 꿰뚫고 있다는 것이 은근히 신경이 쓰였다. 전에는 전혀 개의치 않았던 것들이 지금은 민감하게 다가왔다.

그에게 어여쁜 모습만 보이고 싶은 마음에서인 것도 있었고, 제가 씻는 것을 보이고 싶지 않은 부끄러움에 기인한 것도 있었다. 전 같으면 이리 신경을 써 주는 것이 고마워 헤실헤실 웃으며 감사하다 말했을 것이다.

"어쩜 좋아."

입 안을 헹궈 내면서 무야가 작게 중얼거렸다. 어제 그 일이 있은 후부터 씻는다는 말은 그녀에게 좀 더 특별한 의미를 내포하게 되었다. 야한 상상을 이끌어 내는.

누가 자신의 머릿속을 들여다볼까 염려스러울 정도였다. 찰박찰박. 몸을 뒤섞을 때마다 들리던 물소리가 아직도 귓가에 생생히 들리는 듯했다.

"큰일이야."

몰라도 될 것을 알아 버렸다. 아니, 품어선 안 되는 감정을 품어 버렸다. 그를 은애하게 된 것이다. 감히, 그의 몸을 탐하는 불손한 마음이 생겨 버렸다.

그것을 들키게 되면 어쩌나 노심초사하게 되었다.

젖은 머리를 천으로 닦으며 무야가 곰곰이 생각에 빠졌다. 어찌하면 수를 향한 탐심을 접을 수 있을지 그에 대한 고민이 깊어졌다. 아까 그의 입술이 귀에 닿았을 때도 순식간에 몸이 달아올랐다. 힘줄이 도드라진 그의 목에 입술을 지그시 누르고 싶은 충동도 느꼈었다.

"주제를 알아야지. 잘해 주신다고 함부로 갖지 말아야 할 마음을 품어서는 안 되는 것이지."

탁탁. 주책없이 뛰어 대는 가슴을 두드리며 무야가 도리질 쳤다. 저벅저벅 걸음을 옮겨 목간의 문 앞에 섰다. 손잡이를 보며 무야가 마른침을 삼켰다. 깊게 심호흡을 하고 천천히 손잡이로 손을 뻗었다.

문을 열고 한 발을 내딛었다. 그녀의 눈이 향한 곳은 처음 수가 서 있던 곳이었다. 여태 거기에 있을 리 없건만 자연스레 시선이 그곳으로 향했다. 다음으로 마당을 가로질러 정자로 옮겨 갔다. 그가 그곳에 선 채로 무야를 응시하고 있었다.

덜컹. 심장이 내려앉는 소리가 들렸다. 저를 지그시 바라보며 해사한 미소를 짓고 있는 수의 모습이 거리가 있음에도 불구하고 무야의 눈에 선명하게 들어와 박혔다.

'어쩜 저리도 잘나셨을까?'

감탄의 말을 속으로 중얼거리며 무야가 넋을 놓고 그를 바라보았다. 그가 뒷짐을 지고 있던 손을 앞으로 내밀었다. 무야의 시선이 물끄러미 그 손을 응시했다. 수의 손이 자신에게 얼른 와서 잡으라고 말하는 듯했다.

꿀꺽. 그녀의 목으로 마른침이 넘어갔다. 천을 쥐고 있던 무야의 손이 꿈틀거렸다. 그의 손을 맞잡고 싶은 충동에 그런 것이다. 이번에도 생각보다 몸이 앞서 반응을 보였다. 이러다 큰일 나지 싶었다.

무야가 천을 쥐고 있던 손을 내려 앞으로 공손히 양손을 모아 겹쳤다. 그러곤 얌전히 허리를 숙여 그에게 읍했다. 자신과 그의 신분 차이를 몸에 인지시키기 위해 주인에 대한 예의를 갖춘 것이다.

"소녀, 그럼 산책을 다녀오도록 하겠습니다."

들뜨고 설레는 마음을 감추려 하다 보니 말이 다소 딱딱하게 흘러나왔다. 무야가 그를 향한 시선을 거두고 고택의 솟을대문을 바라보았다. 바닥에 발바닥이 들러붙은 듯 발이 쉬이 떨어지지 않았다.

"후우."

숨을 깊게 들이쉬었다가 천천히 내쉬며 무야가 힘겹게 발을 떼어 냈다. 발길마다 그의 시선이 느껴졌다. 온몸을 훑어 내려갔다가 옮겨 내딛는 발마다 따라붙었다. 그리 뚫어져라 쳐다보면 어찌 맘 편히 밖으로 나갈 수가 있단 말인지. 수가 얼른 자신에게서 시선을 거둬 주길 바라며 무야가 걸음을 옮겼다.

"혼자 가란 말은 하지 않은 듯한데."

그의 목소리가 등 뒤에서 들려왔다. 움찔. 무야의 발이 멈췄다. 문턱을 넘어서기 직전이었다. 천을 잡고 있는 손이 긴장으로 바들바들 떨렸다. 무야가 질끈 눈을 감았다. 태연하게 예전과 다름없이 그를 대해야 한다고 속으로 계속 중얼거렸다.

수가 자신에게 무엇을 원하든 그것은 마땅히 주어야 하는 것이었다. 그는 자신의 주인이었다. 아니, 영산에 있는 모든 것이 그의 것이었다. 무야는 그중 하나에 불과했다. 그가 자신을 벗겨 몸을 취할 때는 모두 나름의 이유가 있었다. 영산에 있는 모든 산 것을 그는 귀히 여겼다. 잃고 싶지 않아 했다. 소유욕이 강한 수였다. 제멋대로 인간 세상에 나가 그를 힘들게 한 골치 아픈 말 안 듣는 귀찮은 존재이기도 했다. 그런 자신을 수는 포기하지 않고 기다려 주고 위험에서 구해 주기도 하였다.

이제부터는 얌전히 그에게 충성을 다하며 노비답게 굴어야겠다고 마음을 다잡았다. 노비의 모든 것은 주인에게 귀속되어 있으니 그가 원하면 무엇이든 내어 줄 생각이었다. 이미 그러고 있기도 했다.

그녀의 몸과 마음 모두가 수의 것이었다.

"가벼이 근처만 돌다 올 것입니다."

무야가 고개를 돌리지 않은 채로 다소곳이 답하였다. 그녀의 곁에 수가 나란히 섰다. 차분하자 되뇌었던 말이 무색하게 그녀의 심장이 다시 떨리기 시작했다. 그의 체향이 그녀의 코끝을 스쳤다. 어찌 이리도 향기로울 수가 있을까. 그저 맡고 있다간 체향에 취해 허물어질 것만 같았다.

"그 가벼운 산책 같이 가자 하질 않느냐."

천을 쥐고 있던 무야의 손 앞에 수의 손이 내밀어졌다. 무야의 시선이 그의 손바닥으로 내려앉았다.

후우. 하아.

소리 없이 들이켜고 내쉰 무야의 숨이 떨림을 담아낸 채로 그의 손바닥 위에 닿기도 전에 흩어졌다. 천을 잡은 손이 꼼지락거렸다. 말을 잘 듣기로 하였다. 어떤 것이든. 그러니 지금 당장 그의 손을 잡아야만 했다.

너무 긴장한 나머지 무야의 손바닥에 땀이 차는 듯했다. 다행히 천을 쥐고 있어 손바닥에 남아 있지는 않았다. 손잡는 것이 뭐가 힘들어 이리 망설이나 싶겠지만, 그도 그럴 것이 언제나 수가 먼저 그녀의 손을 잡았지 그녀가 그의 손을 잡은 적은 없었다.

어찌, 감히, 함부로 그럴 수 있을까. 언감생심 생각조차 하지 못했던 일이었다.

"어서."

무야의 머뭇거림이 길어지자 그가 재촉했다. 떨리는 손을 간신히 천에서 떼어 낸 무야가 그의 손에 얌전히 제 손을 겹쳐 놓았다. 그의 손을 꽉 잡진 못하고 살포시 조심스럽게 쥐는 작은 손이 긴장으로 뻣뻣해져 있었다.

"내 어여쁜 고양이가 산책을 나갔다가 애먼 것에 정신을 팔고 또 돌아오지 않을까 봐 걱정이 되어 그런 것이다."

약간의 장난기가 가미된 그의 말에 무야가 슬그머니 고개를 들어 그를 보았다. 그가 더없이 다감한 눈빛으로 그녀를 바라보고 있었다. 맞잡은 손에 악력이 가해졌다. 맞물려 잡은 손을 그가 깍지로 바꿔 끼었다. 손가락 사이사이가 딱 들어맞아 들어갔다.

"어디 오랜만에 내 고양이가 뛰어놀던 풀숲을 한번 거닐어 볼까."

가벼이 맞잡은 손이 흔들렸다. 살랑살랑. 무야의 들뜬 기분을 담아낸 듯 두둥실 떠오른 구름처럼 그리 흔들리고 있었다.

"가다 맛난 버섯이 있으면 또 한눈을 팔려나?"

그가 무야를 빤히 내려다보며 농담처럼 말했다. 수를 올려다보는 무야의 시선이 어딘지 모르게 몽롱했다. 이게 꿈인가 생시인가 싶은 모양이었다. 그가 잠깐 걸음을 멈추더니 고개를 살짝 기울였다. 그러곤 말갛게 저를 올려다보는 무야의 이마에 입술을 살포시 내리눌렀다.

"세상에 단 하나뿐인 내 것이라 이리 어여쁘고 귀여운 것인가."

그의 입술이 무야의 이마 위에서 달싹거렸다.

13. 뭐 이런 엿 같은 경우가 다 있나

얼마나 많은 시간이 흘렀는지 알지 못했다. 그저 흘러가는 대로 두었다. 무한의 공간에선 시간의 개념이 없었다. 밤도 낮도 존재하지 않았다. 연은 그 공간을 유유히 떠돌며 가만히 누워만 있었다.

아무런 생각도 하고 싶지 않았다. 자신의 잘못된 행동으로 인해 벌어질 일들에 대해서도 눈을 감고 외면하고 있었다.

'세상이 어찌 돌아가든 무슨 상관인가. 될 대로 되라지. 정 안 되면 나를 소멸시키고 새로운 신을 만들어 내지 않겠나.'

영생의 삶을 사는 신이 입에 담을 말은 아니었다. 하나, 지금의 상황에서는 모든 것이 그저 귀찮고 짜증스러울 뿐이었다. 왜, 자신에게만 주어지지 않는 것이 많은지. 이건 너무도 불공평했다.

같은 신이면서 수는 아무것도 하지 않아도 원하는 것들이 하나씩 생겨나고 이루어졌다. 연이 아니면 상대해 줄 자가 아무도 없는 고독한 삶을 살아가던 그였다. 자신에게 주어진 능력 때문에 그 어떤 것도 산 것을 곁에 둘 수 없다 좌절하던 수의 곁에 생생하게 살아 활기를 불어넣는 존재가 생겨난 것이다.

그만 바라보고 그의 말만 철석같이 믿는 나약하기 짝이 없는 천박하기 이를 데 없는 야묘족 계집.

고분고분한 것 같으면서도 틀렸다 싶으면 신이고 뭐고 똑 부러지게 나불거리는 그 빌어먹을 계집이 수의 것이 되었고, 그의 마음을 움직였다. 그는 더 이상 외롭지가 않았다. 무미건조하던 얼굴에 웃음을 짓는 일이 잦아졌다.

그것이 어찌 그리 꼴 보기 싫던지.

살려고 발버둥 치며 도망가던 어린 야묘족을 눈에 담지 말 것을. 그것을 잡아 꺼져 가던 숨을 채우겠다고 제 기운을 불어넣지 말 것을. 연은 후회하고 또 후회했다. 그 계집이 수의 정원에 싹을 틔워 내리라곤 생각도 하지 못했다.

죽으리라. 죽을 것이다. 아니, 죽으라고 던져 놓은 것이다. 잠시 잠깐 수의 눈앞에서 버둥거리다 기운을 모두 빼앗기고 새까맣게 타들어 가 바짝 말라 죽어 가라고 그리 수에게 던져 주었다. 그런데 그리 둘이 붙어먹을 줄이야.

"누가 누굴 불쌍히 여겨."

빠드득 이 가는 소리를 내며 연이 읊조렸다. 무야가 제게 했던 말들이 자꾸만 머릿속에 떠올라 그를 괴롭혔다. 괘씸하다 욕을 해 대지만 그럴 때마다 연은 입 안이 씁쓸하고 속이 아렸다.

무야의 나불거림이 단순히 치기에서 비롯된 것이라면, 뭣도 모르는 잡것이 아무 말이나 지껄인 것이라면 기분이 이렇게 더럽지는 않았을 것이다.

어찌 그리 연의 속내를 잘도 알아챈 것인지. 속속들이 들여다본 것처럼 뱉어 내는 말이 그의 속을 뒤집어 놓았다.

질투라면 질투였다. 제가 갖지 못한 감정을 수 혼자만 느낄 수 있다는 것에 대한.

신이 어찌 그리 치졸할 수 있는가 묻는다면 왜, 신은 그러면 안 되냐고 반문할 것이다. 제 것들이 어찌 만들어진 것인가. 다 연의 손을 통해 세상에 난 것이다. 연이 가지고 있는 것들의 일부가 들어간 것이니, 그것들의 치졸함은 본시 연의 것이었다.

그러니 그 망할 입 닥치라고 말해 주리라.

무한의 공간에서도 물의 기운을 쓸 수는 없었다. 운산에 가 보지 못해 어떤 상황인지 알 수 없었다. 무언가에 가로막혀 운신이 어려운 것은 분명한데 그것이 무엇인지는 파악키 어려웠다. 그것을 깨트릴 수 있는 것은 수였다.

영물을 가두는 일은 쉬운 것이 아니었다. 자신이 가진 기운 중 많은 부분을 써야만 했다. 굳이 그럴 필요가 있었을까. 그 계집이 대체 무엇인 건데.

"하하."

실소가 터져 나왔다. 아무것도 아니다. 천박하고 비천한 것이다 무야를 비하하면서도 그것이 그릇된 용심임을 연 또한 알고 있었다. 그래도 어쩌랴, 싫은 것을.

죽인 것도 아니고 살아 여전히 수의 옆에 있는데. 뭐가 문제란 말인가.

속 시끄러운 생각이 꼬리에 꼬리를 물고 늘어지자 연이 질끈 눈을 감고 생각을 차단시켰다. 그의 몸은 아직 온전하지 못했다. 조각조각 나 흩어진 살과 뼈가 형체를 갖추는 데는 시간이 조금 더 필요할 듯싶었다.

수가 이번엔 작정을 하고 연의 몸을 산산조각이 아니라 가루를 내어 놓았다. 상체는 얼추 온전한 모습을 갖추었으나 허벅지 아래가 아직이었다. 하여, 나가고 싶어도 나가지 못하는 것이기도 했다.

연은 무한의 공간에 있는 것이 싫었다.

낮도 밤도 아닌 어중간한 상태로 끝도 없는 고요를 견뎌야만 했다. 발을 디뎌 어딘가를 밟고 거닐 수도 없었다. 그저 부유하는 먼지처럼 떠다녀야 했다. 그것이 얼마나 환장하게 미칠 일인지 수는 겪어 보지 않아 모르는 것이다. 그러니 이리 엉망으로 던져 놓은 것이지.

"죽일 수 있었으면 죽였으려나."

문득 그런 생각이 들었다. 그 생각이 스치자 섬뜩한 기운이 몸을 휘감았다. 분명 수라면 그리했을 것이다. 모든 것에 무관심한 듯한 수였으나, 엄벌에는 가차 없는 신이기도 했다.

수가 처음으로 마음에 담고 소유욕을 드러낸 것이 무야였다. 그 마음을 해하고자 무야를 위험에 노출시켰다. 분노에 눈이 멀어 죽여 버리려고 했었다. 다른 것의 힘을 빌려서라도 명줄을 끊어 놓으려 했는데 마음처럼 되질 않았다.

실패한 것에만 울분을 토했는데 왜 성공하지 못한 것인지 이제는 알 것 같았다. 죽을 운명이 아니었던 게다. 수가, 그 죽음의 신이 무야에게 죽음을 허락지 않은 것이다.

"신으로 태어났음을 감사해야 하는 것인가. 크크."

실소가 터져 나왔다. 한번 터진 웃음을 멈출 기미를 보이지 않았다. 연은 마치 실성한 것처럼 미친 듯이 웃어 댔다.

이리 찢어발겨져도 다시 원래의 몸으로 돌아갈 수 있음을 감사해야 하다니.

그렇지 않았다면, 수의 손에 죽어도 골백번은 더 죽어났을 것이 아닌가.

찰싹. 뼈에 살이 달라붙었다. 무한의 공간 어딘가를 헤매며 돌아다니던 살점 하나가 간신히 본체를 찾아온 것이다. 그의 웃음이 뚝 그쳤다. 떠 올린 눈이 서늘한 빛을 띠었다. 웃어 대던 입이 일자로 굳어 갔다.

무한의 공간에 다시 침묵이 찾아들었다.

오랜만에 정원을 찾은 무야의 발걸음이 한껏 들떠 있었다. 떠나 있는 동안 걱정이 이만저만이 아니었다. 정원이 수에게 어떤 의미인지 알기에 마음이 항시 불안했다. 시간을 멈춰 놓았다는 수의 말을 들었음에도 혹시나 어디가 잘못되진 않았을지, 새로 피어난 새싹이 크기도 전에 시들어 버린 것은 아닌지 염려스러웠다.

정원의 흙이 발에 닿는 감촉이 좋았다. 돌아오고도 정원을 돌볼 생각을 못 했었다. 정신이 하도 없어서.

"잘들 지내고 있었어?"

향긋한 꽃향기가 그녀를 먼저 반겼다. 싱그러운 초록이 햇살을 받아 반짝거렸다. 갖가지 빛깔의 꽃잎은 고운 자태를 뽐내고 있었다. 이리저리 살피며 물을 주는 무야의 입가에 함박웃음이 지어졌다.

"어쩜 이리도 고울까."

연분홍의 꽃잎을 조심히 만져 보며 무야가 칭찬의 말을 했다. 꽃이 화답하듯 진한 향기를 뿜어냈다.

"아, 이러다 또 나비며 벌이며 막 날아 들어오겠다. 향이 너무 달콤해."

톡톡 보드라운 꽃잎을 손끝으로 조심히 두드리다 다른 꽃에게로 옮겨 갔다. 일일이 꽃들에게 반가움의 인사를 건네던 무야의 시선에 나지막하게 피어 있는 꽃봉오리가 들어왔다. 못 보던 것이었다. 그녀가 고택을 나설 때는 없었던 것이었다.

"이상하네. 시간을 멈춰 놓았다고 했는데. 그럼 어제 내가 온 뒤에 핀 것인가?"

의아해하며 무야가 무릎을 세워 앉아 가까이에서 꽃봉오리를 유심히 살폈다. 잎의 모양이나 꽃봉오리의 크기로 보아 어제 핀 것은 아니었다. 하루 만에 이렇게 빨리 봉오리를 맺을 수는 없었다. 적어도 닷새는 지난 듯했다. 무야의 고개가 갸웃 기울었다.

"어떻게 피어날 수 있었던 걸까?"

신기하여 손을 뻗어 꽃봉오리에 검지를 가져다 댔다. 살살 문지르자 꽃봉오리가 반응을 보였다. 손가락이 살짝 떨어졌는데도 바르르 꽃봉오리가 흔들렸다.

"응?"

잘못 본 것인가 해서 눈을 감았다가 더 크게 뜨고 보았다. 눈앞에서 꽃봉오리가 좌우로 천천히 움직였다. 꼭 몸이 찌뿌둥해 기지개를 켜는 것같이 보였다. 무야의 눈이 깜빡거렸다. 멍하니 꽃봉오리를 지켜보던 무야가 손등으로 눈두덩을 문질렀다. 그러곤 다시 뚫어져라 꽃봉오리를 응시했다.

꽃봉오리가 들썩거렸다.

"엄마야!"

꽃에도 생명이 있다는 건 알고 있었지만 이런 격한 움직임은 처음이었다. 곤충을 잡아먹는 식물도 저렇게 크게 요동치며 움직이진 않는다고 하던데. 이 꽃봉오리는 대체 왜 이리 크고 격하게 움직이는 걸까?

너무 놀란 나머지 무야가 엉덩방아를 찧고 말았다. 그런 무야의 곁으로 환이 모습을 드러냈다. 환도 꽃봉오리가 신기한지 바짝 다가서서 살폈다. 만져 볼 수는 없어 이리저리 머리를 기울이며 눈으로만 보았다.

"뭐가 안에 들어 있는 걸까?"

'벌레 같은 것 말입니까?'

"아, 그런가? 벌레가 들었나?"

'커다란 벌레가 꽃봉오리에 갇혀 있는 모양입니다. 나오고

싶어서 이렇게 막 움직이는 게 아닐까요?'

"나오는 방법을 모르는 건가?"

머리를 맞대고 꽃봉오리를 보며 중얼중얼 대화를 주고받는 둘의 위로 긴 그림자가 드리워졌다. 수가 바로 옆으로 다가와 섰음에도 무야도 환도 알아차리지 못했다. 수의 미간이 꿈틀거렸다. 둘만 붙여 놓으면 이리 정신이 없다. 뭐가 그리 심각한지 심오한 표정으로 앞에 놓인 것을 보며 꿍얼거리는 중이다.

"무엇을 하고 있는 것이냐?"

알아차리기를 기다리다 못해 수가 먼저 입을 열었다. 말소리를 듣고 고개를 돌린 건 희끄무레한 형체의 환이었다. 환이 수를 향해 허리를 숙여 읍을 해 보였다. 예법은 어느 정도 익힌 듯한데, 어째 그것이 무야 앞에서는 말끔히 사라지는 모양이다. 격식도 없이 저리 오손도손 정답게 대화를 나누는 것을 보면 말이다.

환에게는 잠시 시선만 두었다가 거두며 그가 무야의 뒤로 바짝 붙어 섰다. 그가 자세를 낮춰 내려앉으며 무야를 뒤에서부터 껴안았다. 지그시 눌러 오는 무게감과 저를 감싸는 팔에 무야가 그제야 수의 존재를 알아챘다.

"아, 수 님. 언제 오셨습니까?"

아침을 먹고 차를 마셔야겠다고 정자로 올라갔던 수였다.

그때로부터 얼마 지나지 않은 시각이었다. 차 한 잔을 제대로 음미하며 마실 시간도 되지 못했다. 그런데 그가 지금 제 뒤에서 저를 끌어안고 있으니 의아해 묻는 것이다.

"지금."

듣고 싶어 한 말은 그게 아니었다. 왜 갑자기 제게로 와서 이리 껴안는 것이냐고 묻는 것이었다. 그는 무야가 원하는 대답 대신 그녀가 유심히 살피고 있던 꽃봉오리로 시선을 옮겼다. 그것으로부터 예사롭지 않은 기운이 느껴졌다.

"이런. 쯧."

어이없어하는 말과 함께 덧붙인 혀 차는 소리에 무야가 그를 돌아보았다. 그녀의 작은 어깨 위에 수가 턱을 괴고 있어서 얼굴이 아주 가까운 위치에 있었다. 이제는 이런 것에 놀라지는 않았다. 어깨에 그의 턱이 올려졌을 때부터 알고 있었다. 고개를 돌리면 어떻게 되리라는 것을.

"어찌 그러십니까?"

살짝 찌푸려진 그의 고운 미간이 먼저 무야의 시야에 들어왔다. 뭔가 마뜩잖은 기색이다. 무야는 그가 정원에서 이런 표정을 짓는 것을 처음 보았다. 그것도 새롭게 피어난 다른 종의 꽃봉오리를 보고 이러는 건 그답지 않은 반응이었다.

"이걸 누가 줬다 하였지?"

궁금하여 묻는 투가 아니었다. 알면서 확인차 묻는 것이었다. 그 준 이가 마음에 들지 않음이 분명했다. 꽃봉오리를 향한 그의 시선이 곱지 않았다. 그를 느낀 듯 꽃봉오리도 격한 움직임을 멈추고 다소곳이 처음의 자세를 유지했다.

꽃봉오리를 바라보는 무야의 마음도 꺼림칙했다. 그것을 준 이가 그리 미덥지 못하여 그런 것이다.

"연 님께서 주신 것입니다."

"젠장."

수의 입에서 나온 험한 소리에 무야가 흠칫 몸을 떨었다. 그가 꽃을 보고 이런 말을 한다는 게 도저히 믿어지지가 않았다. 그녀가 충격을 받은 것처럼 눈을 동그랗게 뜬 채로 그를 빤히 응시했다.

"맹랑한 것이 들었구나."

그가 못마땅한 기색을 역력히 드러내며 툭 내뱉었다.

"예? 맹랑한 것이요?"

환과 둘이서 방금 전까지 벌레 중에도 왕 벌레가 들어간 것이 틀림없다 추론하던 참이었다. 벌레가 맹랑하면 얼마나 맹랑할 수 있을까? 곰곰이 생각해 보았으나 벌레와 어울리는 말은 아니었다. 벌레가 아니면 대체 무엇이 들었다는 것일까?

수와 꽃봉오리를 번갈아 보던 무야가 시선을 옮겨 허공에 붕 떠 있는 환을 올려다보았다. 그녀가 목소리를 내지 않고 입 모양만으로 환에게 물었다.

'뭐인 것 같아?'

'벌레 말고는 떠오르는 것이 없습니다.'

'그렇지?'

환의 생각도 저와 별반 다름없음을 확인한 무야가 꽃봉오리를 유심히 보며 고개를 갸웃했다.

툭툭. 수의 손이 별안간 꽃봉오리의 옆을 검지를 튕겨 두드렸다. 꽃봉오리가 크게 휘청거렸다. 반대편으로 밀렸다가 앞으로 쏠리기를 반복하다 어지러운지 부르르 떨어 댔다.

"와아."

진짜 강아지 같은 작은 동물을 보는 것만 같아 무야가 저도 모르게 감탄사를 내뱉었다. 꽃인데 꽃이 아닌 듯했다.

"화족의 씨앗이다."

수가 말했다. 꽃봉오리를 바라보는 그의 눈이 한껏 가늘어져 있었다. 무야의 눈이 부릅떠졌다. 화족은 말로만 들었던 고대 종족이었다. 작금의 시대에는 멸하여 단 하나의 화족도 남아 있지 않다고 하였는데 어찌 그것이 여기 죽음의 신의 화단에서 피어난 것인지.

수가 거짓말을 할 리도 없고 잘못 알고 있을 리도 만무하건만 쉬이 믿어지지가 않았다. 전설로만 전해지고 있다던 그 화족이 진정 눈앞에 있는 이 꽃봉오리 안에 있단 말인지.

무야가 화족에 대해 들은 것은 그녀가 어릴 때였다. 아이들이 읽는 책에 화족에 대한 것이 담겨 있었다. 화족은 상당히 화려하고 아름다우나 그 성정이 속에 말을 담아 두지 못하고 직설적으로 내뱉어야 직성이 풀리고, 콧대가 높아 도도하다 하였다.

그래도 정이 들면 제가 가진 온갖 것을 다 내어 줄 정도로 마음이 약하다고도 했었다. 물론, 마음의 문을 열기가 무척 어렵다는 것도 기록되어 있었다.

"이 안에 화족이 들어 있단 말입니까?"

그녀의 물음에 수가 고개를 끄덕였다.

"그럼, 화족을 직접 눈으로 볼 수 있겠네요?"

이미 멸한 종족의 탄생을 제 눈으로 볼 수 있다는 사실에 무야가 들떠 눈을 반짝였다. 자신이 심어 틔워 냈으니 제가 엄마가 되는 것인가 하는 생각까지도 했었다. 그런데 이어진 수의 말에 그녀의 표정이 시무룩해졌다.

"운명의 상대가 눈앞에 나타났을 때에만 꽃잎을 펼치고 모습을 드러낸다. 그 이후에 성년이 될 때까지 상대의 보살핌을 받으며 꽃 안에서 지낸다. 그러다 성년의 날이 오면 불쑥 커진 모습으로 제 반려 앞에 나타나지. 화족이 떠나면 꽃잎은 시들어 버린다."

"운명의 상대만 화족을 볼 수 있는 것입니까?"

한껏 기대했다가 실망하여 무야의 낯빛이 좋지 못했다. 그 운명의 상대가 여기 있어도 문제였고, 없어도 문제였다. 혹여, 안에 있는 것이 화족의 여인이라면. 그 화족이 꽃잎을 펼치고 나오게 된다면 그건 다름 아닌 수를 보고서일 것이다. 그럼 수가 화족의 반려가 되는 것이다.

"안 돼."

무야가 발끈하며 주먹을 꽉 쥐었다. 주먹으로 소담한 크기의 꽃봉오리를 확 내려쳐 버릴까 하는 충동까지 일었다. 하나, 즉시 제 머릿속 생각에 놀라 주먹을 폈다. 제가 뭐라고 화족을 없애려 한단 말인지. 또 주제 파악이 덜 되어 버렸다.

수가 자신의 소유라도 되는 듯이 질투하며 시기심을 드러내고 말았다.

"나는 아니니 마음 놓거라."

그녀의 마음을 다 안다는 듯 수가 무야의 머리에 가만히 손을 올려 부드럽게 쓰다듬었다. 그의 말에 안도감이 밀려와 크게 숨을 내쉬었다.

"참으로 다행입니다."

순식간에 밝아진 무야의 표정을 보며 수가 낮은 웃음을 터트렸다. 무야가 가슴을 쓸어내리며 뱉어 낸 말에 저가 놀라 또 입을 틀어막는 것이 그리 귀여울 수가 없었다. 수가 참지 못하고 무야의 얼굴을 당겨 입을 맞추고 말았다.

꽃이 흘려 내는 향기보다 더 감미롭고 달짝지근한 맛이 그의 입술에서 제 입술로 전해졌다. 무야의 볼이 금방 붉은 빛으로 물들었다. 그녀의 손이 슬그머니 수의 옷자락을 붙잡았다. 이런 순간에 안심하라는 듯 입을 맞춰 오는 그가 너무 좋았다.

"다행이라 하니 나도 다행이구나."

"예? 무슨 말씀이신지."

알쏭달쏭한 그의 말에 입술이 맞닿은 상태로 무야가 입술을 달싹였다.

"네가 저것을 질투하고 있는 듯하여 하는 말이다."

정곡을 찔렸다. 무야가 흠칫 몸을 떨며 그대로 굳었다. 절대 자신의 애먼 마음을 들키지 말자고 그렇게 무수히 다짐하였건만, 노력이 무색하게도 이렇게 탄로가 나고 말았다. 감히, 품어서는 아니 되는 마음을 품었구나. 수가 크게 노하여 벌을 내려도 할 말이 없었다.

"가끔은 이런 것도 필요하다 싶구나."

웃음기 가득한 입술을 무야의 입술에 더 깊이 겹쳐 오며 그가 속살거렸다.

"걱정스럽던 너의 마음을 알았으니."

이어진 그의 말에 무야의 심장이 들썩거렸다. 무엇을 걱정하였다는 것인지 무야는 단박에 알아차렸다. 그에 무야의 심장이 점점 더 빠르게 뛰며 설렘을 드러내고 있었다. 깊이 무야의 입술을 취하며 혀로 그녀의 입 안을 유린하던 수의 입매가 매끄럽게 곡선을 그리며 위로 말려 올라갔다.

무야와의 입맞춤은 언제나 그의 기분을 좋게 만들어 주었다. 처음인 듯 여전히 가는 떨림을 보이는 것까지 완벽하게 그의 마음을 홀려 놓았다. 한껏 무야의 입술을 탐하던 그가 잠시 입술을 떼어 냈다. 번들거리는 타액이 가는 실처럼 그와 그녀의 입술을 연결시켰다가 끊어졌다.

"말해 주어야 아는 것이냐. 내가 너를 어찌 생각하고 있는지."

"……그래 주었으면 속앓이는 많이 하지 않았을 것입니다."

"속앓이도 하였더냐."

어쩐지 무야의 속앓이라는 말에 수가 반색을 하는 듯한 기분이 들었다. 그것이 그리 기분 좋을 일인가. 무야는 그가 조금 얄밉다는 생각을 했다.

그와 자신이 동등한 입장이었다면 이런 마음이 들지도 않았을 것이다. '감히'라는 말이 먼저 떠오르는 관계에서 위에 있는 자의 마음을 가늠하는 것은 그리 녹록한 것이 아니었다. 언감생심 그가 나를 좋아하는 것은 아닐까 하는 생각을 하는 것조차 죄를 짓는 것이라 여겨졌다.

하여, 저만 좋아하는 것으로 되었다 마음을 다스렸는데.

그게 아닌 모양이다.

"내게 여인은 너 하나뿐이다."

그의 말에 무야의 심장이 격하게 뛰기 시작했다. 그녀의
볼도 상기되었다.

"사랑이라 말할 수 있는 것도 영원히 너 하나일 것이니.
염려치 말거라."

"아……."

무어라 답을 해야 할지 선뜻 떠오르지 않았다. 벅찬 심장
의 고동이 무야의 고막을 연신 두드려 댔다. 눈물이 차오르
는 것이 느껴졌다. 슬플 때만 흐르는 것이 눈물인 줄 알았더
니, 너무 행복한 순간에도 눈물이 나오는 모양이다. 그런 경
험이 처음이라 제 눈에 맺힌 눈물이 당혹스러우면서도 무야
는 또한 한편으로는 좋았다.

"내가 표현을 많이 못 했던 모양이구나."

"……어인 말씀이신지."

상체를 살짝 돌려 무야를 지그시 내려다보며 수가 달콤하
게 속살거렸다. 수줍음을 무릅쓰고 그를 마주 바라보자 수가
얼굴을 가만히 기울여 왔다. 그렁그렁 눈물이 맺혀 있는 무
야의 눈 위로 그가 입술을 내려놓았다.

부드러운 입술이 닿고 이어 그의 혀가 무야의 눈물을 핥아
냈다. 따스한 온기가 혀끝을 타고 무야의 눈으로 전해졌다.

그것이 무야를 달래려는 수의 마음인 것 같아 가슴이 뭉클하게 저려 왔다. 이런 그의 마음을 내내 억지로 외면했었다.

죽음의 신인 그가 자신 따위를 마음에 담았을 리 없다고. 저를 그저 가엾이 여겨 도와주고 다독인 것이라고. 그도 아니면 노리갯감으로 생각해 즐기는 것일지도 모른다고 그것이 더 옳은 생각이라고 저를 향한 수의 마음을 함부로 판단했다.

"더 많이 안아 주어야 했음을 이제야 깨달았다는 말이다."

"네?"

놀라 무야의 눈이 커졌다. 그도 그럴 것이 그의 안는다는 말에 담긴 뜻이 지금처럼 포근히 팔로 감싸 안기만 하는 것이 아님을 알기 때문이었다. 무야가 생각하기로 그와 정사를 나눈 것에 결코 모자람이 없었다. 아니, 과했다.

수는 한번 무야와 정사를 나누기 시작하면 한두 번으로 끝내지 않았다. 밤을 지새우고 새벽을 달렸다. 무야가 너무 지쳐 체력의 한계를 느끼고 저도 모르게 정신을 놓고 잠이 들었을 때에도 그는 멈추지 않았다.

한 번씩 정신이 들어 깨어났을 때 여전히 그의 것이 제 안에 있는 것을 느낀 것이 여러 번이었다. 어지러이 흔들리던 시야가 제 몸의 격한 움직임 때문이란 것을 알아차린 것도 제 아래에서 느껴지는 뜨거운 정사의 흔적 때문이었다.

그는 쉬이 그녀를 놓아주지 않았다. 그랬는데 모자랐음을 이제야 깨달았다니. 말도 안 된다.

"그리 몸으로 알려 주었는데 못 알아챘으니 하는 말이다."

"제가 둔하여 그렇습니다. 이제는 알았으니……."

"진정 알았느냐?"

무야가 제 둔함을 탓하며 고개를 내저었다. 그의 입에서 또다시 더 많이 안아 주겠다는 말이 나올까 염려되어 그런 것이다. 그의 물음에 무야가 고개를 아래위로 힘차게 움직였다. 그런 무야를 수가 지극히 사랑스러운 눈빛으로 바라보았다.

그의 손이 그녀의 턱 아래에 닿았다. 살포시 들어 올리는 손길에 수줍게 내려갔던 무야의 시선이 그와 맞물렸다. 그가 무야의 입술 위에 제 입술을 겹쳐 놓았다. 격동적이거나 강렬한 입맞춤이 아닌 봄 햇살처럼 따스하고 몽글몽글한 입맞춤을 선사했다. 그래서 더 오래도록 맛보고 싶은 그런 입맞춤이었다.

환이 그런 둘을 멍하니 보다가 식신에게 끌려갔다. 눈앞에 있던 화족의 꽃봉오리가 살랑살랑 바람도 불지 않는데 몸을 흔들었다. 뿌리만 뽑을 수 있다면 얼른 다른 곳으로 도망치고 싶은 몸짓이었다.

그것을 제외한 정원의 모든 꽃들이 둘의 아름다운 모습에 향기로운 향내를 은은히 뿜어냈다. 고택 가득 꽃향기가 퍼져 나갔다. 사랑을 품은 꽃향기였다.

　운산. 연이 떠나 있은 지 꼬박 구십여 일이 지난 후였다.
모든 것이 피폐해져 있었다. 그의 손길이 닿지 않은 운산은
죽음의 신인 수의 영역보다 더 죽음의 땅 같았다.

　불어오는 삭풍에 마른 모래가 부스스 공기 중으로 흩어졌
다. 밭은기침이 날 것 같은 건조하고 마른 바람이 운산을 휩
쓸고 다녔다. 물의 기운이 감금을 당하여 더욱 삭막해진 것
이다.

　사박사박. 마른 모래를 밟고 이제 막 운산에 도착한 연이
발걸음을 옮겼다. 그를 반기는 것은 그 무엇도 없었다. 생명
의 기운이 넘실거리던 운산은 더 이상 존재하지 않았다. 연
이 가만히 멈춰서 메마른 운산을 바라보았다.

　외롭다.

　많은 생명에 둘러싸여 있을 때도 고독하다 느꼈었는데, 그
것과는 비교도 되지 않는 깊은 외로움이 그를 휘감아 돌았
다. 갑작스레 한기가 느껴졌다. 이것은 마음에 깃든 한기였
다. 제 곁에 그 무엇도 남아 있지 않은 공허함이 시린 칼날
처럼 연의 마음을 난도질하고 있었다.

　그가 발걸음을 돌렸다. 연못이 있는 곳이었다. 연못 앞에
당도한 연이 물끄러미 연못 안을 내려다보았다. 두꺼운 얼음

이 연못을 막고 있었다. 그 안에서 물이 일렁거리며 그를 반기고 있었다. 오랜만의 해후에 몹시도 흥분하고 있음을 느낄 수 있었다.

저를 자유롭게 만들어 주기를 바라는 모양인데, 지금의 연으로서는 그리할 수가 없었다. 이것은 수가 깨 버려야 하는 것이다. 그러기 위해선 그를 찾아가야 할 것이다. 제 영물을 그만 풀어놓아라 요구해야 하는데 당장은 영산의 고택으로 가고 싶지 않았다.

연이 물을 등지고 돌아섰다. 자박자박 멀어지는 발소리에 연못의 물이 속에서 요동쳤다. 웅웅거리는 소리가 마치 서글피 우는 울음 같았다. 그것이 연의 걸음걸음 발목을 붙잡을 듯 매달려 왔으나 그는 기어이 발을 멈추지 않았다.

얼마 걷지 않아 연의 모습이 홀연히 사라졌다.

그가 다시 모습을 드러낸 곳은 인간 세상이었다. 그의 눈앞에 운산의 삭막함과는 비교도 되지 않는 피폐하고 참혹한 풍경이 펼쳐졌다. 생명의 신이 사라진 단, 구십여 일 만에 세상은 죽음이 만연한 땅이 되어 있었다.

민가는 불에 타고 허물어져 형체를 잃었으며, 전쟁으로 죽어 나간 시체들이 온전한 몸을 이루지 못하고 난자당한 채 곳곳에 버려져 있었다. 시신을 챙길 인력이 절대적으로 부족

하여 그런 것이다. 산 자보다 죽은 자가 더 많다는 의미이기도 했다.

매캐한 연기가 공기 중을 떠돌았다. 숨을 쉬기가 버거울 정도였다. 연에게는 아무런 지장을 주지 못하나 인간에게는 치명적일 것이다. 걸음을 걷는 길목, 길목 죽음의 그림자가 짙게 드리워져 있었다.

"컥컥. 허억."

밭은 숨을 내쉬며 힘겨워하는 아낙의 모습이 눈에 들어왔다. 아낙은 병들어 사내 옆에 힘겹게 기대앉아 있었다. 아낙의 서방인 듯하다. 돌림병이 창궐하였던 모양이다. 누렇게 뜬 얼굴로 이미 검은 낯빛을 보이며 서늘하게 식어 있는 시신 옆에서 죽음을 기다리고 있었다.

"내 잘못이 아니다."

아픔도 무뎌진 듯 넋이 빠진 멍한 시선으로 저를 올려다보는 아낙을 향해 연이 항변하듯 말했다. 세상을 죽음의 늪으로 몰아넣은 것은 수였다. 생명의 신인 저를 무한의 공간에 처박아 놓고 죽음이 만연한 땅으로 만들어 놓은 것은 그 빌어먹을 수였다.

세상의 균형을 무너트린 것은 연이 아니었다.

"그러니 그런 빌어먹을 시선으로 나를 보지 말란 말이다."

이를 빠득 갈며 연이 죽어 가는 아낙을 향해 윽박질렀다.

그를 향해 아무런 반응을 보이지 않던 아낙이 연의 일갈에 움찔하며 손가락을 움직였다. 파르르 떨리는 아낙의 손가락이 어딘가를 가리켰다. 그 손을 따라 시선을 옮기면 무엇이 있는지 연은 돌아보지 않아도 알고 있었다.

아이다. 아낙과 사내의 어린 자식이 방 안에서 허기진 배를 움켜쥐고 사경을 헤매고 있었다. 생의 마지막 기운을 끌어 올린 아낙의 간절한 손짓이 담아낸 의미는 오직 하나였다. 아이를 살려 달라는 것. 은연중에 그가 생명을 관장하는 신임을 느꼈을 것이다.

툭. 힘겹게 방을 가리키던 아낙의 손이 아래로 떨어져 내렸다. 가늘게 이어지던 아낙의 숨이 끊긴 것이다.

슈우우. 연의 주변으로 물의 기운이 넘실거렸다. 연못의 물이 풀려났음이다. 그가 운산을 떠난 직후부터 연못의 두꺼운 얼음이 쩍쩍 갈라지며 틈이 생겼다. 산산이 부서져 내린 얼음이 연못 안으로 떨어져 내렸고 눈 깜짝할 사이에 녹아 없어졌다.

연이 무한의 공간에서 나와 운산을 거쳐 인간의 세상으로 내려간 것을 수는 이미 알고 있었다. 어쩌면 연의 마음이 흔들리고 있음도 눈치채었을지 모른다. 자신의 이기심과 뒤틀린 용심이 어떤 결과를 만들어 냈는지 그것을 깨닫는 와중이다.

인정하지 않으려 안간힘을 쓰고 있으나 벌써 연의 마음속 깊은 곳에선 파동이 일고 있었다. 생을 부여하였다고 하여 그것들의 삶까지 좌지우지할 수는 없음을. 그것들을 이용하여 제 욕심을 채우려 살인을 유도한 것 또한 잘못된 것임을 뼈저리게 느끼고 있는 중이었다.

살아 있는 모든 것들의 희로애락은 온전히 그들의 몫이었다. 그 누구도 관여해서는 아니 된다. 순리를 어기면 세상이 어지러워지고 더럽혀진다. 그것을 연이 하고 있었던 것이다.

"망할."

제 발아래에서 춤을 추듯 넘실거리며 연을 위로하려는 제 영물에 그가 깊은 한숨을 내쉬었다. 그리고 여전히 잘난 척 재수 없게 구는 수를 곱씹었다. 세상을 평안케 하라 일부러 너그러운 척 말하지 않아도 영물을 풀어 주었다.

"여전히 저만 좋은 신인 척 굴지. 그래서 네 녀석이 싫은 것이다. 혼자만 잘났지."

툴툴거리며 그가 몸을 돌렸다. 연의 발걸음이 향한 곳은 아낙이 가리켰던 방이 있는 곳이었다. 죽은 자를 살리지는 못하나 허기진 배를 채울 먹거리는 줄 수 있었다. 창궐한 돌림병도 잠재워야 하고 붉은빛이 감도는 물도 깨끗이 정화하여야 한다.

오자마자 할 일이 산더미였다.

세상이 안정을 찾도록 새로운 생명의 씨앗도 곳곳에 뿌려 놓아야 한다. 그런 뒤에 그놈을 찾아가 욕을 한 바가지 해 주리라.

네놈이 나 없이도 세상을 평온히 유지할 수 있을 성싶으냐! 뻔뻔스레 낯짝을 들이밀어 주리라.

그런 게 연이다. 세상 뻔뻔한 신이 그였다.

수가 잠시 정자를 비운 사이 무야가 올라가 그가 마시던 차를 살폈다. 요즘은 계속 식신이 차를 챙기는 바람에 그가 즐겨 마시는 것이 무엇인지 알지 못하였다. 찻주전자의 뚜껑을 열어 안에 있는 찻잎을 살폈다.

"백화차인가?"

새하얀 꽃잎이 동동 떠 있는 것을 보고 무야가 중얼거렸다. 그녀가 상체를 기울여 향을 맡았다. 달짝지근하고 상큼한 향이 나는 것이 백화차가 맞는 듯했다.

"그사이 취향이 바뀌신 건가?"

청아하니 깔끔한 것을 즐기던 수였다. 가끔씩 무야가 올리는 귤차도 입에 맞지 않다고 손도 대지 않았던 그가 이리 끝맛이 달짝지근하여 입 안에 여운이 남는 것을 마실 줄은 몰랐다.

단맛이 나는 다른 것도 준비하여 권해 보아야겠다 생각하며 무야가 찻주전자의 뚜껑을 닫았다. 정자를 휘둘러보던 무야의 시야에 의자에 놓여 있는 거울이 들어왔다. 그것을 보는 무야의 눈이 흔들렸다.

보아선 안 되는 것을 보고 속아 인간 세상으로 떠났던 일이 떠올라 그런 것이다. 후에, 무야는 수에게서 제 어미에 대한 이야기를 들었다. 어미는 오래전 이미 죽어 환생을 준비하고 있다고 했다. 혼을 정화하는 중이라 예전의 기억은 가지고 있지 않아 만난다 한들 무야에 대한 그 어떤 감정도 느끼지 못할 것이라 하였다.

수없이 많은 혼들이 영산으로 몰려들었다가 각자의 길을 찾아 떠나는지라 무야의 어미를 특별히 챙기지 못하였다고 미안함을 드러냈다. 연이 무야를 속여 인간 세상으로 향했을 때에야 비로소 그 행적을 찾아보았다고 했다.

수가 미안해할 일이 아니었다. 그녀의 어미도 제 삶을 살다 간 것이니 그를 원망할 일은 아니었다. 무턱대고 눈에 보이는 대로 믿고 뛰쳐나간 무야 본인의 어리석음이 문제였다.

"후우."

낮은 한숨을 내쉬는 무야의 앞으로 불쑥 거울이 나타났다. 조금 전까지 의자에 얌전히 놓여 있던 것이 갑자기 그녀의 면전에 들이밀어진 것이다. 꼭 억지로 무언가를 보여 주려는 듯이.

무야의 눈이 부릅떠졌다. 그녀가 얼른 고개를 돌리며 눈을 감았다. 무슨 연유에서인지는 모르나 거울에 비친 것을 보지 않기 위함이었다.

'흑흑.'

'꺄아악!'

'어이하나 어이해.'

울부짖는 소리가 무야의 귓속으로 파고들었다. 귀를 막으려 손을 옮기던 무야가 일순 멈칫하였다.

'으아아앙. 응애.'

갓난아이의 자지러지는 울음소리 때문이었다. 질끈 감았던 눈이 사르르 떠졌다. 두근두근 떨리는 마음으로 그녀가 눈앞에 있는 거울을 보았다. 거울 속에 처참하기 그지없는 인간의 세상이 비쳐지고 있었다.

시신이 거리 곳곳에 널려 있고 가족이 죽어 나간 집안에 곡소리가 난무했다. 어미를 잃은 아이의 가냘픈 울음소리도 들려왔다. 인간들이 수가 내린 벌을 받고 있는 중임을 무야는 무의식적으로 인지했다.

아래로 뻗어 내린 그녀의 손이 파르르 떨렸다. 아이의 울음소리가 너무도 처연하여 무야의 가슴을 욱신거리게 만들었다.

"아아."

원수일진대. 야묘족을 공격하고 잡아들여 짐승 취급 하며 멸하려 한 잔악하기 그지없는 종족들인데. 어린 생명의 울음 소리에 어찌 이리도 가슴이 미어지는 것인지.

무야의 눈시울이 붉어지고 저도 모르게 눈물이 뚝뚝 흘러 내렸다. 제가 어떻게 해 줄 수가 없는 일이었다. 파르르 떨리는 손이 천천히 위로 올라와 거울 앞에 이르렀다. 그녀가 조심스럽게 거울에 손을 댔다.

무야가 강보에 싸인 채 울어 대는 아이의 얼굴을 가만가만 쓰다듬었다. 그러자 신기하게도 아이의 울음소리가 잦아 들었다. 그녀의 손끝에서 흘러나온 따스한 기운이 아이에게 전해진 것이다. 어느새 아이가 곤한 잠에 빠져들었다.

그를 보며 무야가 제 아랫입술을 잘근 깨물었다. 이것은 어쩌면 연에게서 받은 생의 기운 때문일 수도 있었다. 그가 무야에게 불어넣었던 기운이 새싹을 틔우는 힘을 주었듯, 저 어린 생명에게도 따스하고 포근한 온기와 안정을 선사한 모양이다.

"미안."

이 모든 것이 자신의 잘못인 것 같아 무야의 가슴이 저려 왔다. 애초에 그녀가 속아 인간 세상에 내려가지 않았다면 벌어지지 않았을 일이었다. 그리 생각하니 죄책감에 가슴이 찢어질 듯 아팠다.

"네 잘못이 아니다."

언제 온 것인지 수가 그녀의 등을 감싸 안으며 다정히 속삭였다. 그가 거울을 차갑게 노려보자 거울이 얼른 무한의 공간으로 자취를 감추었다.

'괘씸한 것.'

그가 속으로 거울을 나무랐다. 저와 같은 영물인 운산의 연못 물이 갇혀 있는 것이 안타까워 무야에게 인간 세상의 참혹한 현실을 보여 준 것이다. 혼란한 세상도 걱정스럽고 갇힌 영물도 불쌍하여 무야를 끌어들이려 하다니. 영물 주제에 이리 영악스러운 짓을 할 줄이야.

나중에 아주 혼쭐을 내 주어야겠다 생각하며 그가 무야의 눈물을 닦아 냈다. 제 여자의 눈에 눈물을 맺히게 하다니 절대 용서할 수 없었다.

"제가 인간 세상에 가지만 않았어도……."

"그것 때문이 아니래도."

수가 흐느끼는 무야를 제 품에 안고 그녀의 등을 부드럽게 쓸어 주었다.

"한 번쯤은 세상을 뒤집을 필요가 있어 그런 것이다. 연의 독선과 아집도 그대로 두어선 아니 되었고. 하여, 그런 것이다. 잠시, 생명의 탄생을 멈춘 것일 뿐. 저리된 것은 인간들의 지독한 탐욕이 부른 참사니라. 네 잘못이 아니라."

"하오나……. 아이가…… 흑. 너무 불쌍합니다."

애달프게 울어 대는 무야를 달래기가 쉽지 않았다. 그가 속으로 혀를 차다, 허공에 손을 휘저었다. 다시 무한의 공간으로부터 불려 나온 거울이 모습을 드러냈다. 그의 차가운 시선에 잔뜩 주눅이 든 듯 바짝 굳어 떠 있다.

"운산."

그의 한마디에 거울이 흔들리며 운산을 비치었다. 정확히 운산의 연못이었다. 수가 무엇을 하려는 것인지 그 의중을 알아 그런 것이다.

쯧. 속으로 혀를 차곤 수가 거울 앞에 손을 가져다 댔다. 그러자 웅웅하며 거울이 울었다. 그 소리에 무야가 고개를 들어 거울을 응시했다. 연못의 얼음이 허물어져 물속에 잠기는 모습이 보였다. 처음엔 이것이 무엇인가 싶었으나 그 물에서 저와 같은 기운이 느껴지자 알 것 같았다.

이것이 연과 관련된 것임을.

물이 맑은 빛을 뿜어내며 넘실거렸다. 생명력 가득한 물을 보니 가슴이 울컥했다. 이제 세상이 죽음의 그림자로부터 벗어날 수 있다는 생각에 마음이 뭉클해졌다.

"감사합니다."

"때가 되어 풀어 준 것이니 네가 고마워할 필요는 없다."

"그래도 감사합니다."

무야가 눈물이 그렁그렁 맺힌 눈으로 그를 올려다보다 와락 팔을 벌려 그를 안았다. 힘주어 그를 안고는 볼을 가슴에 비벼 대는 것을 보니 절로 웃음이 났다. 그가 무야의 머리 위에 입술을 눌렀다.

"그럼 얼마나 감사한지 한번 제대로 인사를 받아 보아야겠구나."

머리 위에서 달싹이는 그의 입술에 괜스레 무야의 볼이 발갛게 달아올랐다. 가슴이 아까와는 다른 의미로 두근거렸다.

오늘도 그의 품에 안겨야 하나 보다. 어쩔 수 없이.

덧붙인 말과 달리 무야의 입꼬리가 수줍게 말려 올라갔다.

버섯이다! 무야가 새로운 버섯을 발견하곤 신이 나 뛰어가 눈을 빛내며 바라보았다. 머리가 동글동글 귀여운 것이 새하얀 자태를 뽐내고 있었다. 묘하게 소담한 버섯에서 광채가 뿜어 나오는 것 같은 느낌이 들었다. 온통 푸르른 가운데 홀로 하얀 빛깔을 가져 그런가 싶기도 했다.

무야가 버섯을 향해 손을 뻗었다. 아직 따야 할 시기는 아닌 듯하고 그냥 보들보들한 촉감이나 느껴 보려 동그만 머리로 검지를 내렸다.

하악.

어디선가 고양이의 하악질 소리가 들렸다. 무야의 시선이 소리가 들린 쪽으로 돌아갔다. 작은 고양이 한 마리가 그녀와 조금 떨어진 곳에서 경계를 하며 털을 곤두세우고 있었다. 까만 빛깔의 털에서 윤기가 좔좔 흘렀다.

"네 것이야?"

무야가 버섯을 가리키며 물었다. 고양이의 금색 눈이 반짝빛났다. 무야가 뻗었던 손을 거두자 그제야 고양이가 하악질을 멈췄다. 무야가 안심하라는 듯 고양이에게 고운 미소를 지어 보였다.

"그냥 구경만 하려던 거야. 손 안 댈게."

그녀의 말에 고양이의 금색 눈이 묘하게 일렁거렸다. 무야가 조심조심 고양이를 향해 완전히 몸을 돌렸다. 영산에서 고양이를 본 것은 처음이었다. 산 고양이답지 않게 자태가 고왔다. 누군가의 손에서 귀히 보살핌을 받는 고양이 같았다.

"혹여 길을 잃어버린 것인가?"

영산 아래에는 인가라고 불릴 만한 곳이 없었다. 한참을 가야 사람이 사는 마을이 나왔다. 어쩌다 영산으로 들어왔는지 몰라도 용케 살아남았구나 싶었다. 허락 없이 들어온 것은 죽음을 면치 못하는 곳인데 인간이 아니라 무사한 것인가 싶기도 했다.

고택으로만 발을 들이지 않으면 괜찮을 것이다. 한번 들어서면 쉬이 살아 나갈 수 없으니. 그와는 별개로 어서 주인을 찾아야 할 텐데 하는 걱정이 앞섰다. 아무래도 배가 고파 버섯을 먹으려던 것인 듯했다.

혼자 먹을 것을 구하는 건 여간 힘든 일이 아닐 것이다. 무야가 제게 먹을 만한 것이 있는지 몸을 뒤적거렸다. 메고 있던 바구니에서 주먹밥을 찾아냈다. 그녀가 그것을 고양이에게 내밀었다.

"이거라도 먹을래?"

고양이가 그녀의 손에 들린 주먹밥과 그녀의 얼굴을 번갈아 살폈다. 여전히 경계를 다 풀지 않은 모습이었다. 무야가 조금 앞으로 상체를 기울여 최대한 고양이에게 가깝게 팔을 뻗었다. 그러곤 더럽혀짐이 덜한 풀 위에 얌전히 주먹밥을 내려놓았다.

"난 괜찮으니 먹으렴."

무야가 앉은걸음으로 슬금슬금 뒤로 물러났다. 고양이가 편히 먹을 수 있게 자리를 비켜 줄 생각이었다.

"저쪽으로 내려가면 영산을 빨리 벗어날 수 있을 거야. 먹고 가."

산 아래로 내려가는 가장 빠른 길을 알려 주며 막 무야가 자리를 털고 일어나려던 참이었다. 갑작스레 그녀의 몸 위로 길고 검은 그림자가 드리웠다. 어두워진 시야에 의아해하며 고개를 들어 올린 무야의 눈이 휘둥그레졌다.

고양이가 그녀에게 달려들고 있었다. 아담한 몸이 아닌 범처럼 커다란 몸으로 변하여 그녀를 덮치려 하고 있었다.

크아앙! 우렁찬 울음소리와 함께 쩍 벌린 입에서 날카로운 이빨이 번뜩였다. 그 이빨에 자신이 씹힐 것을 예감하며 무야가 팔로 얼굴을 감싸고 눈을 질끈 감았다.

"허억!"

거친 숨을 몰아쉬며 무야가 벌떡 상체를 일으켜 세웠다. 그녀의 눈이 부릅떠졌다. 저를 삼키려 달려들던 커다란 입과 날카로운 이빨이 생생하여 식은땀이 흘렀다.

"하아. 하아."

그녀가 분주히 눈으로 제 몸을 훑으며 손으로 얼굴을 더듬었다. 다행히 모든 것이 온전히 제자리에 있었다.

"후우."

확인을 다 하고서야 무야가 안도의 한숨을 내쉬었다. 이마에 맺힌 식은땀을 손등으로 쓸어 내며 그제야 주변을 휘둘러 살폈다. 또, 수의 처소 침상 위였다. 간밤에 함께 정자에서 달구경을 했었던 것이 떠올랐다. 그리고 분위기에 취해 술을 한 잔 마셨던가. 아니, 두 잔이었나?

주는 대로 받아 야금야금 마시다가 제가 먼저 그에게 입을 맞추었던 듯하다.

"에구머니나."

간밤에 있었던 일을 머릿속으로 더듬어 오르다 무야가 화들짝 놀라며 두 볼을 감쌌다. 곧이어 손바닥에 열감이 느껴졌다. 얼굴이 화끈 달아오른 것이다. 그녀의 머릿속에 색스럽게 말려 올라간 그의 입술이 가득 들어찼다. 그 입술을 뚫어져라 응시하다 몸을 움직여 입을 덥석 맞추었던 것까지 떠올랐다.

"미쳤나 봐."

술 때문이다. 그놈의 술이 정신을 혼미하게 흐려 놓아 저도 모르게 그런 것이다. 무야가 술에게 잘못을 떠넘겼다.

"잡아먹힌 게 내가 아니고 수 님인가 보다."

무야가 넋 나간 표정으로 중얼거렸다. 꿈에 나온 보살핌 잘 받아 윤기 흐르던 고양이가 저고 그에 먹힐 뻔한 것이 무야가 아니라 수인 것 같다 말하며 고개를 절레절레 흔들었다. 이제 어떻게 수의 얼굴을 볼지 걱정이 이만저만이 아니었다.

그가 저를 안은 것도 부끄러워 어쩔 줄을 몰랐는데. 이번엔 겁도 없이 제가 먼저 수의 입술을 훔친 것이니.

"아아아."

절망감에 탄식 같은 말을 내뱉으며 두 손으로 머리를 감싸 다리 위에 묻어 버렸다. 오늘도 해가 중천에 떠오른 시간에 일어난 것도 민망한데. 그 원인이 저 때문이니 어쩌면 좋단 말인가.

"감사의 마음입니다."

입을 맞추고 수줍게 말하던 제 목소리가 무야의 머릿속을 떠다녔다. 기어이 발까지 동동 구르게 되었다.
'어떡해. 어떻게 수 님을 보려고 그런 망측한 짓을 한 거야.'
한참을 붉게 달아오른 얼굴을 들지 못했다. 그렇게 얼마나 있었던 것일까. 이대로 있다간 더 수 님을 뵙지 못하게 될 거란 생각에 심호흡을 하며 애써 마음을 다스렸다. 모른 척 시치미를 떼자. 아무 일도 기억이 안 나는 것처럼 하면 될 것이다.
'술김에 한 일이니까. 그럴 수 있잖아.'
그렇게 마음을 다잡고 무야가 고개를 들어 올렸다. 차분하게 이불을 걷고 침상에서 내려오려던 찰나였다. 문득 이상한 기분이 들어 동작을 멈춘 채로 탁자가 놓여 있는 쪽으로 눈동자를 굴렸다.
누군가 의자에 앉아 있었다. 그게 누구인지는 말하지 않아

도 알 수 있었다. 질끈 무야가 눈을 감았다가 떴다. 그러곤
자신이 생각했던 대로 행동하기로 하고 다시 태연하게 침상
을 내려왔다.

"앗! 수 님."

몇 걸음 옮기다 우연히 그를 발견한 것처럼 무야가 알은
체를 했다. 그런 무야를 수가 나른한 시선으로 바라보았다.
얼떨결에 들어 올린 한쪽 손을 무야가 힐끔 쳐다보다 얼른
내렸다. 친우에게나 하는 인사를 당황한 나머지 그에게 하고
만 것이다.

어딜 보아도 무야의 인사는 어색했다. 저를 향한 수의 시
선에 눈을 맞추며 무야가 배시시 웃었다.

"차를 들고 계셨습니까?"

그의 앞에 놓인 차를 보고 무야가 화제를 바꿔 물었다. 이
상했다. 분명 좀 전까지 아무런 기척을 느끼지 못했었다. 하
여, 방 안에 저만 있는 줄 알았다. 그런데 느닷없이 기척이
느껴지고 눈앞에 그가 나타난 것이다.

자신이 일어난 것을 알아채고 차를 준비해 안으로 들어온
것은 아닌가 하는 생각을 하며 그녀가 수에게로 걸음을 옮
겼다.

수는 무야가 가까이 다가와 마주 앉을 때까지 묵묵히 입
을 다물고 바라만 보고 있었다. 찻주전자의 주둥이에서 모락

모락 연기가 피어오르고 있었다. 그것을 보고 무야는 어느 정도 안심을 하였다.

차를 우려낸 지 얼마 되지 않은 것이 분명했다. 수는 원하는 곳으로 이동할 때 굳이 문을 이용하지는 않았다. 그러니 이번에도 문을 열고 들어온 것이 아니라 홀연히 나타난 것이다. 그가 탁자에 앉자 식신이 차를 그 앞에 대령한 것이고. 그리 생각을 정리한 무야가 그를 향해 환한 미소를 지어 보였다.

"제가 오늘도 늦잠을 잔 모양입니다."

답지 않은 너스레까지 떨어 대며 무야가 찻주전자를 들어 그의 잔에 차를 따랐다.

쪼르르. 차가 찻잔으로 떨어지는 맑은 소리와 함께 달짝지근한 차향이 방 안으로 은은히 퍼졌다. 제 잔에도 차를 따르며 무야는 작게 숨을 내쉬었다. 긴장이 아직 제대로 풀리지 않은 탓이었다. 거짓말을 한 건 아니었지만, 모르쇠로 일관하기도 여간 힘든 게 아니었다.

"깨기를 기다리고 있었다."

그가 찻잔을 들어 올리며 말했다.

"아, 오래 기다리셨나 봅⋯⋯ 니다."

찻주전자를 내려놓고 제 잔으로 손을 뻗으려던 무야가 멈칫했다. 그녀의 눈동자가 또르르 굴렀다. 그의 말을 곰곰이 생각해 보느라 그런 것이다. 기다렸다고 하였다. 무야가 깨어나기를. 그렇다면 혹시.

"언제부터……."

그녀의 조심스러운 물음에 차를 한 모금 머금은 그가 간단히 답했다.

"새벽에 일어난 이후 줄곧."

찻잔에 겨우 닿은 그녀의 손이 움찔거렸다. 그의 말에 의하면 무야와 새벽까지 정사를 나누고 그녀가 잠든 이후부터 그녀가 깨어나기를 기다렸다는 말이다. 잠이 없는 분이시니 그럴 수도 있었다. 무야가 크게 숨을 들이켰다가 천천히 내뱉으며 설마 하는 마음으로 다시 입을 열었다.

"어디서……."

"예서."

꿀꺽. 수의 말이 떨어지기 무섭게 그녀가 마른침을 삼켰다. 말인즉, 그녀가 놀라 잠에서 깨어난 것부터 시작하여 혼자 그 난리를 피우며 정신 사납게 중얼거리는 소리를 그가 다 들었다는 것이다.

얼마나 가소로웠을까.

그것도 모르고 그를 속이려 하였으니. 무야의 고개가 절로 떨궈졌다. 오두방정이나 떨지 말 것을. 제가 한 행동들을 떠올리며 무야가 참담함에 눈을 감았다. 어제 일에 더해 민망함의 수치가 더 높아졌다.

침상에서 내려올 때 그를 발견한 즉시 사과를 하였어야 했다. 늦은 감은 있으나 무야는 그에게 바른대로 고하기로 결심했다. 어제의 실수에 대해 진심을 담아 잘못을 고하면 그가 이해해 주지 않을까. 어쨌든 무야의 도발로 결론적으로 는 뜨거운 밤을 보내게 되었으니.

 "후우. 수 님, 제가."

 긴 숨을 내쉬며 무야가 입을 열었다. 막 고백을 하려던 참 이었다.

 "무슨 꿈을 꾸었기에 그리 기함을 하며 깬 것이냐?"

 그가 무야의 말을 자르며 그녀가 꾼 꿈에 대해 물어 왔다.

 "아, 그것이."

 그의 말에 또다시 놀라 깨었던 꿈에 대해 떠올렸다. 참으 로 기이한 꿈이었으나, 망측하다는 생각도 들었다. 그녀가 이끌어 낸 결론이 그러했다. 제가 고양이였고, 덮침을 당한 것이 수라고 단정 지었다.

 입맞춤을 먼저 한 것이 은연히 가슴에 남아 그런 난잡한 꿈을 꾼 것이라 여겼다. 하여, 쉬이 입이 떼어지지 않았다.

 "버섯을 발견하였는데."

 "버섯?"

 "엄청나게 컸습니다. 머리도 둥글고 길이도 길쭉한 것이 꼭⋯⋯."

그녀가 말을 돌리려 꿈에 본 버섯의 크기를 부풀려 말했다. 그러는 와중에 참으로 우연찮게도 그의 다리 가운데로 시선이 내려갔다. 일부러 그런 것이 아니었다. 하필이면 그가 탁자에 비스듬히 모로 앉아 있어서 평소라면 탁자에 가려 보이지 않아야 할 그곳이 잘 보여서 그런 것이다.

우뚝. 그녀의 시선이 멈추고. 그녀의 말도 끊어졌다.

무야의 눈이 그의 그곳에 고정된 채로 깜빡거렸다. 저의 몸에 들어와 저를 들쑤셔 놓고 흥분하게 만들었던 바로 그것이 있는 곳이다. 그것이 버섯을 닮았다는 것을 지금에서야 인지한 것이다.

그녀의 고개가 모로 기울었다. 깜빡깜빡 눈을 감았다 떴다 하며 그의 중심을 뚫어져라 응시했다. 참으로 요상도 하지. 어떻게 버섯과 그것의 모양이 그리도 흡사하단 말인지.

"엄청. 크고 길었다니. 놀랄 만도 하구나."

음험함이 가득 담긴 목소리로 그가 말하며 갑작스레 다리를 확 벌렸다. 그에 무야의 눈이 커졌다. 그의 그곳이 더욱 도드라져 보였다. 다리 사이의 그것을 놀란 눈으로 보다가 눈을 들어 올렸는데 그와 딱 시선이 마주쳐 버렸다.

비스듬히 말려 올라간 그의 입매가 야릇했다. 붉은 입술을 나른히 의도적으로 핥는 게 몹시도 색정적이었다. 그의 한쪽만 휘어 올라간 눈썹이 인상적이었다.

"그것이 내 것과 아주 닮은 모양이구나."

"핫!"

무야가 제 입을 두 손으로 틀어막았다. 그러다 얼른 두 눈으로 손을 옮겨 가렸다. 어찌 그리 음탕한 생각을 태연히 하며 그의 그곳을 볼 수 있었던 것인지. 제가 한 행동이 기가 막히고 어이가 없어 뒤늦게 당혹감에 빠져들었다.

"아, 아닙니다."

그녀가 얼굴을 붉히며 손을 마구 내저었다. 극구 부인하는 그녀를 수가 못마땅한 시선으로 바라보았다. 그에 무야의 손이 움찔하며 멈췄다. 또 무슨 잘못을 한 모양이다.

"무엇이 아니란 말이냐. 내 것이 그것만 못하다는 말이더냐."

짐짓 화가 난 투로 수가 말하자 무야가 어찌할 바를 몰라 하며 입만 벙긋거렸다. 이 사태를 어찌 수습하면 좋을지 좋은 방도가 떠오르질 않았다. 급기야는 눈물이 나려고 했다.

탁. 그가 찻잔을 내려놓고 자리에서 일어났다. 그런 수를 따라 무야의 시선이 위로 올라갔다. 그가 엄한 눈빛으로 그녀를 내려다보았다. 그 눈빛에 주눅이 들어 무야가 몸을 움츠렸다. 수가 탁자를 돌아 그런 무야에게로 성큼성큼 다가왔다.

"아니 되겠다."

그녀 앞에 멈춰 선 그가 나직하고 묵직하게 말했다. 그가 탁자를 돌아 가까이 다가오는 동안 무야의 고개가 죄지은 사람처럼 아래로 내려갔다. 도저히 그를 마주 바라볼 수가 없었다. 폭 숙여진 무야의 머리를 가만히 내려다보며 수가 눈꼬리를 휘었다. 그의 입술이 씰룩거렸다.

동그란 머리가 몹시도 귀여웠다. 발칙한 고양이 같으니라고. 그걸 대놓고 볼 줄이야. 그것도 뚫어져라 유심히 쳐다보는 통에 아랫도리가 뻐근해졌다. 그것이 벌떡 일어서기 직전에 수가 자리를 박차고 일어난 것이다.

"다시 확실히 보여 줘야겠지."

"예?"

혼잣말처럼 그가 흘려 낸 말에 무야가 고개를 들었다. 자신이 들은 것이 정녕 그런 의미를 갖고 있는 말인가 하며 의구심 가득한 눈으로 그녀가 수를 바라보았다. 그런 의미가 어떤 것인지 그도 알고, 무야도 알고 있었다.

"아아."

무야는 그의 입매가 느른히 호선을 그리며 올라가는 것을 보았다. 수의 손이 그가 입고 있던 겉옷을 벗겨 냈다. 사르륵 바닥으로 떨어진 옷을 보며 무야가 꿀꺽 마른침을 삼켰다. 꽃이 낙화하듯 우아하게 떨어져 내린 옷을 따라 아래로 내려갔던 무야의 시선이 다시 위로 올라갔다.

그가 몸을 돌렸다. 그녀에게서 멀어지며 하나씩 입고 있던 옷의 매듭을 풀어 헤쳤다. 침상 위에 모로 누우니 벌어진 옷 사이로 그의 단단한 가슴이 보였다.

수가 무야를 향해 손을 내밀었다. 그의 붉은 입술이 야릇하게 말려 올라간 채로 달싹였다.

"이리 오너라."

무야의 심장이 두근두근 뛰어 대기 시작했다. 그 떨리는 설렘이 그녀에게 고스란히 전해졌다. 온몸이 달뜬 신음을 흘려 냈다. 아직도 아래가 홧홧했다. 새벽까지 이어진 정사에 아릿한 통증이 남아 그런 것이다.

그럼에도 불구하고 그녀의 마음은 그의 유혹에 넘어가 이미 벅찬 울림을 이어 가고 있었다. 홀린 듯 무야가 의자에서 일어섰다. 자박자박 그에게로 다가가는 자신의 발소리가 환청처럼 들렸다.

침상 앞으로 다가가자 그가 답삭 무야의 허리를 휘감아 당겼다. 무야의 몸이 그의 몸 위로 쓰러졌다. 겹쳐진 몸에 열감이 느껴졌다. 이미 몸부터 달아올라 그런 것이다. 그녀의 열기를 수의 가슴이 시원하게 식혀 주었다.

무심결에 무야가 그의 맨가슴에 손을 대었다. 절로 그의 가슴을 쓸어 대는 제 손을 무야가 멍하니 바라보았다.

'미쳤구나. 내가.'

손의 어루만짐이 너무도 자연스러웠다. 습득의 효과였다. 여러 날 수십 번 그와 몸을 섞은 탓에 일어난 변화였다.

"원래 사랑은 미쳐야 제대로 하는 것이라 하더구나."

수가 그녀의 머릿속을 훤히 꿰뚫고 있는 듯 말했다. 무야가 몽롱한 시선으로 그를 올려다보았다. 그녀의 눈 가까이 얼굴을 기울이자 사르르 감겼다. 그 위에 수가 지그시 입술을 눌렀다. 그의 입술이 그녀의 반듯한 이마와 앙증맞은 코와 볼로 내려와 나긋이 입을 맞추자 그녀가 눈을 감은 채로 속삭이듯 말했다.

"아무래도 제가 아직 잠에서 깨어나지 못한 듯합니다."

"후훗."

나직하고 감미로운 수의 웃음소리가 그녀의 귓속으로 스며들었다. 그의 입술이 그녀의 귓바퀴를 따라 움직이더니 혀로 안쪽을 핥았다. 그에 무야가 움찔하며 달뜬 숨을 흘려냈다.

"아응."

수가 그녀의 귓불을 빨다 이로 잘근거렸을 때는 무야의 발끝이 절로 모아졌다. 무야의 가녀린 목에 붉은 낙인이 찍혔다. 지그시 눌렀다가 강하게 빨아 흔적을 남겼다. 목을 지분거리던 그의 입술이 나긋이 날아 그녀의 입술에 내려앉았다.

"어디 한번 꿈에서처럼 해 보아라."

수가 입술을 맞댄 채로 달싹거렸다. 그녀의 입술 안으로 그의 목소리가 삼켜졌다. 무야의 미간이 꿈틀거렸다. 꾸었던 꿈대로 해 보라는 말에 자신이 그를 집어삼키는 상상이 절로 떠올랐다.

'정말 그리해도 되려나?'

겁을 먹고 움츠렸던 것도 잠시. 그녀의 머릿속에 발칙한 생각이 떠올랐다. 진정 그리 한번 해 보면 어떨까 하는.

가슴을 조심스레 어루만지던 무야의 손이 그의 옷깃을 잡았다. 살짝 주저하는가 싶더니 이내 과감하게 옷을 벗기기 시작했다. 맞물려 그녀의 입술을 탐하던 수의 입술이 흡족함을 머금었다.

그녀의 손길에 수의 상의가 모두 벗겨져 나갔다. 그사이 그도 손을 움직여 그녀가 입고 있던 잠자리 옷을 벗겼다. 무야는 제가 여태 잠자리 옷을 입고 있었다는 것도 인지하지 못하고 있었다. 깨어 침상을 나서려다 그를 발견한 통에 당황해 제 옷차림을 살필 여력이 없었던 것이다. 다시 침상에 눕게 되었으니 오히려 잘된 일이었다.

"이번엔 아주 달콤하고 격정적인 꿈을 꾸게 되겠구나."

그녀의 입술을 부드럽게 머금으며 수가 말했다. 맞물린 입술 사이로 들어오는 그의 혀를 무야가 제 혀로 휘감았다. 정말로 달콤한 과실을 빨아 먹듯 핥아 대는 무야의 혀 놀림에 수가 나른한 숨결을 흘려 냈다.

"으음."

꿈에서 깰 때 하도 놀라기에 혹여나 인간 세상에서 겪었던 일 때문에 악몽을 꾼 것은 아닌가 싶어 걱정이 되었었다. 이마에 맺힌 땀을 닦아 내며 중얼거린 무야의 혼잣말이 엉뚱한 것이 아니었다면 얼른 달려가 그녀를 안정시키려 안아 주고 다독였을 것이다.

괜찮다고. 이제 다 끝났다고. 잊고 살라고.

다행이었다. 버섯 꿈이었다니. 그것도 앙큼하기 그지없는 고양이를 홀린 버섯이라니.

무야를 품고 품어도 언제나 갈증이 일었었다. 그녀가 잠을 자야 하고 먹어야 하는 종족임이 가장 안타까웠다. 그렇지 않았다면 종일 그녀와 몸정을 나누었을 터인데.

쉬이 지쳐 버리는 체력도 문제였다. 물론 그의 기준에서 그런 것이다. 무야가 보통의 인간 여인들과 달리 육체적 사랑을 나누는 것에 능통한 타고난 종족임은 그에게는 무의미했다. 같은 종족들과 달리 그는 신이었다. 신과 나누는 정사를 이만큼 견뎌 내는 것도 무야라서 가능한 것임을 그는 알지 못했다.

처음이었으니. 수에게도 무야는 첫 여인이었다. 이전에는 그 누구와도 몸을 섞고 뒹굴 생각 따위는 하지 않았다. 욕정을 느끼는 상대는 없었다. 그런 것 따위 천한 것들이나 종족 보존을 위해 하는 것이라 생각했었다.

한데, 아니었다. 마음을 나누는 것이다. 몸으로 대화를 하는 것이다. 서로를 느끼고 보듬는 것이다. 상대의 전부를 저의 것처럼 사랑하는 것이다.

수는 그러한 것을 무야를 통해 처음 알게 되었다. 신도 배워야 하는 것이 있음을 깨달았다. 하여, 연에게도 기회를 준 것이다. 그도 이러한 것을 느끼고 배워 그 오만하고 이기적인 성정을 고쳐 나가기를 바랐다.

그리해야 무야와 저를 더는 방해하지 않을 터이니.

그리고 멀지 않은 날 연이 꼭 그렇게 되리라는 걸 그는 이미 예감하고 있었다.

"수 님."

무야가 그의 이름을 조심스럽게 불렀다. 그의 입술이 무야의 입술을 벗어나 그녀의 가슴으로 내려앉는 찰나였다. 그가 가슴을 한입 가득 베어 물었다.

"응."

가슴을 입으로 애무하며 그가 부드러운 목소리로 답했다.

"하아."

하려던 말보다 먼저 그녀의 입에서 뜨거운 숨이 새어 나왔다. 등을 어루만지며 척추를 따라 오르락내리락거리던 그의 손이 그녀의 탄력 있는 엉덩이를 움켜쥐어 그런 것이다. 엉덩이를 주무르는 손길에 숨이 가빠졌다.

"말해 보아라."

할 말이 있으면 해 보라 말하며 그가 이를 세워 그녀의 가슴 돌기를 깨물었다. 치아의 잘근거리는 자극에 돌기가 단단해지며 오롯이 일어섰다. 그것을 그가 또 혀로 핥아 쓸며 지그시 눌렀다.

"으읏. 아앗."

이리 흥분을 시켜 놓고 대체 무슨 말을 하라는 것인지. 말을 할 틈은 주어야 할 것이 아닌가. 무야가 제 가슴과 엉덩이를 지분거리는 그의 어깨를 살짝 밀어냈다. 물러나지 않고 버틸 듯하던 수가 가슴에서 쉬이 떨어졌다.

"왜."

그가 짧게 입술을 달싹였다. 타액으로 번들거리는 그의 입술을 잠시 넋을 놓고 보던 무야가 정신을 차리려 머리를 흔들었다. 그의 다른 손이 그녀의 다리를 쓸어 올려 허벅지 안쪽으로 미끄러졌다.

"오, 오늘은 제가 수 님 위에 앉아도 되겠습니까?"

사타구니 쪽으로 은밀히 다가오는 그의 손길에 무야가 다급하게 말을 뱉어 냈다. 그의 손이 우뚝 멈췄다. 그가 상체를 바르게 하며 그녀와 눈높이를 맞추었다. 갑작스레 눈앞으로 다가온 그의 얼굴에 무야가 입을 벌린 채 멍하니 그를 보았다.

"무어라 하였느냐?"

그가 뭔가를 잘못 들었다는 듯 무야에게 재차 물었다. 그의 반응이 예상했던 것과 달라 무야가 선뜻 입을 열지 못했다. 꿈에서처럼 해 보라 하여 덮쳐 볼까 하고 꺼낸 말이었다. 그러려면 제가 수를 깔고 앉아야 할 듯하여.

"그것이."

막상 다시 말을 하려니 입이 떨어지지 않았다. 제가 수 님을 집어삼키려 하니 바르게 누워 있으라 어찌 말을 한단 말인가. 생각만으로도 망측하여 귓불은 물론 목까지 화끈 달아올랐다.

"아닙니다."

무야가 시선을 내리며 기어들어 가는 목소리로 겨우 답했다. 해 보지 못한 것을 해 보려다 괜스레 도를 넘어선 말을 뱉어 내는 우를 범하고 만 것 같았다. 오냐오냐하며 수가 마음을 내비치니 이제는 그를 깔아 보겠다 나서는 게 말이 되는가 말이다.

뒤늦은 후회가 밀려왔다.

"이리 말이냐?"

그가 그녀의 가는 허리를 답삭 잡아 몸을 뒤집었다. 순식간에 그녀의 몸이 그의 위에 자리하게 되었다. 그가 침상에 누운 채로 제 위에 앉아 있는 무야를 바라보았다. 그 눈빛이 열기를 품고 있었다.

놀라 내려다보던 무야의 입가에도 점점 미소가 떠올랐다. 그가 허리를 잡았던 손을 살며시 놓았다. 그러자 그녀의 몸이 그의 위에 완전히 맞닿았다.

"아아아."

그녀의 은밀한 곳에 무언가 단단한 것이 닿았다. 그것은 살아 있는 듯 꿈틀거리며 그녀의 여린 피부를 자극했다. 불끈거리는 움직임이 사나웠다. 성질이 매우 급한 놈인 듯했다. 아마도 그녀가 버섯을 닮았다 말한 그 물건인 듯하다.

"난 준비가 되었으니 어서 해 보려던 것을 해 보아라."

느른히 웃으며 그가 말하였다. 그가 손을 뻗어 무야의 가슴의 돌기를 검지와 엄지로 잡고 비틀었다.

"아!"

아픔과 함께 짜릿한 전율이 흘렀다. 화들짝 놀라 짧게 비명을 지른 무야가 순간적으로 엉덩이를 들었다가 내려놓았다. 그녀의 아래에 자리한 그것이 더욱 사납게 찔러 댔다. 수가 하체를 살짝살짝 움직여 놈이 그녀의 은밀한 부위에 비벼지게 하였다.

달궈진 쇳덩이처럼 그의 것이 뜨거웠다. 맞닿은 그녀의 꽃잎도 이리저리 헤집어지며 달아올랐다. 안쪽 깊숙한 곳에 자리한 우물에서 꿀이 넘쳐흘렀다. 자극에 민감히 반응하는 우물이었다.

그를 맞이할 준비가 빨리 이뤄지고 있었다. 무야가 그의 배 위에 두 손을 올려놓았다. 그러곤 엉덩이를 뒤로 빼어 위로 살짝 들어 올렸다. 그러자 눌러진 것에 불만을 토로하던 수의 그것이 맹렬히 일어섰다.

"몹시 기대가 되는구나."

수의 말이 신호라도 되듯이 무야가 엉덩이를 움직였다. 버섯의 머리 모양을 닮은 그곳과 맞닿게 하여 꽃잎을 문질러 댔다. 그러자 울컥 하고 안에서 꿀물이 흘러내렸다. 버섯에서도 진득한 액이 나와 꿀과 뒤섞였다. 버섯이 꽃잎의 안쪽을 파고들었다.

"아앗. 으응."

이제 막 버섯의 일부를 삼켰을 뿐인데 무야의 입에서 참지 못한 신음이 흘러나왔다. 크고 긴 버섯을 통째로 삼키기엔 아직은 좀 버거웠다. 그녀가 버섯의 머리를 토해 냈다. 그러곤 다시 물기를 시도했다.

그럴 때마다 울컥울컥 그녀의 꽃잎이 더 많은 꿀물을 흘려 냈고, 그의 그것은 벌떡거리며 그녀의 안으로 치고 들어

오려 했다. 그의 말대로 참을성이 그리 많지 않았다. 서두르지 않으면 화가 치밀어 몸을 더 부풀릴 기세였다.

"윽."

무야가 그의 그것을 손으로 잡아 제 꽃잎에 맞추었다. 그러곤 조심히 아래로 몸을 내렸다. 이번엔 좀 더 깊이 그것을 물었다. 조금 더. 조금만 더 깊이.

억눌린 신음이 그녀의 목구멍 안으로 삼켜졌다. 무야가 제 몸속으로 반쯤 들어온 그것을 놓고 상체를 기울여 수의 입술에 제 입술을 겹쳤다. 안달이 난 것처럼 그의 입술을 급히 삼켰다. 두려움에서 비롯된 행동이었다. 이어질 아래의 고통을 예감하여 그런 것이다.

'읍!'

다리를 벌리며 그의 것을 뿌리 끝까지 머금었다. 안으로 깊이 파고든 그것을 바짝 조였다. 아픔이 예민한 속살을 움찔거리며 조여들게 만들었다.

"하아."

그녀의 입 안으로 수가 흘려 낸 숨결이 스며들었다. 휘감긴 혀에 숨결이 녹아들었다. 화끈한 아래의 고통을 잊으려 무야가 그의 입술을 격정적으로 탐했다. 혀를 빨고 물었다. 입 안을 휘저었다.

"……후우."

입술을 살짝 떼어 낸 그녀가 떨리는 숨결을 뱉어 냈다. 그러곤 그의 입술 위에서 제 입술을 달싹이며 경고했다.

"이제 먹습니다."

참으려 하였다. 그는 진정으로 그녀가 제 실력을 발휘할 수 있게 배려하며 응해 주려 하였다. 그런데 그녀의 귀여운 도발에 웃음이 터져 버렸다.

"훗."

짧게 터트린 웃음은 곧 아래를 움직여 오는 무야의 자극에 입 안으로 말려 들어갔다. 조심히 부드럽게 그녀가 허리와 엉덩이를 흔들었다. 성급하지 않은 야금거림이 그녀다웠다. 아래에서 들리는 은밀하고 야릇한 대화에 수가 입가를 매끄럽게 끌어 올렸다.

아무래도 그의 암고양이는 부뚜막에 오르는 것보다 그의 몸 위에 올라타는 것을 더 즐겨 할 듯하다.

따스한 햇살이 방 안을 환하게 비추고 있었다. 오늘은 밤보다 더 아름다운 낮이 될 모양이다.

14. 영산에서

그날 꿈이 이상하다 했었다.

고양이가 검은 범으로 변해서 덮치는 꿈. 그것을 꾸고 난 이후로 몸이 아파 왔다. 힘도 없고 나른했으며 잠이 많아졌다. 무엇보다도 식욕이 현저히 떨어졌다. 수가 인간 세상에서 가져오는 온갖 맛난 음식들이 죄다 그녀의 입에는 버석거리는 모래알같이 느껴졌다.

그리 좋아하던 고기도 입에 물면 꼭 상한 것 같은 맛이 났다. 그런 걸 수가 무야에게 먹일 리 없기에 무야는 입맛이 없다며 마다하는 것으로 고기를 멀리했다. 그의 앞에서는 되도록 티를 안 내려 무야는 무던히도 애썼다.

그렇게 잘 견뎌 왔는데 오늘은 아무래도 힘이 들 것 같았다. 무야가 숟가락을 든 채로 밥상 위에 올려진 생선을 물끄러미 내려다보았다. 붕어가 몸에 좋다 하여 특별히 식신이 좋은 것으로 구해 온 것이라 했다.

"먹어 보겠느냐?"

무야의 안색이 파리한 것을 보며 수가 조심스럽게 물었다. 정성을 생각해서는 얼른 맛이라도 보아야 할 터인데. 붕어의 큰 눈과 벌어진 입을 보니 도저히 손이 움직이지 않았다. 머뭇거리는 무야를 대신해 그가 살점을 떼 내어 그녀 앞에 내밀었다.

"기력 회복에 좋다고 하니 먹어 보거라."

제대로 먹질 못하니 얼굴이 수척해졌다. 피로는 쌓일 틈도 없이 계속 잠에 취해 있는데도 몸은 나날이 힘겨워만 갔다. 어이해 이러는 것인지 알 수가 없었다. 수가 그녀의 몸을 생각해 안지 않은 지도 여러 날 되었다.

그녀의 몸이 어서 쾌차를 하여야 할 터인데 걱정이었다. 죽음에 관하여는 모든 것을 꿰뚫어 보는 수였으나, 그 외의 것에는 무관심하여 잘 알지 못했다. 작금에 이르러서야 그것이 후회가 되었다.

아무리 노력하여도 정원에 싹을 틔울 수 없었던 그때 다른 것들에 관심을 갖는 것이 무의미함을 깨닫고 관두었다. 이리될 줄 모르고. 곁에 소중한 이가 함께하게 되리란 걸 그 당시에는 전혀 예상하지 못했었다.

"우욱."

입 가까이 붕어의 살점을 가져가자 무야가 입을 벌리려다 말고 구역질을 했다. 수가 얼른 젓가락을 물리고 붕어를 밥상에서 치웠다. 그가 접시를 던지자 식신이 달려와 받아 사라졌다.

"괜찮은 것이냐?"

먹기 싫은 것을 억지로 권해 이런 것인가 하여 그가 다급하게 그녀의 앞으로 다가가 물었다. 별일 아니다 말하려다 다시 우욱 하고 만다. 그녀가 말 대신 손을 휘저었다. 걱정하지 말라 내젓는 것이나 그 손길에 힘이 없어 안쓰러움이 더했다.

"하아. 그 잡놈을 기어이 불러들여야 하는 것인가."

수가 힘겨워하는 무야를 보고 혼잣말을 중얼거렸다. 말 속에 못마땅함이 가득했다. 무야는 숭늉만 겨우 조금 먹고는 힘에 겨워 더 이상 아무것도 입에 대지 못했다. 수가 그녀를 자신의 거처로 데려가 침상에 눕혔다.

"푹 자고 있거라."

"송구합니다."

무야가 곁에 앉은 그를 힘없이 올려다보며 말했다. 그녀의 손을 지그시 잡아 따스한 눈길로 내려다보며 수가 엷은 미소를 지어 보였다.

"그런 말 말고 자고 일어나면 좋아질 터이니 어서 눈을 감거라."

그가 상체를 기울였다. 다가오는 그의 얼굴을 보며 무야가 눈을 감았다. 그녀의 감은 눈 위에 수가 입술을 가벼이 눌렀다. 무야가 편히 잘 수 있게 주문을 외고 입술을 거뒀다. 곤한 숨을 내쉬며 잠에 빠져드는 것까지 지켜보고서야 수가 침상에서 일어났다.

"후우."

짙은 한숨을 토해 낸 수가 기척 없이 방을 빠져나왔다. 그가 정자에 올라 허공을 휘저었다. 거울이 나타나 그의 시야 안에서 둥둥 떠다녔다.

"놈을 불러오너라."

그의 말에 거울이 일렁거리며 운산을 비쳐 냈다. 곧 연못가에 누워 오수를 즐기고 있는 연의 모습이 나타났다. 연못 물이 넘실거리며 연에게 수의 뜻을 전했다. 연이 누운 채로 손을 휘저었다. 오지 않겠다는 뜻이었다.

"내가 그곳으로 가면 운산이 이번엔 불바다가 될 터인데."

거울을 통해 흘러 들어간 그의 말에 연이 발끈하며 상체를 일으켜 세웠다. 그가 연못 위로 얼굴을 내밀었다.

"미친 게냐? 보이는 족족 작살내는 것에 아주 맛을 제대로 들인 모양이구나. 네놈이."

"네 덕에 그 맛을 알았으니 억울해하진 말아야지."

"하아."

"어찌할 것이냐."

서늘하게 뱉어 낸 그의 말에 연못 물이 진동을 시작했다. 수가 연못의 바닥을 뒤흔들어 그런 것이다. 몰랐던 파괴 본능에 뒤늦게 눈을 뜬 것처럼 시도 때도 없이 협박을 해 대는 수의 행동에 연이 기막힌 듯 어이없는 한숨과 함께 욕을 뱉어 냈다.

"하아. 미친."

"당장 와서 무야를 살펴 주어야겠다."

무야라는 말에 연의 표정이 변하였다. 그가 한껏 찡그렸던 얼굴을 펴고 심드렁하게 물었다.

"왜. 무슨 일이 있는 것이냐?"

"있으면 내가 널 가만히 두지 않을 것이다."

걱정하여 묻는 말에 수가 되레 협박을 해 댔다. 무야에 대해서는 예민함이 극에 달하는 수였다. 근처에 얼씬도 말라더니. 이제는 어서 와서 무야의 상태를 살펴보라 난리를 떨어

댄다. 패악이 이만저만이 아니었다.

원래 수의 성정이 이리 포악했던 것이 아니었을까. 숨겨진 본성이 이제야 발현된 것이 분명하다 연이 그리 생각할 만도 했다. 어째 날이 갈수록 더 예민하게 굴었다.

"혹시 잠자리를 거부하는 것인가?"

낮게 중얼거린 연의 말에 연못 물이 요동을 치며 솟아올랐다. 운산의 산 것들도 불안에 떠는 것이 느껴졌다.

"혼잣말이다. 뭘 이리 흥분해. 사실인 것처럼."

뒤이은 연의 말에 흔들리던 운산이 일순 잠잠해졌다. 연이 한쪽 눈썹을 휘었다. 그가 물에 비친 수의 얼굴을 유심히 살폈다. 이어 연의 입술이 비스듬히 치켜 올라갔다. 사실인 모양이다. 둘의 잠자리가 예전 같지 않은 듯하다. 그것도 무야가 수를 거부하고 있음이 분명했다.

그 증거로 수가 지금 저도 모르게 짙은 한숨을 내쉬며 암울해하고 있질 않느냔 말이다.

"기다리거라. 내 좋은 것을 가져갈 터이니."

그리 말하곤 연못 위로 손을 휘저었다. 물에 비치던 시무룩한 수의 모습이 사라졌다. 연이 자리를 털고 일어나 선반으로 걸어갔다. 즐비하게 늘어선 유리병들을 쭉 훑어 나가며 연이 중얼거렸다.

"정사에 좋은 것이 어디 있더라."

유리병을 훑어 내리는 연의 눈에 즐거움이 가득했다. 절대 볼 수 없다 여겼던 풀 죽은 수의 모습을 보아 기분이 좋았다. 그 원인이 무야라 하니 즐거움이 한층 더 가미되었다. 짜증의 원인이 되었던 무야가 이리 신선한 즐거움을 가져다줄 줄이야.

"여기 있구나."

연분홍의 빛깔이 고운 액체가 담긴 유리병을 찾아 집어 들던 연이 움찔 손을 멈추었다. 그의 눈동자가 파동을 일으키며 가늘게 늘여졌다. 무언가를 감지하여 그런 것이다. 그가 유리병에서 손을 거뒀다.

찡그려진 미간을 손끝으로 쓸며 짜증스럽게 다른 병을 집어 들었다. 초록의 싱그러움이 담긴 유리병이었다. 그것을 챙겨 들고 뒤돌아 걸음을 내딛는 연의 입에서 수를 향한 욕이 튀어나왔다.

"발정이 나 미친 듯이 덤벼든 모양이구먼. 망할 놈의 자식."

연의 모습이 순식간에 사라졌다.

그가 다시 모습을 드러낸 곳은 고택의 마당이었다. 정자에 올라 수의 면전을 마주 보는 것도 짜증스러워 마당에 선 것이다. 그가 원래 무야가 쓰던 거처를 보았다. 그녀의 기가 느껴지지 않았다. 연의 발걸음이 곧장 수의 거처로 향했다.

자박자박 걸음을 옮겨 수의 거처 앞에 도착했을 때 수가 그의 앞에 나타났다. 연의 미간이 단박에 와락 찌푸려졌다.

"잠들어 있으니 조용히 들어가야 한다."

저를 보는 연의 불쾌한 눈빛은 깔끔히 무시하고 수가 그를 향해 주의를 주며 소리 없이 문을 열었다. 그 문으로 연이 투덜거리며 들어섰다. 그러다 침상에 누워 있는 무야를 보자 튀어나온 입을 집어넣었다.

"식욕이 없어 도통 밥을 먹질 못했다. 피로를 쉬이 느끼고 몸에 기력도 없어 힘에 겨워 한 게 벌써 열흘이 넘어서고 있다. 잠을 많이 자는데 혹여 무슨 이상이라도 있는 것은 아닌지……."

수가 걱정스레 늘어놓는 무야의 상태를 연이 심드렁하게 들어 넘겼다. 연의 무심한 태도에 수의 눈이 가늘어졌다. 급하여 부르긴 했으나 역시 연은 마음에 들지 않았다.

"맹한 것도 옳는 것인가."

연이 잠든 무야를 바라보며 혼잣말처럼 중얼거렸다.

"무어라?"

저를 향한 말임을 알아챈 수가 차갑게 묻자 연이 그를 돌아보며 콧방귀를 뀌었다.

"제 씨를 품은 것도 눈치를 못 채니 하는 말 아닌가."

어찌 이리 둔할 수가 있느냐 저를 낮잡아 내리는 연의 말에도 수는 선뜻 반격을 가하지 못했다. 지금 수는 뒤통수를 크게 얻어맞은 듯한 충격에서 헤어 나오지 못하고 있었다. 연이 내뱉은 말의 의미를 곱씹으면 곱씹을수록 가슴이 벅차올랐다.

수가 연의 양팔을 잡아 흔들며 진중히 물었다. 잘못 말하면 죽일 듯한 눈빛으로 연을 쏘아보면서.

"지금 무야가 내 아이를 잉태하였다는 말을 하는 것이냐?"

"그것을 이제 알아챈 것이냐? 내가 오지 않았다면 영영 모르고 무야를 생고생시켰겠구나. 입덧을 하는 줄도 모르고 있으니."

연이 수의 팔을 쳐 내고 잠든 무야의 곁으로 다가갔다. 들고 온 유리병의 마개를 열고 무야의 입술로 가져갔다. 그가 주술을 외며 중얼거리는 것을 수가 멍하니 지켜보았다. 연의 손에 들린 것은 생명력을 강화시키는 초록의 생명수였다.

"신의 아이를 품고 멀쩡할 수가 없지. 이만한 것도 다행한 일이다."

무야의 입 안에 연이 약을 흘려 넣었다. 잠결에도 무야가 약을 잘 받아 삼켰다.

"자고 일어나면 좀 좋아질 것이다. 먹고 싶어 하는 것 위주로 챙겨 먹이거라. 아무거나 권하지 말고."

연이 남은 생명수를 침상 옆에 올려놓았다.

"모태와 아이에게 좋은 것이니 두었다가 내일도 이 시간에 먹이거라."

그리 말하고는 몸을 돌렸다. 수의 얼굴을 보고 같은 공간에 서 있는 것이 영 불편했다. 그가 얼른 이곳을 벗어나야지 하는 생각으로 걸음을 옮겼다. 연이 막 수의 곁을 지나칠 때였다.

"정원에 가 보거라."

수가 툭 내뱉은 말에 연의 미간이 찌푸려졌다. 난데없이 웬 정원 타령인가 싶었다. 무야가 돌아와 가꾼 정원이 얼마나 좋은지 자랑하려 그러는 것인가 싶었다.

"되었다."

연이 관심도 없다 냉정하게 거절하고 나가려 했다. 무야에게 다가가 침상에 조심히 걸터앉으며 수가 말을 덧붙였다.

"네가 무야에게 준 씨앗이 꽃봉오리를 맺었다."

"내가 뭘 주었다고?"

기억에 없었다. 그런 것을 주었던 것 같기도 하고 아닌 듯도 하고. 어디서 또 주운 것을 던져 놓았던가 하는 생각을 하며 연이 되물었다.

"화족의 씨앗."

수가 연에게 등을 보인 채로 무야의 잠든 얼굴을 가만히 내려다보았다. 연의 미간이 더 한껏 찌푸려졌다. 진정 그런

것을 준 기억이 없었다. 화족의 씨앗이라니. 이미 멸하여 없
는 종족의 씨앗을 어찌 준단 말인가.

"말도 안 되는 잡소리."

농으로 치부하며 연이 성큼성큼 밖으로 나섰다. 그가 수의
처소를 나서자 눈앞으로 뭔가가 지나갔다. 둥둥 떠올라 움직
이는 것이 어린 식신인 듯했다. 아직 몸을 숨기는 법을 제대
로 익히지 못한 모양이다.

"저런 것을 왜 만드는 것이야."

이해할 수 없다는 듯 고개를 절레절레 흔들던 연이 무심
히 식신에게서 시선을 거두고 발걸음을 옮기려다 다시 돌아
보았다. 어린 식신이 향한 곳이 정원이었다. 문득 수가 한
말이 귓전을 맴돌았다.

자신이 무야에게 주었다는 화족의 씨앗이 꽃봉오리를 맺
었다는 말이 썩 믿음이 가지는 않았으나, 수가 여태 허튼소
리를 하는 것을 본 적이 없었다. 그리고 무야를 돕기 위해 생
명수까지 챙겨 온 자신에게 거짓말을 할 것 같지도 않았다.

그의 발걸음이 가려던 곳과는 전혀 다른 방향으로 움직였
다. 어린 식신이 들어간 정원이었다. 자박자박 땅을 밟아 나
가던 발걸음이 정원에 이르러서야 빨라졌다. 눈앞에 보이던
어린 식신의 모습이 시야에서 사라졌다.

정원에 발을 들인 연이 힐끔거리며 꽃들을 살폈다. 대체

어떤 것이 화족의 씨앗이 피운 것인지 알 수가 없었다.

쪼르륵. 쪼르륵. 어디선가 물 흐르는 소리가 나고 있었다. 소리가 들리는 곳으로 연이 다가갔다. 아까 그 어린 식신이 꽃에 물을 주고 있었다. 아픈 무야를 대신해 정원을 돌보고 있는 듯했다. 연이 식신의 곁으로 가까이 다가가자 식신이 그의 기운을 느끼고 돌아보았다.

난생처음 보는 것을 대하듯 식신의 눈동자가 멍하니 깜빡거렸다. 이게 무엇인가 싶은 모양이다.

"하아. 이런 것에게까지 굳이 내 입으로 소개를 하여야 하는가."

그렇게 별스러운 것은 만들지 말 것이지. 원래 있던 식신만으로도 될 것을 이리 어린 형체로 만들어 무얼 하겠다는 건지.

"화족의 씨앗이 피운 꽃봉오리는 어디에 있는 것이냐?"

그가 근엄한 목소리로 물었다. 은근히 기운을 흘려 내며 압박을 하려 했으나 어린 식신에게는 통하지 않았다. 흐릿하나마 형체가 있기에 협박용으로 괜찮을 줄 알았다.

'수 그놈이 만든 게 다 이렇지 뭐.'

어쩔 수 없다 체념하며 그가 자신의 신분을 밝혔다.

"나는 생을 주관하는 위대한 신. 연이다."

그러니 어서 묻는 말에 답이나 하고 눈앞에서 사라지라

그가 눈빛으로 말을 대신했다. 어린 식신이 눈을 깜빡거리더니, 뭔가를 알아차렸는지 공손히 두 손을 모았다. 이제야 화족의 씨앗이 어디에 뿌리를 내렸는지 말해 주겠구나 싶었다.

'저는 식신 환이라 합니다.'

허리를 숙이며 어린 식신이 자신을 밝혔다. 당장에 연의 미간이 찌푸려졌다. 듣고 싶었던 말이 아니었다. 그가 신경질적으로 손을 휘저었다.

"그게 아니고. 되었다. 그래, 환."

식신의 이름을 내뱉다가 연이 멈칫했다. 어딘가 익숙한 이름이었다. 어디에서 들었더라. 곰곰이 생각에 빠져들며 연이 환을 직시했다. 찬찬히 짧은 환의 몸을 훑어 내리던 연이 앓는 듯 낮은 신음을 흘려 냈다.

"흐음."

생각이 나 버렸다. 무야와 함께 인간 세상으로 내려갔던 그 수컷 야묘족의 이름이 환이라 했다. 마지막에 연 때문에 참혹한 죽음을 맞이했었다. 무야가 참 구슬프게도 울었던 것 같은데. 결국은 환생을 거부하고 무야의 곁에 남기로 한 모양이다.

기억을 다 지운 터라 곁에 남아도 그전의 감정은 하나도 남아 있지 않을 텐데. 그래도 그게 좋았던 것인가. 연은 아무리 생각해도 이 영산에 머문 것들의 마음을 이해할 수가 없었다. 고작 계집 하나 때문에 제 인생을 이리 다 바친다는 것이. 그 은애하는 마음이라는 것을 도무지 알 수가 없었다.

이해되지 않는 것을 억지로 알아내려 할 필요는 없었다. 연의 기준에서는 그러했다. 그들은 그들대로의 시간을 보내는 것이고, 저는 저대로 지내는 것이다.

"하던 일이나 계속하거라."

그가 손을 내저었다. 말을 섞는 것이 오히려 더 피곤할 듯했다. 없는 죄책감이라도 끌어 올려야 할까 싶어 먼저 자리를 벗어나려 했다.

사라락. 바람이 불었다.

연이 정원을 나가려 발을 내딛던 참이었다. 갑작스레 불어온 바람에 꽃향기가 정원에 은은하게 번져 나갔다. 향기로웠다. 운산에도 꽃과 나무가 지천이었다. 나비와 벌도 함께였다. 같으나 다른 향과 모양새였다. 꽃은 꽃이로되 피어나 지기까지의 과정이 달랐다.

수의 정원에 핀 꽃은 쉬이 지지 않는다. 향기에 현혹되어 날아든 나비는 수정을 돕기도 전에 죽어 버린다. 오래 피었다가 나중에는 부스러져 먼지로 화하게 될 것이다. 그 어떤 것도 남기지 못하고.

하여 향기가 더 매혹적인지도 모르겠다. 발악을 하는 중이라. 살고자. 벌이든 나비든 끌어들여 씨앗을 만들고자 안간

힘을 쓰는 중이 아닐까.

여태 한 번도 맡아 보지 못한 묘한 향기가 공기 중에 뒤섞였다. 여인의 분내 같기도 하고 사향이 다른 것과 뒤섞여 나는 향기 같기도 했다. 그가 모르는 향기란 존재할 수가 없었다. 모든 생명을 가진 것들은 죄다 그의 손을 거쳐 간다.

지금 무야의 배에 생겨난 수의 아이만 빼고. 그것은 연이 심어 놓은 것이 아니었다. 연의 손을 거치지 않고 자연적으로 생겨난 최초의 것이었다.

그의 발이 옆으로 두어 걸음 옮겨졌다. 몸을 돌려 향이 나는 곳으로 시선을 던졌다. 높이 자라 가지를 뻗고 있는 다른 꽃들과는 달리 바닥에서 얼마 떨어지지 않은 높이에서 주먹만 한 꽃봉오리를 맺고 있는 식물이 연의 눈에 들어왔다.

끌리듯 그가 꽃에게로 걸음을 옮겼다.

아주 낮은 곳에 피어나 고개를 한껏 숙이고도 자세히 살펴볼 수가 없어 연이 바닥에 한쪽 무릎을 세워 앉았다. 그리하여 몸체에 비해 버거운 듯 보이는 꽃봉오리를 유심히 보았다. 향기의 근원지는 이 꽃봉오리가 맞았다.

"묘하게 생겼구나."

여태 본 적이 없는 이상하게 생긴 식물이다. 이것이 화족의 씨앗이 피운 꽃봉오리가 맞는 모양이다. 그가 가지고 있는 씨앗 중에 없는 것임을 보면.

"이것을 내가 무야에게 줬단 말이지."

왜 기억이 안 나는 것일까? 자신이 가지고 있다가 건넸다면 분명히 기억에 남아 있을 터인데. 이상하게 아무것도 떠오르는 것이 없었다. 무언가에 홀린 기분이다.

"참으로 못생겼다. 화족의 씨앗이 틔운 것이라기에 고울 줄 알았더니."

고개를 흔들며 그가 짧게 혀를 찼다. 볼품없는 꽃은 그의 기준에 꽃이 아니었다. 잡풀이지. 그가 자리를 털고 일어나려 했다.

'뭐래? 거울은 보고 하는 말이야? 제 놈이 나보다 훨씬 더 못생겼구먼.'

툴툴거리며 내뱉는 말본새가 여간 당돌한 게 아니었다. 몸을 틀어 일으키려던 그대로 그가 꽃봉오리를 노려보았다. 소리가 그 안에서 들려 그런 것이다. 화족은 꽃봉오리 안에서 큰다. 저것이 분명 화족이 맞는 모양이다.

겁도 없이 쫑알거리는 주둥이를 갖고 있는 것이 저 안에 살아 있는 듯하니.

연이 손으로 꽃봉오리를 툭 쳤다. 가는 줄기로 지탱하기에는 꽃봉오리가 격하게 컸다. 이리 치면 꽃봉오리가 바닥에 떨어지거나, 줄기가 꺾여 오래 버티지 못하고 제대로 크지도 못하리라 생각해서 한 행동이었다.

또 그의 못된 심보가 발동을 한 것이다. 감히, 신을 향해 저리 함부로 나불거렸으니 응당 벌을 받아야 마땅했다.

쳤다고 생각했다. 분명히 꽃봉오리에 그의 손이 닿았다고 여겼는데 아니었다. 꽃봉오리가 그의 손을 피해 제 스스로 한쪽으로 기울어져 있었다.

"이 무슨. 하아."

반사 신경이 장난이 아니었다. 이런 꽃이 있다는 건 듣도 보도 못 했다. 그가 이번에는 반대편으로 손을 옮겨 꽃봉오리를 향해 휘둘렀다.

"하아."

기막힘에 연속으로 어이없는 헛웃음이 터져 나왔다. 이번에도 꽃봉오리가 그의 손을 아주 쉽게 피한 것이다. 그 후로 몇 번을 더 손을 휘둘렀으나, 이리저리 잘도 빠져나가며 그의 약을 바짝 올려 놓았다.

"이대로 끝날 성싶으냐."

머리끝까지 화가 치민 연이 직접 꺾어 버릴 요량으로 꽃봉오리를 한 손으로 와락 잡아 쥐었다. 손안에서 뭉그러져 줄기에서 떨어질 줄 알았다. 그런데 아니었다. 꽃봉오리가 펑 하고 터지듯 위가 벌어지며 뭔가가 튀어나왔다. 그것이 그의 머리 위에 안착했다.

"이것이 대체 무슨……."

말도 안 되는 일들이 눈앞에서 벌어지고 있었다. 주먹만 한 꽃봉오리에서 나온 것이 어찌 이리 클 수 있단 말인지. 연이 제 머리 위로 손을 올렸다. 그의 손을 피해 머리 위에 있던 것이 뒤로 빨빨거리며 내려갔다.

"내려와."

그가 서늘 퍼런 눈빛으로 험악하게 말했다. 정체를 알 수 없는 그것이 되바라지게 그의 어깨에 척 하니 올라타 연의 머리카락을 꽉 움켜잡았다. 끌어 내리면 머리카락을 뽑아 버릴 기세였다.

물을 주던 환이 소란에 연이 있는 곳으로 다가왔다. 환의 시선이 터져 펼쳐진 꽃잎에 머물렀다가 연에게로 옮겨 갔다. 이리 만든 것이 연이냐고 묻는 듯한 시선이었다. 제 주인이 아끼는 정원의 꽃이 엉망이 되었으니 시선이 곱지 않을 만도 했다.

"이것 좀 내려 보거라."

연이 불만 가득한 눈으로 저를 보고 있는 환에게 명령했다. 환이 그의 어깨에 걸터앉은 자그마한 소녀를 멀뚱히 바라보았다. 저보다 조금 더 어린 듯 보였다. 아까는 없던 것이었는데 왜 어깨에 올려놓고 자신에게 내리라 하는 것인지 이해가 가지 않았다.

"어서."

재차 이어진 명령에 환이 주춤주춤 그에게 다가가 소녀에게로 손을 뻗었다.

"손대면 물어 버린다."

환의 손이 허공에서 멈췄다. 그가 으르렁거리며 이를 내보이는 소녀를 가만히 응시하다가 몸을 돌렸다. 유유히 멀어지는 환을 연이 기막힌 듯 쳐다봤다.

'물을 덜 주어서.'

그것도 변명이라고. 환이 달아나며 연의 따가운 시선을 느낀 듯 황급히 말했다. 그러곤 자취를 감추었다. 쓸 줄 모르는 줄 알았던 몸을 감추는 기술을 시전 한 것이다. 급하면 안 되던 것도 된다더니.

"내려오거라. 내 잘못을 따져 묻지 않을. 아!"

한 수 접고 기회를 주려 연이 말하였으나, 돌아오는 건 조롱이었다. 그와 동시에 잡은 연의 머리를 화족의 소녀가 거칠게 잡아당겼다.

"제 놈이 잘못해 놓고 누가 누굴 용서해 준대?"

"제, 제 놈이라니. 감히, 신에게 어찌 그런! 아! 아!"

말이 끝나기도 전에 소녀가 연의 머리를 더 힘껏 당겼다. 이러다 뿌리째 뽑히는 건 아닌가 싶을 정도로 소녀는 손에 사정을 두지 않았다.

"이 망할 것이!"

참을 만큼 참았다. 이제는 더 이상의 관용은 없었다. 제아무리 멸망한 귀한 화족의 단 하나 남은 생명이라 하여도 절대 용서치 않을 것이다.

그리 결심한 연이 제 어깨에 올라타 가슴께로 내려온 소녀의 발을 붙잡아 거칠게 잡아당겼다.

"윽!"

고통에 찬 소리는 소녀가 아니라 그에게서 들려왔다. 그가 손에 악력을 가할수록 소녀가 그의 머리카락을 쥐어 휘감아당겼다. 송두리째 뽑힐 리는 없겠지만 고통은 느낄 수 있었다. 눈에 절로 눈물이 맺혔다.

그 어떤 것도 생명의 신을 이리 대하지 못했다. 감히, 손을 댈 생각은 물론이고, 함부로 바라보지도 못하였다. 그저 우러르고 우러렀다. 그런데 이것은 달랐다. 악착같이 달라붙어 절대 떨어질 생각을 하지 않았다.

한참을 옥신각신하며 둘의 기 싸움이 이어졌다. 먼저 포기 선언을 한 것은 연이었다. 악바리 같은 끈질김이 보통이 아니었다. 결국엔 기진맥진한 연이 바닥에 털썩 쓰러지고 말았다.

이런 경우는 없었다. 신이 지쳐 바닥에 드러눕다니.

"뭐 이런 것이 다 있단 말인가."

거친 숨을 몰아쉬는 연의 가슴 위로 소녀가 살포시 내려앉았다. 여전이 그녀의 두 손에는 말고삐처럼 연의 머리카락이 쥐어져 있었다. 그것을 잡을 수 있다는 것 자체가 신기했다. 싱그러운 초록의 눈동자가 보석처럼 반짝이며 저를 내려다보고 있었다. 소녀의 눈이었다.

"원하는 게 무엇이냐?"

연의 말에 소녀가 자신이 들어 있던 꽃봉오리를 돌아봤다. 그녀가 손을 뻗어 그것을 가리켰다.

"원래대로 돌려놔."

그가 손을 들어 꽃봉오리가 있는 쪽을 향해 물의 기운을 흘려 냈다. 그런데 그 기운이 제대로 전달이 되지 않고 있었다. 꽃봉오리가 원래의 상태로 만들어지지 않았다. 아니, 꿈쩍도 하지 않았다.

"이건 또 왜 이러는 것이야."

연은 한시라도 빨리 이 상황에서 벗어나고 싶었다. 호기심이 화근이라 그리 무야를 비웃었는데, 작금의 자신에게도 해당되는 말이 되어 버렸다. 화족이 어떤 꽃봉오리를 피우는지. 진정 그것이 여기 있는 것이 맞는지 궁금하여 정원에 발을 들이지만 않았어도 이런 일은 생기지 않았을 것이다.

"운산에 가서 방도를 찾아보아야겠다."

그러니 너는 여기서 얌전히 기다리고 있거라. 그리 말하려 했건만. 단호하게 자신을 내려다보고 있는 소녀의 얼굴을 보자니 통할 것 같지가 않았다. 그럼 할 수 없지.

그가 상체를 일으키자 소녀가 얼른 그의 허리에 다리를 감아 고목나무의 매미처럼 연에게 매달렸다. 떨어지지 않을 생각임이 분명했다. 여기서는 아무것도 해결할 수 없다 판단한 연이 소녀를 매단 채로 일어나 걸음을 옮겼다.

두어 걸음 내딛었을 때 그의 모습이 사라졌다. 매달려 있던 소녀도 함께 자취를 감추었다. 그들이 난리를 피워 댄 정원에는 소녀가 자라고 있던 꽃봉오리만이 덩그러니 남겨졌다.

생명수의 효험은 가히 월등하다고 할 만했다. 입덧으로 고생하던 무야가 조금씩 입에 맞는 것을 찾아 먹기 시작했다. 나중에는 이것도 먹고 싶다, 저것도 먹고 싶다 하며 직접 요구하기도 했다. 제가 부리는 식신은 아직 어려 그런 것들을 가져오지 못했다. 그것은 오롯이 수의 식신에게 떠넘겨졌다.

싫어할 만도 한데 수의 식신은 전혀 그런 기색을 내비치지 않았다. 오히려 즐거워 보였다. 고택에만 머물며 죽은 혼들만 보던 식신이 인간 세상을 드나들며 뜻하지 않은 재미를 느낀 모양이다.

게다가, 자신이 구한 음식이 모두 무야의 입으로 들어간다니, 더욱 신경을 쓰며 맛있다고 이름난 인간 세상의 객잔들은 전부 찾아가 음식을 공수하기를 마다치 않았다. 전혀 고생스럽다는 생각은 들지 않았다. 정확히 언제 태어날지는 모

르나 무야의 배 속에 수의 아이가 자라고 있다는 사실이 또
한 식신을 들뜨게 했다.

고택에 식물이 아닌 다른 생명이 처음으로 태어나는 것이
다. 그것도 죽음의 신의 혈통을 이어받은 존재가.

수를 모시는 입장에서 아니 기쁠 수가 없었다.

지금도 인간 세상에서 구해 온 꿀떡을 수의 처소로 가져
가는 길이었다. 둥실둥실 그의 기분을 담은 쟁반이 허공을
떠다녔다. 그 옆으로 어느새 하나가 덧붙었다. 쟁반과 눈높
이를 맞추고 나란히 이동하는 것은 환이었다.

환의 눈이 꿀떡에서 떨어질 줄을 몰랐다. 마치 입이 아니
라 눈에서 침이 흐르는 것 같았다.

'아니 된다.'

식신이 엄하게 말하며 쌩하니 처소 앞으로 날아갔다. 그럼
에도 불구하고 환은 끝까지 따라붙어 처소 안까지 들어오고
야 말았다. 언감생심 감히 뉘가 드실 것을 탐하는 것인가 식
신이 노기 띤 시선으로 노려보다 저를 향해 손을 뻗는 수에
게 냉큼 쟁반을 건넸다.

'이름난 명인이 만든 꿀떡이옵니다.'

자랑스럽게 한마디 덧붙이기도 하였다.

"감사합니다."

인사는 수가 아닌 무야에게서 들려왔다. 이제 제법 몸의

운신이 나아져 밖에서 먹어도 된다고 말을 하는데도 수가 한사코 가만히 누워만 있으라 해서 침상에서 벗어나지 못하던 참이었다. 그런 와중에 이리 맛난 것을 가져다준 것도 고맙고 덩달아 환까지 데려와 주어 더 반가웠다. 며칠 수가 곁에서 떨어지지 않는 바람에 환과 마주할 시간이 없었다.

"오랜만이야."

무야가 저만치 서 있는 환을 향해 손을 흔들었다. 환이 그녀를 향해 공손히 고개를 조아렸다.

"내 대신 바쁘게 집안일을 하고 있다지? 고마워."

'아닙니다. 재미있습니다.'

환이 손을 흔들며 말했다.

"일단 이것부터 좀 먹고."

둘 사이에 수가 끼어들었다. 무야와 달리 수는 식신이 왜 저것을 달고 왔는지 못마땅한 기색을 식신에게 드러내고 있었다. 무야가 좋아하는지라 겉으로 내색은 못 하고 전음으로 식신에게 불편한 심기를 표했다. 요즘 바쁘게 뛰어다니는 것은 자신의 식신도 마찬가지라 수가 크게 나무라지는 않았으나, 제 심기가 좋지 않음은 숨기지 않았다.

"자, 아."

무야에게는 한없이 다정한 미소를 지어 보이며 그가 꿀떡 하나를 들어 그녀의 입 앞으로 가져갔다. 연이 보았다면 경악했을 짓을 요즘 수는 스스럼없이 무야에게 하고 있었다. 닭살 그런 거 수는 알지 못한다. 좋으니 하는 것이다. 무야가 씹기 힘들어하면 그마저도 해서 입으로 먹여 줄 수도 있었다. 은애하는 마음 앞에 근엄이니 신으로서의 품격 같은 것은 필요치 않았다.

무야가 엷게 웃으며 입을 벌렸다. 그 안으로 수가 조심스럽게 꿀떡을 넣어 주었다. 한입 크기로 먹기 좋은 꿀떡을 입에 넣고 오물거리던 무야의 시선이 흘깃 환에게 닿았다. 환의 시선이 꿀떡에 고정되어 있었다.

"너도 먹고 싶어?"

무야가 환에게 묻자 수의 시선이 환이 들어온 이후 처음으로 그에게 돌아갔다. 그리 곱지 않은 시선이었음은 두말할 필요도 없었다. 수의 따가운 시선에도 환은 그를 돌아보지 않았다. 꿋꿋이 그의 손에 들린 꿀떡을 보고 있었다.

"하나 줄까?"

무야가 다시 물었다. 원하면 줄 생각인 모양이다. 그것이 또 수의 심기를 건드렸다. 저에게는 먹어 보라 권하지도 않았으면서 환에게는 물으니 괜스레 부아가 치밀었다. 그것까지 모두 담아 수가 환을 노려보았다.

'아닙니다.'

양심은 있는지 환이 고개를 저었다. 그래도 주제는 아는 모양이다. 수가 환에게서 시선을 거둬 더없이 부드러운 눈으로 무야를 바라보았다.

여기서 꿀떡을 먹을 필요가 있는 이는 무야뿐이었다. 수도, 식신도 잊고 있는 사실은 그들을 포함해 환까지 음식을 먹지 않아도 된다는 것이다. 수는 무야를 외롭지 않게 하기 위해 함께 식사를 하는 것이지 맛이 있거나, 허기를 느껴 그런 것은 아니었다. 남은 둘은 아예 음식에 관심조차 없는 존재들이었다. 그런데 그것이 무야와 결부되니 까맣게 잊어버리고 질투까지 하게 되는 것이다.

"그래도 한 입만 맛보아."

재차 권하는 무야를 환이 의아하게 바라보았다. 고개를 갸웃이 기울이다 환이 전음으로 말했다.

'무야 님. 저는 음식은 먹지 않습니다.'

환의 대답에 그제야 여기저기서 탄성이 터져 나왔다. 잊고 있던 것이 생각나 그런 것이다. 무야도 두 손을 마주 치며 '그랬지 참.' 하고 중얼거렸다.

"하면 왜 이것을 그리 뚫어지게 본 거야?"

궁금한 것은 못 참는 무야가 환에게 대뜸 물었다. 환이 빙긋이 입가를 끌어 올리곤 꿀떡을 가리키며 말했다.

'신기하여 그렇습니다. 여기에 없는 것이기도 하고. 동글동글한 작은 돌멩이 같은 것이 또 반질반질거리기도 하고.'

식신이 되어서도 야묘족 특유의 호기심은 사라지지 않은 모양이다.

"홋."

낮게 웃으며 무야가 환을 향해 손짓했다. 가까이 다가오라는 뜻이었다. 그에 환이 수의 눈치를 살폈다. 멀찍이 떨어져서 구경하는 것은 괜찮을 듯싶었으나, 둘이 있는데 다가가는 것은 식신이 조심하라 일러 엄두를 내지 못하고 있던 참이었다.

아까부터 저를 향해 쏟아지던 수의 날카로운 기가 무섭기도 하여 쉽사리 움직이지 못했다.

썩 내키지는 않았으나 구경만 한다는데, 무야가 제 식신을 가까이 부르는데 막을 수는 없었다. 수가 작게 고개를 끄덕였다. 그를 본 환의 얼굴이 밝아졌다. 한 치의 망설임도 없이 환이 쪼르르 달려왔다.

'히히.'

수의 손에 들린 꿀떡을 보고는 신이 나서 웃는다. 그런 환을 수가 묘한 시선으로 내려다보았다. 식신이 웃는 것은 또 처음 보았다. 식신의 성격이 어느 정도 주인을 따라가기는 하나 무야의 식신이 이리 해맑을 줄은 몰랐다.

수가 꿀떡 중 하나를 허공으로 띄웠다. 상하지 않게 주술을 걸어 휙 밖으로 던지자 환이 따라 나갔다. 계속 곁에 두

느니 꿀떡 하나를 희생하는 것이 나을 것 같아 그리하였다.

"풋."

그의 속내가 뻔히 보여 무야가 참지 못하고 웃음을 터트렸다. 수가 짐짓 아무것도 모른 척 태연하게 다음 꿀떡을 무야에게 내밀었다. 입을 벌려 아기 새처럼 받아먹는 무야를 어여쁘게 바라보면서 그도 입가에 미소를 머금었다.

"참으로 맛있습니다. 입 안에서 사르르 녹습니다."

꿀떡의 맛을 음미하며 무야가 만족스럽다 말했다.

"달콤하고 부드러운 것이 꼭 수 님 같습니다."

"그래서 잘 씹어 삼키는 모양이구나."

무야의 은밀한 속삭임에 수가 한술 더 떠 덧붙였다. 금방 무야의 볼이 발그레하게 물들었다. 그가 내민 꿀떡을 앙 받아 이번엔 보란 듯이 야금야금 씹어 입 안에서 흐무러진 그것을 녹여 삼켰다. 부끄러워하면서도 도발은 참 잘 한다. 어쩌 하나를 가르치면 열을 더 깨우쳐 되받아친다.

"요망하기 이를 데 없는 고양이로고."

매끄럽게 입술을 끌어 올리며 그가 말하자 무야가 지지 않고 입술을 놀렸다.

"아무렴요. 뉘 집 고양인데요."

야릇하게 눈꼬리까지 접어 올리는 것이 아주 애간장을 살살 녹여 놓았다. 수가 남은 꿀떡을 제 입에 쏙 집어넣었다.

무야의 눈이 단번에 동그랗게 뜨였다. 제 몫의 꿀떡을 탐할 수가 아니라 그러했다.

수가 쟁반을 뒤로 치우더니 그녀를 향해 상체를 기울여 다가갔다. 그의 의중이 무엇인지 알아채곤 무야가 작게 입을 벌렸다. 그녀의 입에 제 입을 겹친 수가 혀로 꿀떡을 넘겨주었다. 그러곤 그녀의 말이 맞는지 알아보려는 듯 꿀떡을 혀와 혀 사이에서 은근히 으깨어 녹여 내었다.

"으음."

무야의 입에서 나른한 목소리가 흘러나왔다. 한참을 그렇게 혀와 혀가 휘감긴 채 무야의 입 안에서 노닐었다. 꿀떡이 녹아 사라진 후에도 여운을 즐기듯 긴 입맞춤을 이어 나가다 수가 아쉬움을 뒤로하고 겨우 입술을 거둬 냈다.

"맛있다."

마주한 시선에 달콤함이 한껏 묻어났다. 무야가 입술을 휘어 올리며 만족스레 달싹였다. 그런 무야의 입술을 수가 한 번 더 가볍게 빨았다. 지그시 그녀의 눈을 바라보며 그도 입술을 움직였다.

"그렇구나. 아주 맛나구나."

그녀를 안고 침상 위에서 뒹굴고 싶은 욕구가 꿈틀거렸으나 애써 꾹꾹 눌러 참았다. 힘겨워하는 그녀를 위해서이기도 했고, 배 속에 있는 아이가 놀랄까 염려되어 그런 것도 있었다. 아주 크고 긴 제 아비의 것이 저를 공격한다 생각해 겁을 먹으면 곤란할 터이니.

그의 입술 끝에 아쉬움이 맴돌았다.

무야의 배가 점점 불러 오기 시작했다. 아이를 가졌음을 안 지 석 달 만에 제법 많이 부풀어 올랐다. 그러더니 다섯 달로 접어드는 작금에는 혹여 터지는 것은 아닌가 싶게 커져 있었다. 야묘족의 임신 기간은 인간들에 비해 짧았다. 보통 여섯 달이면 아이가 다 자라 탄생의 순간을 맞이하게 된다.

한데, 무야의 경우는 이와 또 달랐다. 신의 아이를 야묘족이 낳는 일은 처음이라, 그 누구도 태어날 날이 언제인지를 가늠하지 못하고 있었다.

혹여 연이 알고 있지 않을까 하여 수가 거울을 통해 물었으나, 그도 요즘 정신이 사나워 제대로 셈을 하지 못하였다. 들러붙어 괴롭히는 것이 있어 나날이 한숨만 늘어 가는 중이었다. 다른 때 같았다면 거참 잘되었다 수도 고소해했겠으나, 지금은 하필이면 왜 이때인가 하며 한숨만 나왔다.

그리 바쁘다는 연이 가끔 수의 정원에 들를 때가 있었는데, 그 이유는 무야 때문이 아니라 제 어깨에 찰싹 달라붙어 떨어질 줄 모르는 화족의 소녀를 떼어 놓기 위해서였다.

운산과 영산을 오가며 온갖 방법을 동원하여 화족의 망가진 꽃봉오리를 복원하려 하였으나, 번번이 실패로 돌아갔다. 그 과정이 반복되면서 이것저것 생명의 근원이 되는 것들을 잔뜩 부어 놓아 수의 정원만 더 무성해졌다.

요즘 들어서는 제 문제 하나도 제대로 해결을 못 하는데 누굴 돕느냐 투덜대는 것이 연의 일상이 되어 버렸다. 그로 인해, 세상에 생명의 탄생이 많아졌다가 줄어들었다가 들쑥 날쑥하게 되는 부작용이 발생하기도 하였다.

"오늘은 산책을 좀 했으면 좋겠습니다."

동그란 바가지를 엎어 놓은 듯 커진 배를 밑에서 손으로 받치고 일어난 무야가 침상을 벗어나며 말했다. 누워 있으니 점점 더 둔해지고 살만 찌는 것 같아 이참에 걷기라도 하여 볼 참이었다.

"그러다 넘어지면 어쩌려고."

수의 걱정스러운 눈빛이 그녀의 배에 닿았다. 배가 커져 숨 쉬기도 버거워하는 무야였다. 저리 힘겨운데 배 때문에 발도 제대로 볼 수 없는 그녀가 행여 넘어져 다칠까 그것이 염려되어 하는 말이었다. 무게로 인해 앞으로 몸이 쏠릴 것 인데.

"원래 야묘족은 몸이 튼튼하여 아이를 잘 낳습니다."

괜찮다 그를 설득하며 무야가 문으로 걸음을 옮겼다. 옆에 서 그녀를 부축하며 수가 고개를 저었다.

"씨가 보통 씨가 아니질 않느냐."

"아주 대단한 씨가 아닙니까. 그러니 괜한 걱정은 하지 않으셔도 됩니다."

무야가 빙긋이 입가를 끌어 올리며 그를 치켜세웠다. 능청스럽게 엄지를 척 올리는 무야를 보며 수가 어쩔 수 없다는 듯 낮은 웃음을 터트렸다.

"마당만 거닐다 들어와야 한다."

문턱을 넘어서며 그가 신신당부했다. 오랜만에 나선 길이라 무야가 고집을 피우고 고택 밖까지 나가자 할까 미리 선수를 친 것이다. 성큼 한 발을 내딛는 무야로부터 대답이 들려오지 않았다. 고개 한 번 끄덕이지 않고 허리 뒤를 한 손으로 받친 채 걸음을 옮기는 그녀를 보며 수가 가늘게 눈을 늘였다.

"천천히."

그의 손에서 벗어나려 무야가 일부러 발걸음을 빨리하는 것을 수가 모를 리 없었다. 잡지 않을 터이니 걸음이라도 천천히 걸으라 당부하며 수가 손을 놓았다.

"아."

기분 좋게 정원을 향해 걸어가던 무야가 갑자기 배를 잡고 멈춰 섰다. 수가 얼른 다가가 그녀를 뒤에서 보듬어 안았다.

"거보거라, 아직은 무리라 하지 않더냐."

그의 나무라는 말에도 무야는 가만히 제 배를 내려다보며 아무 반응을 보이지 않았다. 돌아가자 말하려던 수를 뒤늦게 무야가 고개를 뒤로 젖혀 올려다보았다. 그녀의 얼굴에 화사하게 꽃이 피어 있었다. 의외의 모습에 수의 미간이 꿈틀거렸다.

어이해 이러는 것인지. 수는 무야가 혹여 저를 안심시켜 정원으로 가고자 웃는 것은 아닌가 하는 의구심이 들었다.

무야의 눈이 휘었다. 행복에 겨운 미소를 한껏 지어 보이며 그녀가 입술을 달싹였다.

"아가가 움직였습니다."

"응?"

"아기가 제 배를 뻥 하고 찼습니다."

기뻐 말하며 무야가 배를 따스한 시선으로 내려다보았다. 차였다는 부위를 그녀가 부드럽게 살살 문질렀다.

"고얀 것."

수가 중얼거리는 소리에 무야가 고개를 돌려 그를 응시했다. 마뜩잖음이 가득한 표정으로 그가 무야가 문지르던 곳을 노려보고 있었다. 무야가 눈을 깜빡이며 고개를 갸웃 기울였다. 그의 말과 표정에 드러난 감정을 보니 화가 난 듯해서였다. 그것이 무야는 이해가 가지 않았다.

아가가 자신이 여기 있다고 신호를 보내온 것인데 왜 반응이 저런 것일까. 기쁘지 않은가? 무야가 아이를 가졌다고 했을 때 놀라기는 하였으나 싫어하지는 않았던 것 같은데. 그때부터 지금까지 곁에서 무야를 살뜰히 보살핀 수였다. 다치지는 않을까 노심초사하며 침상에 누워만 있으라 했는데. 지금 수가 보인 반응은 무야에게는 충격이 아닐 수 없었다.

저는 이다지도 신기하고 행복하여 가슴이 벅차오르는데. 그는 전혀 아닌 것 같았다.

"참으로 너무하십니다."

무야가 눈시울을 붉히며 그에게서 떨어졌다. 그러곤 뒤뚱거리며 앞으로 열심히 걸어 나갔다. 그에게 서운하여 처소로는 돌아가지 않을 생각인 듯 발걸음이 곧장 정원으로 향했다.

홀로 남은 수가 허 하고 기막힌 숨을 뱉어 냈다. 너무하다니 뭘 너무했다는 말인가. 눈에는 왜 또 눈물이 그렁그렁 차오르는 것인지. 저를 향해 드러낸 무야의 서운한 감정을 수는 도저히 이해할 수가 없었다.

"그럼 그놈이 내 반려의 배를 걷어찼다는데 아무 말도 하지 말란 것인가."

당연히 화를 내야 마땅한 일이거늘. 버르장머리 없이 태어나기도 전에 어미의 배를 차는 녀석이 어디 있단 말인가.

세상 모든 탄생이 그러했지만 그에 대해 알지 못하는 수였다. 하여 배 속의 아기에게 버릇이 없다 나무란 것이다. 그것도 혼잣말로 중얼거린 것인데 어찌 저리 토라진단 말인지.

"회임을 하면 아니 그러하던 여인들도 예민해지고 감정의
기복이 심하다 하니 옆에서 다 맞춰 주며 잘 보살피도록 하
거라."

주의 사항이라며 연이 수에게 알려 준 것은 그게 다였다.
되도록 심기를 건드리지 말라기에 그전보다 더욱 세심히 신
경을 썼다. 오늘도 그러했다. 밖으로 나오는 것이 불안했으
나 그녀의 말을 들어주었지 않은가.

자신은 이 정도로 노력하는데 무야는 오히려 심통을 내고
있었다.

"내 다시는 무야의 몸에 씨를 뿌리지 않을 것이다."

그가 결의에 찬 음성으로 단호하게 말했다. 물론 그 대상
인 무야는 곁에 없었다. 진심이었다. 결단코 수는 이제 더
이상 무야에게 씨를 뿌리는 짓은 하지 않을 것이다. 아이는
지금 무야의 배 속에 있는 하나로 족했다.

"안기만 할 것이야. 사랑만 해 줄 것이다."

이전에는 무야가 회임을 할 거라는 걸 생각지 못하여 신
경을 쓰지 않았다. 이제 알았으니 차단하여 오롯이 무야와
사랑을 나누는 것에만 집중할 것이다. 그 전에 토라진 무야

를 달래 주는 게 우선인 듯하다.

"놈 어디 태어나기만 해 보아라."

감히, 어미의 배를 걷어찬 죄를 엄히 물을 것이다. 그리 속으로 다짐하며 수가 자박자박 무야가 있는 정원으로 다가 갔다.

아직 감정이 추슬러지지 않았는지 무야가 손등으로 눈을 쓸어 내고 있었다. 속상해하는 무야를 보니 수의 마음이 아려 왔다. 아기가 한 짓은 미우나 무야가 슬퍼하는 것은 또 볼 수가 없었다.

"하아."

짙은 한숨을 내쉬며 수가 그녀의 앞으로 다가가 지그시 내려다보았다. 그가 무야의 턱 아래 손을 대고 조심히 들어 올리자 피하지 않고 그를 마주 응시해 왔다. 조심조심 그녀 의 눈가를 쓸어 눈물을 닦아 내 주었다.

"내가 잘못하였다."

무야의 눈에 촉촉이 맺힌 눈물을 보니 마음이 무거웠다. 그녀의 마음을 제가 아프게 한 것이니 사과는 해야 할 것 같 았다.

"무엇을 말입니까?"

"응?"

말갛게 올려다보며 묻는 말에 수가 당황하여 되물었다. 무야가 이리 곧장 직설적으로 물어 올 줄은 몰랐다. 생전 처음 사과라는 것을 해 보았는데, 그도 모자라 잘못한 것을 고하라니. 어찌 당혹스럽지 않을 수가 있을까.

그가 선뜻 대답하지 못하고 멍하니 저를 보고만 있자 무야가 새초롬하게 눈을 내리뜨곤 입술까지 삐죽하게 내밀었다. 제가 삐쳤다는 것을 표정으로 보여 주려는 것이다. 얼른 잘못한 것을 말하지 않으면 또다시 울기라도 하겠다는 듯 무야가 시무룩한 표정으로 그를 힐끔거렸다.

"하아."

저도 모르게 수가 짙은 한숨을 내뱉었다. 대체 무슨 말을 해야 한단 말인가. 그저 울적한 무야를 달래고자 한 말인데.

"흠. 그것이. 내가 요 녀석에게 고얀 놈이라 말한 것은."

장황하게 시작된 말에 무야가 제 배를 두 손으로 감쌌다. 그의 입에서 나온 요 녀석이라든지 고얀 놈이라는 말을 아이가 듣게 하고 싶지 않다는 뜻이었다. 그를 보고 어이가 없어 말을 멈추었던 수가 차분하게 마음을 다스리고 다시 입을 열었다.

이왕 시작한 거 끝은 보아야지.

"무야 너의 배를 찼다 하여 그런 것이다. 네가 아파하는 것을 보니 얼마나 아프게 찼기에 그러나 하여. 걱정스러운 마음에 불쑥 그리 튀어나온 것이다."

돌려 변명은 하지 않으려 했다. 그런 것에 소질이 없을뿐더러 성정에도 맞지 않았다. 대신 무야를 아끼고 사랑하는 제 마음을 상세히 알려 주려 애썼다. 수의 입장에서는 다소 억울한 감이 있었다.

'억울하다니. 이런 감정까지 느끼게 될 줄이야.'

저도 제가 느끼고 뱉어 내는 말들이 어이없었다. 그는 겉으로는 웃음을 지어 보이며 속으로 한숨을 내쉬었다. 인간들이 말하는 팔불출이 자신에게도 해당되는 말이 될 줄은 진정 몰랐다. 연이 저를 가끔 한심하게 보는 것이 어느 정도 이해가 가는 수였다.

"인사를 한 것입니다. 말을 할 수 없으니 그렇게 자신이 여기 있음을 알린 것이 아니겠습니까."

수가 오해를 한 것이다. 무야가 차분히 설명을 하며 배를 쓸었다. 그러다 또 움찔하는 것이 이번에도 배를 걷어찬 모양이다. 단박에 미간이 찌푸려지는 수였다. 그러나 이번엔 얼른 표정을 풀고 입을 꾹 다문 채 내색하지 않았다.

"으음."

무야도 아까처럼 놀라거나 크게 반응을 보이진 않고 살포시 미소만 지어 보였다. 그러곤 갑자기 꽃들을 휘둘러보며 종알거리기 시작했다.

"환이 꽃들을 제법 잘 가꾸어 놓은 듯합니다. 제가 돌볼

때보다 훨씬 향도 짙고 꽃잎도 싱그러운 것이 환이 정성을 한껏 쏟은 모양입니다."

"그런 듯하구나."

그도 무야가 가리키는 꽃들을 둘러보며 그녀의 말에 동의했다. 정원을 돌아보는 것은 그도 무척 오랜만이었다. 무야에게만 신경을 쏟느라 정원은 환에게 떠맡긴 채 외면하다시피 하고 있었다. 무야의 말이 그냥 입바른 소리는 아니었다. 환이 여러모로 신경을 쓴 것이 눈에 보였다.

"어?"

꽃들을 살피며 환한 미소를 짓던 무야가 무언가를 발견하곤 그곳으로 걸음을 옮겼다. 수가 뒤를 따랐다. 그리 멀지 않은 곳에서 무야가 걸음을 멈췄다. 화족의 씨앗이 피워 낸 꽃봉오리가 있던 자리였다.

"이것이 왜……."

봉오리가 벌어진 채로 허물어진 꽃잎을 보며 무야가 놀라 말을 끝맺지 못했다. 그러고 보니 무야에게는 화족의 소녀에 대해 말해 주지 않았다. 제가 심어 피운 것이 멸망한 화족의 씨앗이라는 말을 듣고 어서 꽃잎을 펼치기를 고대하던 무야였다. 그랬던 것이 이 몰골이 되어 있으니 놀랄 수밖에.

"연이 그렇게 만들었다."

생명의 신 주제에 파괴 본능이 유독 강한 연이 원인임을 수가 명시했다. 저는 전혀 상관이 없다는 책임 회피이기도 했다. 연에게 화족의 씨앗 얘기를 한 것이 수였기는 하나 믿지 않는 눈치여서 더는 말하지 않았다. 그러니 정원에 간 것은 연의 변덕이었다.

그동안 수가 연에 대해 무야에게 말하지 않은 것은 그녀의 마음이 불편할까 싶어서였다. 어쨌거나, 연으로 인해서 그녀가 그런 험한 일을 겪었으니 보고 싶지 않을 것 같았다. 이름을 듣는 것도 꺼려지지 않을까 하여 입에 담지 않았었다.

세상이 평온하기 위해서는 그가 필요하다는 것을 무야도 잘 알고 있었다. 그녀가 모든 것은 자신의 어리석음으로 인해 벌어진 일이라 여기고 있었으나, 그것과는 별개로 연을 직접 대면하는 일은 아직 힘들지 않을까 여겼다.

무야에게 생명수를 주러 온 날 그 일이 벌어졌다. 정원의 관리는 환이 하고 있었으나, 식신이 무슨 힘이 있어 연을 막을 수 있었겠는가. 무작정 밀고 들어오면 어쩔 수가 없는 것이지. 그리 들어가 제 눈으로 화족의 씨앗이 피운 꽃봉오리를 확인했었고, 어떤 일이 벌어졌다고 했다.

그에 대해 말을 시작하면 열불만 터진다고 연이 제대로 설명을 하진 않았으나, 수가 유추해 보건대 못된 성미가 발동하여 꽃봉오리를 없애려다가 그리되지 않았나 싶었다. 화족의 씨앗이 피운 꽃봉오리를 보았을 때부터 수는 그것이 연과 인연이 있을 것이라 예감했었다.

거기서 그것이 튀어나오리라곤 예상하지 못했지만.

"대체 어찌하였기에. 이 안에 있던 것은 그럼 어떻게 되었습니까?"

분명 수는 거기에 화족의 아이가 있을 것이라 했었다. 그를 떠올려 걱정을 담아 무야가 물었다.

"보면 알 것이다."

"'보면'이라 하시면……."

의아해하는 무야에게 싱긋이 웃어 보이며 수가 허공에 손을 휘저었다. 그의 앞에 거울이 나타났다. 주로 정자에서만 부르던 거울을 그가 정원에서 소환시켰다.

"재미난 것을 보여 주마."

그리 말하며 수가 무야의 어깨를 부드럽게 감싸 제게로 이끌었다. 수가 거울 위를 손으로 쓸었다. 그러자 거울에 운산이 비쳐졌다. 난생처음 보는 화려하고 웅장한 풍경에 놀라 무야의 눈이 절로 크게 떠졌다.

"여기가 어디입니까?"

"운산이다."

"운산이라 하시면."

"연의 영역이다."

"아, 연 님의……. 하면 그 아이가 저기에 있는 것입니까?"

수의 반응을 보아 무야는 꽃봉오리 안에 있다던 화족의 아이가 살아 있다고 확신했다. 하여, 운산에 그 아이가 있는 것이 아닐까 하며 물었다. 그렇지 않고서야 수가 일부러 운산을 보여 줄 리 없었다.

"있지. 아주 편히 잘."

그리 말하는 수의 입술이 매끄러운 곡선을 그리며 올라갔다. 그 입술 끝에 매달린 것이 즐거움이란 것을 무야는 바로 알아차릴 수 있었다. 재미난 것을 보여 주겠다던 그의 말이 그래서 은근히 기대가 되는 무야였다.

"저기에 있구나. 보이느냐?"

운산 이곳저곳을 비치던 거울이 연을 찾아내곤 그를 담아 냈다. 연은 연못 옆에 나른한 자태로 누워 있었다. 피곤한 기색이 역력한 것이 그사이 무슨 일이 있었는지 낯빛이 그리 좋지 못했다. 눈을 감고 잠을 청하고 있는 듯한데, 미간에 주름이 잡혀 있었다.

"연 님은 보입니다."

무야가 그를 유심히 살피며 말했다. 안 본 사이에 무슨 힘 겨운 일이 또 있었던가 싶었다. 그가 무한의 공간에서 돌아 왔다는 이야기는 들었다. 그리고 수가 말은 하지 않았으나 자신이 입덧으로 힘들었을 때 연이 생명수를 가져다주었다 는 것도.

언젠가 만나면 감사 인사는 해야겠다고 생각하고 있던 참이었다.

"어깨 부위를 자세히 보거라."

수가 거울 속 연의 어깨 쪽을 가리켰다. 무야가 거울에 조금 더 가까이 다가가려 하자 거울이 알아서 그녀의 눈앞으로 왔다.

"고맙습니다."

살아 있는 것 같은 거울에게 어쩐지 함부로 말하면 아니 될 것 같아 무야가 말을 높였다. 그러자 거울이 바르르 몸을 떨었다. 마치 잔망을 떨어 대듯 잘게 떠는 것을 보며 수가 눈을 가늘게 늘인 것을 무야는 보지 못했다. 그로 인해 거울이 즉시 정색하듯 떨림을 멈춘 것 또한 눈치채지 못했다.

"어. 저것은……."

거울이 연의 어깨 부위를 확대하여 보여 주자 그제야 무야의 눈에 묘한 것이 감지되었다. 뭔가가 그의 어깨에 찰싹 달라붙어 있었다. 정확하게는 오른쪽 어깨에 매달린 듯한 자세로 그의 몸에 바짝 맞닿아 있다고 보는 게 옳았다.

"화족의 아이다."

"아아."

그의 설명에 무야가 고개를 끄덕였다. 한데, 의아한 것이 있었다. 아이라고 말하기엔 조금 큰 듯했다. 환과 비슷해 보였다.

"일찍 세상 밖으로 나오긴 하였으나, 연의 기운을 받아 발육이 빨라진 듯하구나."

"와아."

작게 감탄사를 터트리며 무야가 거울 속 화족의 소녀를 손끝으로 살짝 건드려 보았다. 조그만 소녀의 모습은 감탄을 자아낼 만큼 화려하고 아름다웠다. 그에 더해 포동포동한 젖살이 귀엽기까지 했다.

"참으로 곱고 어여쁩니다."

마치 제 아이를 보듯 그녀가 뿌듯해했다. 제가 심었으니 마음이 남다른 것이다. 무야가 조심조심 화족 소녀의 볼을 어루만졌다. 그때였다. 화족 소녀의 눈꺼풀이 사르르 떠 올려졌다. 화족 소녀가 주변을 두리번거렸다.

"어."

제 손길을 느꼈을 리 없는데 화족 소녀가 보이는 반응이 꼭 만져서 자다 깨어난 듯하여 무야가 얼른 손을 거뒀다. 그러곤 놀란 눈을 하고 수를 돌아보았다. 수가 그녀를 향해 부드러운 미소를 지어 보였다.

"맞다. 네 손길을 느낀 것이다."

"어쩌나. 그럼 제가 깨운 것입니까?"

수가 고개를 끄덕이자 무야가 미안한 표정으로 거울 속 화족 소녀를 돌아보았다. 곤히 자는 것을 깨웠으니 얼마나 짜증이 날까 싶어서였다.

화족 소녀가 고개를 갸웃하더니, 잠든 연의 몸을 타고 올라 그 너머에 있는 연못을 내려다보았다. 거울 속 비쳐지는 장면이 바뀌었다. 연못을 들여다보고 있는 화족 소녀의 얼굴이 거울에 담겼다. 이리저리 고개를 기울이며 눈을 깜빡이던 화족 소녀가 싱긋이 입술을 끌어 올려 웃었다.

찰랑. 찰랑.

화족 소녀가 물에 손끝을 담그고 흔들었다. 그것이 꼭 저를 향해 인사를 건네는 것 같아 무야가 제 손을 들어 올려 흔들어 주었다. 그러자 화족 소녀의 미소가 더 짙어졌다. 아마도 저를 땅에 심어 준 무야를 기억하고 있는 모양이었다.

어미를 보듯 소녀가 무야에게 다정한 눈길을 보냈다. 그것이 무야의 마음을 따스하게 했다. 화족 소녀의 시선이 제 배를 향해 내려가는 것을 보며 무야가 시선을 내렸다.

'안녕. 꼬마야.'

화족 소녀가 또랑또랑한 목소리로 말했다. 무야의 눈이 동그랗게 커졌다. 그녀의 눈이 휘고 입술에 화사한 미소가 자리했다. 화족 소녀가 제 아이에게 인사를 건넨 것이란 걸 알고 고마워 그런 것이다.

"안녕."

무야가 제 아이를 대신해 인사를 전했다. 화족 소녀가 그에 화답하듯 물을 마구 휘저었다. 그에 물이 사방으로 튀었다.

"그만!"

연이 참지 못하고 벌떡 몸을 일으키는 것이 보였다. 화족 소녀의 얼굴에서 순식간에 웃음기가 사라졌다. 대신 눈을 불만스레 늘여 뜨곤 연을 째려보았다. 무야에게 보이던 반응과는 상반되는 것이었다.

"그리 반갑고 좋으면 저기 다시 돌아가 살면 될 것이 아니냐!"

연이 화족 소녀에게 버럭 소리를 질렀다. 연못에 비쳐지던 화족 소녀의 얼굴이 사라졌다. 바뀐 장면에서는 연과 화족 소녀가 다투고 있었다. 뭐라 하는지는 제대로 들리지 않았으나 연의 미간이 와락 구겨지는 것을 보아 화족 소녀가 지지 않고 그에게 대들고 있는 모양이었다.

벌떡 몸을 일으킨 그에게 화족 소녀가 대롱대롱 매달렸다. 연이 그대로 걸어 나가며 씩씩거렸다. 그에게 마치 거대한 거머리가 달라붙어 있는 것 같았다. 떨쳐 내고 싶어도 떨어지지 않는 지독한 거머리.

그런데 연이 그리도 끔찍하게 생각하는 그 거머리가 무야의 눈에는 한없이 어여쁘고 귀엽게 보였다.

"어떠냐. 아주 재미나지 않느냐?"

수가 그녀의 귓가에 입술을 기울여 속삭이듯 물었다. 무야가 고개를 끄덕이며 그의 말에 수긍했다.

"언젠가 꼭 제 눈으로 보았으면 좋겠습니다."

"종종 이곳으로 연이 오니 그때 보면 되겠구나."

"이곳에 오셨습니까?"

"저것을 떼어 내겠다고 불쑥불쑥 들이닥치곤 한다."

"아."

돌아다니기 좋아하는 연에게는 보통 귀찮은 것이 아닐 듯했다. 저리 온종일 매달려 있으면 신경도 쓰이고 거동에 불편함도 있을 것 같았다. 하여, 화족의 소녀를 원래 있던 고택의 정원에 두려 하는 모양이다.

"그런데 왜 저리 붙어 있는 것입니까?"

"저것을 원상 복구하지 못하여 그런 것이다. 제가 저지른 일에 대한 대가를 치르고 있는 것이지."

수가 허물어져 있는 꽃봉오리를 턱으로 가리켰다. 말끝에 혀를 찼는데 그것마저 즐겁게 들렸다. 연이 고통을 당하는 것이 수는 재미난 모양이다. 무야가 그를 물끄러미 올려다보았다. 그 시선을 느끼고 수가 그녀와 시선을 맞췄다.

"어찌 그리 보는 것이냐?"

"두 분이 뭔가 뒤바뀐 듯하여 신기해서요."

"그것이 무슨 말이더냐."

"원래는 연 님이 수 님에게 장난을 치고 재미있어하셨는데. 지금은 수 님이 연 님의 모습을 보고 즐거워하시니 하는 말입니다."

무야의 말을 듣고 보니 그런 듯도 했다. 예전의 그에게서는 찾아볼 수 없는 짓궂은 모습이었다. 그가 고개를 끄덕이며 인정했다.

"그런 듯도 하구나. 하여 싫은 것이냐?"

"아닙니다."

무야가 고개를 저었다. 그녀의 입가에 장난스러운 미소가 자리했다.

"보기 좋습니다."

이심전심. 무야도 연이 골머리를 썩이는 것이 조금은 재미있기도 했다. 수가 무야의 허리를 감아 제 품으로 당겨 안았다. 지그시 그녀를 내려다보다 반듯한 이마 위에 입술을 눌렀다. 콧방울에 가벼이 닿았다가 그녀의 입술 위에 겹쳐진 그의 입술이 달싹거렸다.

"이제는 마음이 좀 풀렸느냐?"

무야가 대답 대신 그의 입술을 살짝 머금었다. 그에 수가 고개를 틀어 깊이 그녀의 입술을 취했다. 입술 사이를 벌리고 수가 막 혀를 밀어 넣으려던 찰나였다.

"으읏!"

좋아 흘려 내는 신음이 아니었다. 무야의 입에서 고통에서 비롯된 신음이 새어 나왔다. 수가 즉시 입술을 거두고 그녀를 살폈다. 무야가 배를 움켜쥐고 있었다. 배에서 고통이 느껴져 그런 모양이다.

"또 배를 찬 것인가."

그의 말에 무야가 고개를 저었다. 무야의 미간이 찌푸려졌다가 겨우 펴졌다.

"아닙니다. 그것이 아니라. 아아."

말을 하다 말고 무야가 그의 팔을 잡고 짧은 신음을 터트렸다. 배 아래가 뭉치는가 싶더니 갑자기 살을 찢는 듯한 고통이 느껴졌다. 너무 아파 저도 모르게 신음을 흘린 것이다. 고통이 사그라진다 싶던 순간에 또다시 배에서 날카로운 통증이 일었다.

야묘족이 아이를 품고 있는 여섯 달에서 한 달가량이 모자란 날이었다. 보통의 야묘족과는 다를 거라 생각은 하고 있었으나, 그것이 빠를지 느릴지는 가늠하지 못하고 있었다. 하여, 지금 무야가 느끼는 고통도 산통에서 비롯된 것인지 다른 이유 때문인지 알 수 없었다.

"하면 어찌 그런 것이냐?"

"하아. 저도 잘……."

"일단 들어가 눕는 것이 좋겠다."

그리 말하며 수가 조심히 무야를 안아 올렸다. 걸어 처소로 가는 것보다 술로 바로 이동하는 것이 나을 듯했다. 순식간에 자취를 감춘 그들은 곧 침상 앞에서 모습을 드러냈다. 수가 무야를 조심히 침상에 눕혔다.

"산파를 데려오너라."

수의 명령에 식신이 급히 움직였다. 얼마 있지 않아 중년의 야묘족이 식신과 함께 고택에 나타났다. 자신이 도착한 곳이 어딘지 몰라 어리둥절해하던 여인이 침상에 누워 있는 무야를 보곤 놀라 다가갔다.

"아이고, 이런. 아이를 낳을 모양이구먼."

여인의 말에 무야가 놀란 듯 몸을 굳혔다. 그런 무야의 손을 잡고 여인이 다독이듯 부드럽게 말했다.

"어미가 긴장을 하면 아이도 무서워한다우. 그러니 마음 편히 갖고 숨을 크게 들이켰다 내쉬어 보시오."

집에서 잠을 자고 있다가 갑자기 이곳에 끌려오게 된 야묘족 여인은 산파는 아니었으나, 아이를 받아 낸 경험은 많았다. 하여, 무야를 보자마자 해산을 할 것임을 알아차린 것이다. 다급한 마음에 식신이 무야와 같은 종족이 있는 마을로 가 첫 번째 집에서 여인을 발견하고 데려온 것이다. 무작정 끌고 오긴 하였으나 다행히 틀린 선택은 아니었던 듯하다.

"뭐 하고 계십니까? 어서 물을 끓이고 준비를 하지 않고."

여인이 침상 곁에 서 있는 수를 향해 다그쳤다. 입고 있는 옷과 풍기는 분위기를 보아 예사롭지 않은 존재라고 느끼긴 하였으나 이곳에 있는 건 그 하나뿐이니 그리 말한 것이다. 야묘족들에겐 원래 신분의 차이가 없었다.

인간 세상에서 그것을 경험하긴 하였으나, 그가 어느 정도의 위치에 있는 자인지는 알 수 없었다. 하나, 누워 있는 것은 야묘족의 여인이 분명했다. 여인은 지켜보고 선 사내의 아이를 가진 것일 터. 그럼 사내가 도와야 하는 것이 당연하다 여겼다.

"물을 끓이면 되는 것이냐?"

그의 물음에 여인이 달리 준비해야 하는 것들을 일일이 알려 주었다. 그 와중에도 무야의 산통은 이어지고 있었다. 여인은 무야의 곁에서 떨어지지 않았다.

"준비가 되면 안에 들여 주고 밖에 나가 기다리시지요."

저를 무작정 내쫓는 여인의 행동에 기가 막혔으나 수는 순순히 처소 밖으로 나가 주었다. 혹여 무야에게 무슨 일이라도 생기는 날엔 저 야묘족 여인은 영산을 살아 걸어 나갈 수 없을 것이다.

발을 들이는 것은 그가 허락하여 쉬이 고택 안으로 들어왔으나, 나가는 것은 그렇지 못할 것이다. 최선을 다해 무야의 해산을 도와야 무사히 집으로 돌아갈 수 있을 터였다.

"들은 대로 준비해 넣어 주거라."

수의 말에 식신이 부엌으로 들어가 분주히 움직였다. 준비한 것들을 조심히 문을 열고 안에 들인 뒤 일부러 닫는 소리를 내어 야묘족 여인이 돌아보게 하였다. 물건이 저 혼자 둥둥 떠다니는 것을 보면 기겁을 할까 봐 기척을 숨긴 것이다.

자신의 처소에서 몇 발자국 떨어지지 않은 곳에서 수가 왔다 갔다를 반복하고 있었다. 태연히 정자에서 차를 마시며 기다릴까도 생각하였지만 초조하여 그럴 수가 없었다. 무엇보다 무야 혼자 저리 아파하며 고생하는데 저만 편할 수는 없었다.

얼마나 시간이 지났을까. 연신 한숨만 내쉬던 그가 갑자기 걸음을 멈추고 자신의 처소를 돌아보았다. 곧이어 아기의 우렁찬 울음소리가 들렸다.

"하아."

걱정과 긴장으로 굳어 있던 수의 얼굴이 확 펴졌다. 그가 만면에 미소를 머금은 채로 처소를 향해 달음질쳤다. 달리던 그대로 자취를 감춘 그가 다음 순간 무야의 곁에 모습을 보였다. 아이를 깨끗이 씻기고 강보에 싸던 야묘족 여인이 화들짝 놀라 무야를 살피는 수를 쳐다보며 동작을 멈췄다. 문을 여는 소리를 듣지 못하였는데 언제 들어온 것인지 의아했다.

"괜찮은 것이냐?"

수의 물음에 무야가 엷은 미소를 지어 보였다. 그가 무야의 이마에 맺힌 땀을 손등으로 조심히 쓸어 주었다.

"야묘족 여인들은 산통을 이리 힘들게 겪지 않는데 고생스럽게 아이를 낳았습니다. 그래도 내일이면 몸의 기운이 원래대로 돌아올 것이니 그리 염려치 않아도 됩니다요."

아이를 받으면서도 이상타 여겼다. 야묘족은 아이를 수월하게 낳는 편이었다. 그런데 눈앞의 여인은 죽을힘을 다해 힘겹게 해산을 하였다. 뭔가 확실히 달랐다. 다른 종족의 아이를 가졌던 것이 분명하다. 인간은 아닌 듯한데. 하면 무엇이란 말인가.

아이를 무야의 곁에 눕혀 주며 여인이 수를 면밀히 살폈다. 저를 탐색하는 여인의 눈빛을 깔끔히 무시하며 수는 무야를 살폈다. 회복이 빠르다 하니 다행이었다.

"데려다주어라. 적절한 보상도 해 주고."

수의 말에 식신이 들어와 다시 야묘족 여인을 데려갔다. 여인은 다시 집에서 잠이 들 것이다. 자신이 무야의 해산을 도운 것은 간밤에 꾼 꿈이라 여길 것이다. 여러 날이 지난 후 여인은 자신의 집 마당에서 엄청난 양의 금은보화를 발견하게 될 것이다. 그것으로 평생을 먹고살 거라 식신은 생각하였으나, 그것은 오산이었다.

야묘족에게 금은보화는 불필요한 것이었다. 그들은 자연

을 벗 삼아 소박하게 살아가는 종족이었다. 인간과 달리 탐심이 없었다. 차라리 마을 주변의 대지를 윤택하게 해 주는 것이 더 좋을 뻔하였다.

"어여쁘지 않습니까?"

무야가 제 품에 안겨 있는 아이를 보며 물었다. 그제야 수의 시선이 아이에게 닿았다. 뽀얀 볼이 곱기는 하였으나 어여쁜지는 모르겠다. 무엇보다 무야의 배를 걷어차고 힘들게 한 것이 못마땅했다.

"딸아이라 합니다."

"뭐라."

무야의 덧붙인 말에 수가 다시 아이를 눈에 담았다. 놈인 줄 알았다. 하는 짓이 하도 고약하기에. 그런데 여아라니 믿어지지가 않았다. 수의 시선이 제게 닿자 아이가 배시시 웃었다. 손을 꼬물거리는 것이 벌써부터 번잡스러울 기미가 엿보였다.

"허어."

아이를 자세히 들여다보던 그가 낮은 웃음을 터트렸다. 머리 위를 덮고 있던 강보가 스르르 미끄러져 그 안에 감춰져 있던 것이 드러나 그를 보고 웃고 말았다. 뾰족한 귀가 앙증맞게 팔랑거렸다. 어째 볼수록 무야를 꼭 빼닮은 것 같았다.

"다행이구나. 나를 닮지 않아서."

그가 아이에게 손을 내밀자 그것을 조그만 손으로 꽉 움켜잡았다. 악력이 아기치고는 좀 과한 듯했다. 이건 또 저를 닮은 것인가 싶었다. 잡힌 손가락을 통해 흘러드는 기운에 제 것이 섞여 있었다. 그에 수가 느른히 입가를 끌어 올려 웃었다.

수가 둘을 사랑스러운 시선으로 바라보고 있는 무야에게로 얼굴을 기울였다. 산통을 겪느라 조금 말라 있는 무야의 입술에 제 입술을 겹치며 그가 달콤하게 속삭였다.

"참으로 어여쁘구나. 무야 너를 닮아서."

깊이 겹쳐지는 그의 입술을 무야가 뜨겁게 받아들였다. 그들의 입맞춤은 오래도록 이어졌다. 아이가 배고픔에 울음을 터트릴 때까지. 무야의 가슴을 빠는 아이를 바라보는 수의 시선이 조금 불편했다. 그나마 여식이니 다행이지. 사내였으면 불편이 아니라 불쾌할 뻔하였다.

역시 무야와 저 둘 사이에는 저 아이 하나만 있는 것이 좋을 듯했다. 그가 결심을 굳히며 아이와 무야를 바라보았다. 그의 입가에 환한 미소가 머금어졌다. 그들을 보는 눈빛에 사랑스러움이 담겼다.

아이가 무야를 쏙 빼닮은 것이 수는 무척이나 마음에 들었다. 오래도록 둘을 사랑하며 살 것이다. 죽음의 땅이었던 영산에서 아이의 천진난만한 웃음소리를 듣게 될 날이 오리라곤 생각도 못 했다. 모두가 무야 덕분이었다.

고마웠다. 사랑을 알게 해 주어서.

그에 대한 보답은 앞으로 쭉 해 나갈 것이다. 그녀의 곁에서. 영원토록.

"살아 내어 보아라. 이곳의 음기를 견뎌 내고 네가 산다면 내 너에게 기회를 줄 것이다."

"어떤 기회 말씀입니까?"

"내 것이 될 기회."

―무야가 처음 고택에 머물게 된 날에 나누었던 대화 中

<완결>